Hor

Championnet, général des armées de la République française, ou Les campagnes de Hollande, de Rome et de Naples

Anatiposi

Hortensius de Saint-Albin

Championnet, général des armées de la République française, ou Les campagnes de Hollande, de Rome et de Naples

Réimpression inchangée de l'édition originale de 1860.

1ère édition 2023 | ISBN: 978-3-38270-112-3

Anatiposi Verlag est une marque de Outlook Verlagsgesellschaft mbH.

Verlag (Éditeur): Outlook Verlag GmbH, Zeilweg 44, 60439 Frankfurt, Deutschland
Vertretungsberechtigt (Représentant autorisé): E. Roepke, Zeilweg 44, 60439 Frankfurt, Deutschland
Druck (Imprimerie): Books on Demand GmbH, In de Tarpen 42, 22848 Norderstedt, Deutschland

CHAMPIONNET

GÉNÉRAL DES ARMÉES DE LA RÉPUBLIQUE FRANÇAISE

OU LES

CAMPAGNES DE HOLLANDE

DE ROME ET DE NAPLES

PAR

A. R. C. DE SAINT-ALBIN

ANCIEN SECRÉTAIRE GÉNÉRAL AU MINISTÈRE DE LA GUERRE SOUS LE GÉNÉRAL
BERNADOTTE DEPUIS ROI DE SUÈDE ET DE NORWÈGE

PARIS

POULET-MALASSIS ET DE BROISE

IMPRIMEURS-LIBRAIRES-ÉDITEURS

9, rue des Beaux-Arts

—

1860

PREMIER AVANT-PROPOS

Mon père, dans son testament, m'a chargé de publier ses ouvrages. Je remplis aujourd'hui en partie ce devoir de patriotisme et de piété filiale. Je fais paraître : *Championnet, général des armées de la République française, ou les campagnes de Hollande, de Rome et de Naples*.

Un journal qui l'a tout récemment donné en feuilletons, s'exprimait ainsi par l'organe de son rédacteur en chef, M. Achille Jubinal, membre du Corps législatif :

« Au moment où l'armée française vient de remporter en Italie de nouvelles et si brillantes victoires, au moment où elle a si héroïquement prouvé qu'elle était digne de cette sœur aînée, qui, aux mêmes lieux, et sous le commandement de Napoléon Ier, réalisa tant de prodiges, il est d'un grand intérêt de faire connaître tous les documents historiques qui se rattachent à cette première et glorieuse époque. Ces souvenirs et ces hauts faits servent à éclairer le présent, à en rapprocher le passé, à comparer les temps et les événements.

» C'est à ce titre que nous donnons aujourd'hui un travail inédit, rédigé sur des pièces authentiques intitulé : *Championnet.*

» L'auteur de ce travail est l'historien de Hoche, dont la vie, racontée jadis avec un entraînement plein de jeunesse et de passion, obtint les honneurs de quatre éditions ; il était alors secrétaire général du ministère de la guerre près de Bernadotte, depuis roi de Suède. En mourant, il chargea expressément son fils aîné, M. Hortensius de Saint-Albin, alors député, aujourd'hui conseiller à la cour impériale de Paris, du soin de mettre au jour cette œuvre que nous sommes heureux d'offrir à nos abonnés. D'autres ouvrages historiques non moins importants du même écrivain, ouvrages depuis longtemps attendus par les lecteurs sérieux, suivront cette première publication. »

En effet, mon père s'est constamment occupé d'études historiques. Plutarque et Tacite étaient ses lectures de prédilection ; c'est en cherchant à suivre les traces de ces grands modèles qu'il avait conçu l'idée d'écrire la vie des hommes illustres de son temps qui avaient marqué dans la guerre ou dans la politique ; c'est ainsi que Hoche, cette renommée si belle et si pure, avait été son premier sujet. Il a laissé plus de vingt volumes consacrés à ces récits, qui paraîtront successivement, et qui fourniront à l'histoire d'importants matériaux. Mêlé au mouvement et aux notabilités de son époque, nul plus que lui n'était en mesure de décrire tout ce qu'il avait vu et observé.

Comme les soldats dévoués à la cause de la Révolution française, l'historien de Hoche et de Championnet n'a pu échapper aux erreurs, aux injustices qu'enfante toujours l'esprit de parti. — Il ne sera donc pas hors de propos de présenter ici quelques détails biographiques qui rectifieront des assertions erronées ou calomnieuses; ces détails, nous les empruntons presque tous à des publicistes d'autant plus impartiaux qu'ils ne professaient pas les opinions de mon père.

Alexandre-Charles Rousselin Corbeau de Saint-Albin était fils du colonel d'artillerie Antoine-Pierre-Laurent de Corbeau, fils du marquis Antoine de Corbeau de Saint-Albin; Antoine-Pierre-Laurent était connu par des écrits intéressants sur son arme et la chronologie. Rousselin de Saint-Albin avait épousé en premières noces Clémentine de Montpézat, petite-fille du duc de ce nom, et en secondes, la fille du premier médecin du roi Louis-Philippe.

Fort jeune, Rousselin de Saint-Albin adopta avec

chaleur les principes de la Révolution. Camille Desmoulins et d'autres personnages politiques de l'époque furent les relations de son premier âge. Avant vingt et un ans, il fut, en l'an II, envoyé à Troyes par le Comité de Salut public de la Convention, avec des pouvoirs illimités, comme commissaire civil national. Les circonstances difficiles où se trouvait la France ne permettaient peut-être pas d'apporter dans ces sortes de missions le calme qu'eussent réclamé les temps ordinaires; peut-être aussi cette fièvre d'exaltation chez un homme d'une extrême jeunesse fit-elle éprouver quelque appréhension à la ville de Troyes, alors le foyer d'un grand nombre de partisans de l'ancien régime; mais, hâtons-nous de le dire à la défense de M. de Saint-Albin, ajoute l'écrivain qui nous fournit cette citation, il gouverna le département de l'Aube plutôt par l'appareil et la terreur de l'action que par l'action elle-même, et sans aucun dommage pour personne: cela est si vrai, que les auteurs des deux Biographies publiées par les frères Michaud, qui sont loin d'être favorables aux philosophes du XVIIIe siècle et aux acteurs de la Révolution, ont parlé de la conduite de M. de Saint-Albin dans les termes les plus honorables. La réaction de l'an III, qui succéda au 9 thermidor, ne l'avait pourtant pas ménagé, quoique, avant cette journée, il eût été poursuivi par Robespierre lui-même, et traduit au tribunal révolutionnaire le

2 thermidor de l'an II, comme rejeton de la faction Danton et Camille Desmoulins, dite des *orléanistes* et *indulgents*. Il fut acquitté, chose extraordinaire ! Voici ce que nous lisons à ce sujet dans l'histoire de Prud'homme: « Ici on s'attend à voir succomber Rousselin sous l'accusation intentée par Robespierre et Couthon : il est acquitté par le tribunal révolutionnaire, qui acquittait si peu. Le jugement qui acquitta Alexandre Rousselin fut alors regardé comme un miracle, et en quelque sorte comme un premier soupir du 9 thermidor; en signalant sur un point l'affaiblissement du pouvoir de Robespierre, il fournit un de ces traits qui donnent l'explication des événements les plus remarquables. Le soir du jugement prononcé par le tribunal révolutionnaire en faveur de Rousselin, Robespierre déclama avec fureur contre cet acquittement. Plein de rage, il demandait où était donc sa puissance, à lui qui n'avait pu faire tomber sous le glaive la tête d'un jeune complice, rejeton de Danton. »

Deux jours après, Rousselin fut arrêté de nouveau par Amar, et le 9 thermidor le trouva dans les cachots de la Conciergerie. Il fut délivré par le député Legendre, ami de Danton.

La fâcheuse coïncidence de son nom avec celui d'un membre du tribunal révolutionnaire fut cause qu'un biographe maladroit confondit en une seule deux personnes si différentes, et il fut obligé en

1796, époque originelle de cette déplorable méprise, de réfuter une telle erreur : « Vous voulez bien vous occuper de ma réputation, citoyen journaliste, écrivit-il à l'auteur du factum en question ; ayez d'abord la bonté d'être exact. Au lieu de *juge*, c'est *jugé* que j'ai été au tribunal révolutionnaire. Vous êtes trop attaché à l'orthographe et à la vérité pour persister à me priver d'un accent si important pour mon histoire. » Il avait à peine vingt ans en 1794, au moment des condamnations révolutionnaires, et ne pouvait par conséquent être l'un des juges du tribunal qui les prononçait.

En 1796, il devint secrétaire général au département de la Seine, avec le commissaire du Directoire Paré, dont il avait partagé l'infortune ; et quand celui-ci quitta le commissariat général, Rousselin, son ami intime, ne voulut pas conserver le poste qu'il avait occupé près de lui.

Envoyé à l'armée comme réquisitionnaire, il fut successivement attaché aux états-majors de Hoche, de Chérin et de Bernadotte, et plus particulièrement à ce dernier.

En 1798, il devint secrétaire général de la guerre, en même temps que Bernadotte entrait à ce ministère, et il quitta l'administration avec son chef.

Nommé consul en Egypte en 1804, il tenta vainement de se rendre à sa destination ; il en fut empêché par les croisières anglaises, et il revint à Paris en 1806.

Son intimité avec le général Bernadotte, et son opposition à la journée du 18 brumaire, avaient déjà attiré sur lui l'attention du premier consul. Il se réfugia en Provence, près de sa femme, qui appartenait, comme nous l'avons dit, à la famille de Montpézat, une des principales et des plus anciennes du pays.

M. de Saint-Albin vécut dans la plus grande retraite jusqu'à la Restauration, qui vint le tirer de son état d'exil.

Au 20 mars, M. de Saint-Albin, libre de tout engagement antérieur, et désirant servir son pays en se rapprochant de la personne du Monarque qui faisait appel à la nation contre l'étranger, accepta des fonctions à l'Intérieur, que lui offrit le ministre Carnot. Spécialement chargé de l'instruction publique, il eut beaucoup de part à l'établissement de l'enseignement mutuel dont il jeta les bases, pendant les Cent-Jours, dans des rapports insérés au *Moniteur,* et qui furent très-remarqués.

En 1816, il eut la douleur de perdre sa première femme, et cette mort, non moins que les fatigues causées par tant d'émotions, lui firent chercher depuis dans la culture des lettres et des arts le repos et les consolations dont il avait besoin.

Dès 1797, M. de Saint-Albin avait publié une *Vie de Lazare Hoche,* en 2 volumes in-8°, qui a eu quatre éditions en divers formats; il était auteur également d'une *Notice sur Chérin,* chef de l'état-major de l'armée d'Helvétie, qu'il accompagnait à cette armée lorsque ce général y fut tué en avant de Zurich; d'une autre *Notice sur le général Marbot,* et de plusieurs autres écrits imprimés à divers intervalles.

M. de Saint-Albin avait été un des principaux fondateurs du *Journal du commerce*, qui prit ensuite le titre de *Constitutionnel,* et les colonnes de cette feuille quotidienne avaient été souvent remplies de ses articles.

Il s'occupa dès-lors de coordonner une foule de matériaux précieux qu'il avait rassemblés sur la Révolution, le Consulat, l'Empire et la Restauration.

M. de Saint-Albin, nous le répétons, ne pouvait se dérober à l'inimitié des passions contre-révolutionnaires. Il fut longtemps en butte à leur acharnement et à leur violence. La meilleure réplique aux diatribes lancées contre lui se trouve dans la lettre qu'il adressa, pendant le règne de Louis-Philippe, à divers journalistes qui s'étaient faits les échos de la calomnie. Il rend compte, dans cette lettre, des principales circonstances de sa vie avant et depuis le 9 thermidor. Ce document fait bien connaître le caractère de l'homme et le style de l'écrivain.

Nous en donnons les passages essentiels :

« *A Messieurs les rédacteurs du* PRÉCURSEUR DE LYON, *du* PATRIOTE DE SAÔNE-ET-LOIRE, *du* PATRIOTE DE LA MEURTHE.

» Sans vous connaître, Monsieur, et sans être connu de vous, j'ai été gratuitement attaqué dans votre journal. Je commence par déclarer que vos citations, rapportées du *Moniteur* de l'an II, présentées isolément et hors de l'encadrement des faits, sont altérées, torturées dans leur application, faussées par leurs réticences; je déclare ensuite, avec preuves authentiques, que ces citations évoquées de 93, c'est-à-dire après quarante ans, et que les conséquences qu'on en voulait tirer, ont été, dès cette époque, *formellement détruites par la justice*. D'abord vengé par les autorités administratives contemporaines, j'ai été encore, très-précisément, sur les faits même allégués dans votre évocation surannée, j'ai été, dis-je, *acquitté par le tribunal révolutionnaire*, le 2 thermidor de l'an II; et je n'ai pas été seulement acquitté par ce terrible tribunal avec les malheureux accusés auxquels on m'avait associé, mais encore le dénonciateur, qui, sous l'action de Robespierre, avait cru nous immoler, a été, dans la même audience, et aux termes du même jugement, *arrêté séance tenante comme prévenu de fausses dépositions dans l'affaire, et a été de suite conduit à la*

Conciergerie. (Voir le *Moniteur* dudit jour, dernier paragraphe du jugement.) Ainsi, Monsieur, *c'est la chose jugée elle-même que vous avez attaquée en attaquant mon honneur*.

» Si j'avais l'ambition de me produire comme ayant subi les vengeances de la Terreur, je pourrais n'être pas sans quelque titre dans ce genre, car mon incarcération est antérieure au 9 thermidor, et elle eut lieu sur la motion spéciale de Robespierre, qui me qualifiait de *jeune rejeton de la faction Danton et d'Orléans*. Il m'accusait particulièrement d'avoir voulu détourner le glaive de la tête de ceux qu'il appelait des *scélérats*. Il était très-vrai que j'étais très-accusable sous ce rapport. Oui, sans doute, j'aurais voulu au péril de ma vie, je le proclame encore aujourd'hui, j'aurais voulu sauver celle de tant de mémorables et regrettables victimes, sacrifiées dans cet horrible pêle-mêle, dont les spectateurs, à la vue du fatal tombereau, s'écrièrent avec désespoir que c'était le *tombeau de l'esprit et du patriotisme!* Quel est le citoyen, d'ailleurs, qui portant un cœur d'homme pouvait rester insensible en présence d'une pareille tragédie? Comment ne pas frémir des désastres qui devaient suivre? Comment ne pas voir dès ce moment la ruine incessante, inévitable de la République, lorsque ses premiers défenseurs passaient leur temps à se dévorer les uns les autres?

» Ce qui m'est personnel dans cette époque a même été regardé déjà par l'histoire comme n'étant pas indigne de mention; car plusieurs écrivains ont considéré mon acquittement par le tribunal révolutionnaire comme une circonstance frappante qui avait indiqué l'affaiblissement du pouvoir de Robespierre. Ils ont cru y entrevoir un premier soupir du 9 thermidor. Robespierre dit aux Jacobins, le soir de mon acquittement: « On parle de ma puissance, et je n'ai pas eu celle de faire tomber sous le glaive des lois la tête d'un jeune rejeton de la faction Danton! » Je fus effectivement arrêté, remis à la Conciergerie, d'où je ne suis sorti qu'après le 9 thermidor, par l'office du représentant du peuple Legendre, le fidèle ami de Danton, et qui avait été envoyé par la Convention nationale à la Conciergerie pour procéder à l'élargissement des prisonniers politiques. Legendre fit cette opération généreuse avec une grandeur, et, je dirai, avec une largeur, qui seule peut finir les troubles civils. J'en raconterai le mode aussi simple qu'habile. Il pourrait être un modèle de conduite pour les vainqueurs qui dans les révolutions se trouvent un moment les plus forts, et qui par les jeux de la destinée tiennent les vaincus sous leurs verrous....

» Voilà, Monsieur, des faits pour ce qui précède le 9 thermidor. Quant à ceux qui suivent cette journée, qui aurait pu fixer le sort de la France, ils appartiennent à la *réaction de l'an III*. Vous n'attendez pas que j'entre en explication sur les tourments que j'ai pu éprouver de cette réaction; ils ont été graves sans doute, car je ne suis pas de ceux qui aient eu la prétention d'être tranquilles quand les patriotes ont été persécutés.

» Après les événements ante et post-thermidoriens, rendu aux armées, asile et consolation des agitations de la cité, c'est aux plus grands hommes de la guerre comme de la politique, c'est-à-dire aux premiers patriotes de la République que j'ai été attaché. Les places qui m'ont été conférées dans les administrations civile et militaire ont été quittées par moi sans qu'elles me quittassent. Arrivé avec mes amis, je me suis retiré avec eux quand la liberté se retirait, et les vicissitudes de ma vie attestent certainement des opinions et non des intérêts.

» J'ai été successivement honoré de l'estime et de l'affection de *Hoche* (dont je publiai la vie en l'an VI), des *Chérin,* des *Marbot,* des *Lefebvre,* des *Saint-Cyr,* des *Jourdan*, des *Bernadotte*. Je fus secrétaire général au département de la guerre pendant le ministère de celui-ci. S'il faut toujours parler de soi biographiquement, je vous rappellerai qu'à l'époque du 18 brumaire, signalé à l'auteur de cette journée comme un des opposants, ami des *Bernadotte* et des *Jourdan*, j'ai été l'objet d'une persécution qui ne s'est point ralentie. Je peux donc le répéter, non sans quelqu'orgueil, jamais je n'ai été excepté d'aucune des rigueurs exercées contre les défenseurs de la liberté, et j'ai le droit de dire, avec un ancien, que *ma maison n'est pas demeurée debout dans les guerres civiles.*

» Dans les Cent-Jours, rappelé par l'illustre *Carnot* au ministère de l'intérieur, où j'avais été vingt ans auparavant avec le ministre *Garat*, j'ai eu l'honneur, à cette époque où la France avait tant de préoccupations, d'être l'un des premiers coopérateurs de l'enseignement mutuel, avec MM. de Lasteyrie et de Laborde. J'ai posé à Paris les premiers bancs de l'institution.

» A cette époque des Cent-Jours, voyant que le parti de l'opposition était jusqu'alors non représenté dans notre pays, qui essayait le gouvernement constitutionnel sous l'invasion de l'étranger, quelques publicistes et moi nous crûmes, au milieu du désespoir général, ne devoir pas désespérer de l'avenir. Nous conçûmes l'idée de le préparer, en créant un journal qui répondît au besoin de la nation, et nous plantâmes, le 1er mai 1815, le drapeau du *Constitutionnel*, qui commença sous le nom de l'*Indépendant*. Je suis sûr, Monsieur, de n'avoir, dans la participation que j'ai eue à notre feuille, jamais émis une pensée qui fût contraire à notre programme. Les services que le *Constitutionnel* a rendus à la patrie sont historiques. Je n'ai ni à me réfugier sous la protection collective, ni à me faire une part individuelle, pour répéter que jamais je n'ai dévié de mes principes. Je défie que, dans l'époque la plus ancienne comme la plus récente, on me soupçonne d'avoir écrit une ligne dans le *Constitutionnel,* ou d'avoir, au *Constitutionnel*, dit un mot faible ou équivoque, et qui ne serait pas au contraire la franche expression de mon culte pour la liberté la plus étendue et la plus ferme.

» Maintenant, Monsieur, lorsqu'une Révolution qui a fait tant de promesses à l'humanité, a pu rencontrer de cruels mécomptes, je conçois des irritations souvent injustes et qui ne savent où se prendre; mais si le droit de la presse est de suivre et de poursuivre les ennemis de la liberté, son devoir n'est-il pas, lorsqu'elle s'est trompée, de se hâter de réparer ses méprises ? Qui vous a nié, Monsieur, que j'aie été jeune quand la Révolution fut jeune elle-même ? Mais je ne connais que moi seul qui aie le droit, sous ce rapport, de dire du mal de moi. Et que puis-je en dire, lorsque je n'ai reçu de commandement que de ma conscience? Qu'on exhume quelques-unes de mes paroles ardentes et même colériques, alors que tout le monde fut en colère, je ne les rétracte pas plus que je ne crois devoir les répéter à une époque tranquillisée.

» Voilà ma réponse sur ce qu'on appelle nos *ges-*

tes. Quand tout le monde reconnaît que mes mains sont pures d'or et de sang, j'ose dire : *N'a pas des ennemis qui veut ; j'accepte tous les miens*. Non, je ne veux décliner aucune responsabilité ; je m'honore d'être encore ce que j'ai été. Ainsi ce n'est point au passé, c'est toujours au présent qu'il faut mettre mes torts ou mes mérites ; si la nécessité des temps explique la dureté des formes, l'histoire peut leur donner cette excuse : il ne m'appartient point de l'implorer ; et si la maturité a pu modifier l'expression de nos sentiments, elle n'a pu en affaiblir la vérité. La résignation à l'expérience n'est point abjuration de nos principes. On peut avoir toujours son âme républicaine, et cependant une raison qui accepte une monarchie et des institutions libérales. C'est ce qu'il me serait facile de prouver dans la discussion, si elle sortait de la barbarie et rentrait dans la civilisation.... Soldat vétéran de la Révolution, j'ai vu ses premières batailles, elles ont été ses premières victoires. Je pose en fait que le triomphe de la liberté a été décidé le jour même du 14 juillet 1789. Bientôt ceux qui l'avaient obtenu se sont divisés. En vain ai-je entendu Danton (dont je publierai l'histoire) leur crier de sa voix tonnante « qu'il ne faut pas tirer sur ses troupes, qu'il faut s'aimer et se tenir serrés comme le faisceau pour être forts, que l'union dans le patriotisme serait égale à l'attraction dans le monde physique. » Inutiles remontrances! il a fallu que les vainqueurs se divisassent encore, perdant toujours leur supériorité par les scissions, la prenant de nouveau par leur réunion; puis le *rocher de Sisyphe,* chaque fois relevé par tant d'efforts jusqu'au haut de la montagne, est retombé dans l'abîme. Voilà toute notre histoire.

» En présence de si hautes considérations, qui pourrait encore s'occuper de sa personnalité? Combien de braves qui valaient mieux que nous, ont péri à toutes les avant-gardes : *Cum fortissimi per acies aut proscriptionem cecidissent..., quotusquisque reliquus qui rempublicam vidisset.* Pensée admirable de Tacite, qu'on croirait avoir été traduite par Danton lorsqu'il a prononcé cette sentence remarquable, dernièrement rappelée par moi dans une cérémonie funèbre : « Les révolutions, comme les religions, commencent par les apôtres; elles finissent par les prêtres. » Et quand l'humanité, le front tourné vers l'avenir, marche en avant d'un pas si déterminé, à qui siérait-il de vouloir la distraire pour lui parler de soi? Dans la question présente, mon patriotisme m'eût paru d'accord avec le plus profond dédain pour me prescrire le silence; mais ici, il ne s'agit pas moins que de l'honneur, et tel est le chapitre sur lequel le patriotisme le mieux retranché dans sa conscience ne peut entendre capitulation. »

Nous n'ajouterons rien, et nous laisserons au *public sérieux,* pour nous servir du mot si juste de notre ami et parent, Achille Jubinal, le soin de juger l'auteur de *Championnet* d'après ses œuvres.

H. DE SAINT-ALBIN,

Ancien député, conseiller à la Cour impériale de Paris.

PRÉFACE

DE

L'AUTEUR DE CHAMPIONNET

—

J'ai commencé par écrire la vie de Hoche et je me suis proposé de la faire suivre de travaux analogues; ainsi Kléber, Dugommier, Joubert, Malet, Championnet ont été tour-à-tour les sujets de mes études. Les circonstances en ont arrêté la publication, mais ils sont tous achevés, et l'on sait que l'histoire, si elle est réellement digne de ce nom, ne perd jamais rien à attendre.

J'ai voulu offrir au jugement des nations quelques-uns des premiers coopérateurs de la liberté française ; apercevant d'un côté les *Législateurs*, et de l'autre les *Guerriers*, c'est de ceux-ci que je me suis d'abord occupé.

En effet, la gloire de la plupart de ces guerriers a longtemps été pure de troubles civils ; celle qu'ils ont conquise sur l'ennemi extérieur se compose de résultats que les factions sont moins tentées de leur ravir. Indépendamment de cet heureux privilége obtenu par la victoire, les armées de la République ont montré un nouveau genre d'héroïsme qui ajoute à leur auréole, et les recommande particulièrement à l'estime de la postérité.

Avant elles, et sous la monarchie même, on avait vu des armées valeureuses ; il fallait remonter aux temps anciens pour trouver des armées *vertueuses*. Les camps républicains ont présenté un spectacle si rare.

On a vu surtout une époque où soldats et généraux, couverts de gloire aux yeux de l'Europe, semblaient même ignorer leur propre renommée. Le patriotisme avait été leur unique mobile. Aucune combinaison personnelle n'était venue se mêler à ce noble sentiment. Le respect du devoir et son rigoureux accomplissement, telle était leur première pensée. Les militaires qui se signalèrent à cette époque ont souvent répété que ce fut celle où ils vécurent le plus heureux. Combattant pour la liberté, non-seulement ils ne craignaient pas, mais ils souhaitaient des rivaux, afin de compter un plus grand nombre de défenseurs dans la cause sacrée qu'ils soutenaient par leur courage. C'est quand les calculs de l'égoïsme et de l'ambition ont pris la place des idées de désintéressement que l'on doit connaître l'envie. Au-dessus de ces passions souvent si funestes à ceux qui en sont atteints, ces hommes généreux étaient-ils, à plus forte raison, étrangers à l'amour d'acquérir que suivent bientôt la soif d'acquérir encore, la crainte de perdre, le tourment d'enfouir. Ils n'étaient animés d'aucun désir de lucre ou de luxe. Ils avaient des habitudes de simplicité et de frugalité vraiment antiques : un repas de munition préparé par la faim, un lit de paille préparé par la fatigue, tels étaient les éléments de la victoire.

Parmi les hommes de guerre arrivés à l'illustration, et qui ont constamment pratiqué ces principes de désintéressement et de dévoûment absolu au bonheur du pays,

Championnet m'a paru figurer au premier rang, et j'ai esquissé son histoire. C'était une obligation de cœur et d'honneur que j'avais contractée. Au moment où Bernadotte, relevant son émule de l'oppression que lui avait fait éprouver le Directoire, lui donnait un nouveau commandement, Championnet l'embrassa en pleurant et en lui disant : « Cher ami, je vais me rendre au poste que tu me confies, mais j'ai le pressentiment que je ne reviendrai pas ! Si je succombe, tu chargeras ton secrétaire général, l'historien de Hoche, de raconter la vie de Championnet. »

J'ai mis tout mon zèle à remplir cette pieuse mission : je me suis entouré des renseignements puisés aux sources les plus authentiques, j'ai interrogé les contemporains qui avaient vu de près notre héros ; j'ai recueilli sur leurs lèvres jusqu'à ces détails intimes de la vie privée qui achèvent de faire juger l'homme public.

Championnet a subi le sort de ceux qui ont rendu au pays d'éminents services : la calomnie ne l'a pas épargné ; elle l'a attaqué vivant et poursuivi dans sa mémoire. Méconnu, au sein des victoires éclatantes qu'il avait remportées, il a succombé au milieu des revers qu'il n'avait pu empêcher, au moment où il les avait réparés. On verra par le simple récit des faits si le triomphateur de Naples n'a pas acquis les premiers droits à la reconnaissance nationale.

Pour nous, si nous avons regardé Championnet comme un personnage digne de l'histoire, ce n'est pas seulement l'importance des opérations auxquelles son nom est attaché qui nous a conduit à cette opinion ; mais c'est qu'avant tout, nous avons apprécié en lui le grand citoyen, dont les vues et les talents n'ont jamais eu qu'un seul but, une seule et noble pensée, la conquête et l'établissement de la liberté dans son pays : Championnet fut un ami sincère de l'humanité, respectant les droits de tous et les faisant prédominer partout où il exerçait son autorité, leur jouissance étant à ses yeux le point de départ de l'amélioration, des progrès et du développement légitime auxquels les peuples doivent naturellement aspirer.

—

CHAMPIONNET

GÉNÉRAL DES ARMÉES DE LA RÉPUBLIQUE FRANÇAISE

OU LES

CAMPAGNES DE HOLLANDE, DE ROME ET DE NAPLES

CHAMPIONNET

GÉNÉRAL DES ARMÉES DE LA RÉPUBLIQUE FRANÇAISE

OU LES

CAMPAGNES DE HOLLANDE, DE ROME ET DE NAPLES.

—

Quem non virtutis egentem
Abstulit atra dies, et funere mersit acerbo.

—

CHAPITRE Ier

Championnet ; sa naissance ; sa jeunesse. — Il sert comme volontaire au siége de Gibraltar. — Il accueille la Révolution avec enthousiasme. — Il assiste aux fédérations des villes et à la grande fédération de 1790. — Il est nommé adjudant-général des gardes nationales de Romans, puis chef du 6e bataillon de la Drôme. — Sa conduite ferme et conciliante à Besançon après les événements du 31 mai 1793. — Il est appelé à l'armée active. — Chef de brigade, il se distingue à l'avant-garde de l'armée du Rhin. — Il fait partie de l'armée de la Moselle sous les ordres de Hoche. — Ses brillants succès lui méritent le grade de général de division. — Il passe à l'armée de Sambre-et-Meuse sous les ordres de Jourdan. — Part qu'il prend au blocus de Charleroy et à la bataille de Fleurus. — Son opinion sur les aérostats au point de vue de leur emploi à la guerre. — Les représentants du peuple en mission auprès des armées.

Jean-Etienne Championnet, né à Valence, département de la Drôme, le 12 août 1762, était fils de M. Grand, président à l'élection de Valence. Le nom de Championnet, qu'il reçut sur les registres de baptême, était celui d'une propriété de son père; mais Madeleine Coliou ou Colleyou, sa mère, ne fut légalement unie à M. Grand que longtemps après la naissance de Championnet.

L'enfant, malgré l'illégitimité de cette naissance, ne devint pas moins plus tard un homme illustre. Il fut l'ami et le compagnon de La Tour d'Auvergne, et le duc de Crillon, qui aimait à l'avoir à ses côtés, répétait souvent en parlant de lui : « *Les enfants naturels sont heureux à la guerre.* »

M. Grand, qui avait le privilége de la poste aux chevaux, la faisait exploiter en son nom; c'est ce qui a fait dire à quelques personnes, mal instruites à ce sujet, que Championnet avait été postillon. Cette particularité, d'ailleurs, est fort peu importante, depuis que les hommes sont jugés d'après leurs œuvres, leurs vertus et leurs talents.

Championnet fut élevé avec soin au collége de Chabeuil. Au sortir du lycée, il fut très-occupé de ses plaisirs. Emporté par un tempérament de feu vers les jouissances dont un physique remarquable favorise et multiplie les occasions, il ne pouvait être modéré que par sa tendresse et son respect pour les auteurs de ses jours : aussi M. Grand, distinguant à travers les folies de son fils un cœur plein de sensibilité, ne perdit rien de son extrême affection pour lui, et ne se laissa pas un moment aveugler par les interprétations malveillantes que des collatéraux avides voulaient donner à la conduite du jeune Championnet.

La jeunesse, en effet, ardente et expansive, éprouve le besoin de connaître, de comparer. Ce désir inquiet de fuir, en quelque sorte, la terre natale, et, comme on dit, de voir du pays, fit oublier à Championnet tout ce qui pouvait l'arrêter. Il abandonna la maison paternelle, parcourut le midi de la France, et passa en Espagne un an avant le siége de Gibraltar. Ses ressources épuisées, trop indépendant pour en solliciter d'autres de parents qu'il avait si légèrement quittés, en un mot, voulant être libre, il s'engagea et prit du service dans les gardes wallones, sous le nom de Belle-Rose. Plusieurs officiers du régiment de Bretagne, ses amis d'enfance et de collége, entre autres M. Duperron de Valence, reconnurent leur compatriote de la Drôme au camp de St-Roch, qui s'était formé devant Gibraltar ; ils se concertèrent pour le retirer des gardes wallones. Championnet servit avec eux comme volontaire. A la paix, il revint en France. Son père ouvrit ses bras au jeune militaire qui avait déjà fait deux campagnes et dont la martiale attitude excusait l'étourderie.

De retour à Valence, Championnet fréquenta particulièrement les officiers de l'école d'artillerie et s'instruisit dans leur société.

Le 14 juillet 1789 vint promettre des consolations, annoncer des espérances à la France affligée depuis si longtemps des abus de la monarchie.

Au moment où la réforme sociale était réclamée par toute la nation, où l'on voyait appeler sous un même étendard tout ce qui avait quelque générosité dans l'âme, le parti qu'adopterait Championnet ne pouvait être douteux. Il embrassa avec enthousiasme la Révolution dès son aurore ; et, pour mieux servir cette Révolution, il se fit soldat, pressentant en quelque sorte déjà combien un mouvement qui avait pour but de réorganiser la société tout entière, devait rencontrer d'obstacles dans la lutte de tant d'intérêts opposés, et jugeant sans peine que de telles difficultés ne pourraient être dénouées que par la force des armes. Ce fut donc l'amour de la liberté qui donna une direction au caractère bouillant de Championnet et décida sa vocation.

Des rassemblements civiques de gardes nationales commençaient à se former dans le midi de la France dès les premiers mois de 1789. Les deux rives du Rhône virent leurs habitants, franchissant ce fleuve qui les rapproche plus qu'il ne les sépare, venir s'embrasser avec le sentiment de la pure fraternité, et se promettre amitié, secours mutuel pour la défense de la cause commune. Championnet concourut de tout son zèle à ces réunions connues plus tard sous le nom de *fédérations,* et dont la première, qui se forma solennellement dans les plaines de l'Etoile, à deux lieues de Valence, inspira peut-être l'idée de l'imposante et immense convocation où l'Assemblée constituante appela depuis le peuple français aussi collectivement qu'il était possible, pour lui faire apprécier et juger la Constitution qu'elle lui destinait.

Championnet fit partie de tous les détachements fournis par la garde nationale de sa commune pour assister aux fédérations des villes de Montélimart, Crest, Die, Orange, Romans, Grenoble, Vienne. Il ne pouvait manquer d'être choisi pour aller représenter ses concitoyens à la grande fédération qui eut lieu à Paris au 14 juillet 1790, mémorable journée qu'aucun des malheurs ni des excès survenus depuis n'a pu effacer, et où cent mille citoyens, interprètes de la volonté populaire, offrirent le magnifique spectacle d'une grande nation jurant de défendre sa liberté et de la conserver intacte à travers les factions intérieures et extérieures !

Ces détails des premières années de la vie de Championnet seraient minutieux s'ils n'étaient déjà la preuve que, dès l'instant qu'une patrie eut commencé d'exister,

Championnet n'eut plus lui-même d'existence que pour elle.

Lors de l'organisation des gardes nationales sédentaires, en 1792, nommé adjudant-général de celle de Romans, district de Valence, Championnet se livra avec ardeur à l'instruction de ces légions citoyennes. « *C'est nous,* leur disait-il, *qui serons bientôt chargés de défendre la liberté de notre pays ; veillons sur nos armes ; préparons-nous aux prochains combats.* »

Le canon du 10 août s'est fait entendre ; le trône des Bourbons a volé en éclats ; le territoire de la République est inondé des hordes barbares de la coalition ; Championnet avait donc parfaitement compris la grandeur, l'immensité de la tâche imposée aux hommes généreux qui allaient délivrer la France du joug qui pesait sur elle.

Au bruit de l'invasion des Prussiens en Champagne, de la prise de Longwy, de Verdun, se créèrent, avec la rapidité de l'éclair, de nouveaux bataillons. Le district de Valence fournit le 6e de la Drôme. Championnet en fut le chef. S'il exhortait ses frères d'armes à voler au secours de la patrie, c'était par son exemple ; déjà il est à leur tête ; la tendresse, les larmes d'une mère ne peuvent balancer dans son cœur le péril de la République. Il a juré de combattre et de mourir pour elle...

Au moment où s'organisait le bataillon que Championnet allait commander, l'assemblée électorale du département de la Drôme, qui devait choisir les députés à la Convention nationale, se réunissait à Valence ; Championnet était électeur ; on voulait le nommer député ; il refusa, se sentant très-capable d'être un bon soldat, et craignant d'être un mauvais législateur.

Le 6e bataillon de la Drôme reçut ordre de se rendre à Dôle, département du Jura, où il compléta son instruction, puis fut envoyé en garnison à Besançon. Là, Championnet fit commencer les grandes manœuvres, et au bout de deux mois, le 6e de la Drôme exécutait aussi bien ses mouvements qu'un régiment de ligne.

Survinrent les événements du 31 mai; et, par suite, il se forma à Lons-le-Saulnier un congrès départemental qui avait pour but de combiner une résistance armée contre les décrets rendus par la Convention nationale. Le 31 mai et le 2 juin, plus de douze départements, parmi lesquels on remarquait ceux de l'Ain, du Rhône, des Bouches-du-Rhône, de la Gironde, de l'Hérault, avaient envoyé des députés à Lons-le-Saulnier. La fermentation était excessive sous l'influence de ce congrès, qui ne reconnaissait plus l'autorité de la Convention, ni celle de ses commissaires. Avec de très-bonnes intentions sans doute, il voulait exercer à la fois tous les pouvoirs, parce que ceux de la Convention avaient été violés. C'était d'après ce principe que plus de quatorze mille habitants étaient armés, croyant l'être pour la liberté, et des hommes qui, ayant tous la même pensée, ne différaient peut-être que sur les moyens, allaient s'entr'égorger à l'envi!

Telle était alors, sur tous les points, la situation de la France; elle présentait l'image désolante d'un combat de gladiateurs. Nos frontières étaient envahies ou vendues, nos armées en fuite. Dans l'intérieur, plus de travail ni de commerce; la loi ou muette, ou égarée; la Commune de Paris dominant la Convention nationale; les membres de cette Convention ou victimes ou bourreaux; le sang des citoyens coulant par torrents; partout la guerre, la famine, la destruction, la mort. « Oublions à jamais ces jours malheureux de nos fatales dissensions civiles, » dit Championnet. Noble sentiment auquel on doit rendre hommage, sans cependant avoir la prétention impossible de déchirer aucune page de notre histoire. La leçon des plus dures expériences doit être conservée comme la première propriété des peuples. Cette leçon devient un utile enseignement : elle prépare dans l'avenir de plus sûres directions.

Les représentants du peuple envoyés par la Convention nationale dans les départements insurgés appelèrent Championnet avec son bataillon pour travailler au rétablissement de l'ordre.

Championnet aurait-il le malheur de combattre des Français? Les soldats qu'il opposerait aux fédérés sont leurs parents, leurs amis... Il exposa cette situation cruelle aux représentants du peuple, et reçut l'ordre de marcher, sous peine d'être traduit à Paris pour y être jugé. Forcé d'obéir : « Je vous demande, dit-il aux représentants du peuple, de me donner assez de forces pour imposer à l'insurrection ; il faut ramener les esprits. Cette guerre n'est qu'une guerre d'opinions. Le caractère français est trop généreux pour ne pas faire à l'intérêt public le sacrifice de quelques animosités. »

Les représentants du peuple ajoutèrent à son bataillon cinq cents hommes de cavalerie, deux compagnies du 88e, de l'artillerie, et lui donnèrent encore le commandement supérieur des gardes nationales des départements de la Côte-d'Or et du Doubs.

Au milieu des clameurs d'une société populaire disposée aux mesures violentes, sous la pression de fonctionnaires qui obtempéraient eux-mêmes aux instructions du Comité de Salut public, Championnet se voyait environné de difficultés. Sa conduite, dans toute cette crise, fut calculée sur le principe de la conciliation.

Par le seul développement de ses forces, par son attitude ferme, il sut ne pas répandre une goutte de sang ; il obligea le congrès à accepter un arrangement qui dissolvait tous les rassemblements, et la guerre civile fut un instant terminée.

Mais les succès obtenus par la conciliation ne suffisaient pas pour satisfaire le Comité de Salut public. Vainqueur de ses rivaux, ce gouvernement inexorable voulait encore qu'on les poursuivît dans leurs retraites, qu'on cherchât et qu'on punît leurs partisans dans les provinces. Championnet avait éludé plusieurs ordres rigoureux du Comité. Les représentants du peuple, tout en lui donnant pleine approbation, eurent à le justifier, et crurent devoir le faire aller à Paris afin de rendre compte des faits. Dans un temps où les généraux envoyés à Paris ne tardaient pas à être traduits au tribunal révolutionnaire, et passaient de ce tribunal à l'échafaud, la mission la plus tranquillisante en apparence n'avait pas moins au fond quelque chose d'inquiétant. Les soldats du bataillon de Championnet ne voulaient pas le laisser partir.

On le voit en lisant dans son journal le récit qu'il a fait lui-même de ces événements : Championnet en fut vivement affecté ; et l'on croirait qu'il ne respira et ne se trouva dans son élément que le jour où sa carrière, redevenant toute militaire, fut absolument séparée des discordes civiles.

Les représentants du peuple Danton et Lacroix le reçurent au Comité de Salut public. Le premier l'interrogea laconiquement, avec cette voix terrible faite pour intimider d'abord ceux qui ne connaissaient point le fond de son caractère. Championnet lui répondit avec simplicité, les ordres à la main. « Le Comité est content de toi, lui dit alors Danton ; il te prescrit de retourner à ton poste. » Championnet y vola, heureux de rejoindre ses frères d'armes.

A son retour à Besançon, le 8 août 1793, Championnet fut accueilli par la société populaire de cette ville avec des transports de joie. Elle le nomma son président ; et, pour lui exprimer sa reconnaissance, elle donna à son bataillon une pique surmontée du bonnet de la liberté. Cette circonstance n'est pas indigne de remarque : quand le principe des belles actions est pur, les récompenses sont simples comme elles.

Dans cet intervalle, Pichegru, arrivant de Paris avec le grade de général de division, pour aller prendre le commandement de l'armée du Haut-Rhin, passa quelques jours à Besançon. Championnet l'avait connu, comme lui chef de bataillon de gardes nationales, au sortir de l'artillerie où Pichegru n'avait encore que le grade de sergent. Lié d'affection avec Pichegru, Championnet lui demanda de l'appeler à l'armée active.

L'armée active de la France ne se composait en ce moment que de citoyens inexpérimentés, dont les uns quittaient les ateliers, les arts, le soc de la charrue, dont les autres n'avaient pas encore renoncé à la mollesse des villes, aux mœurs efféminées et au luxe qui en sont la conséquence inévitable ; ils allaient pour la première fois voir le feu de l'ennemi. Ce moment était aussi celui où le corps de la noblesse, en possession exclusive de la gloire militaire, parce qu'il avait été jusqu'alors exclusivement investi des places qui la donnent, ne croyait pas seulement avoir laissé nos remparts sans défense, mais croyait pouvoir s'en emparer dès qu'il se présenterait devant eux. Aveuglée à son tour par l'égarement des Français fugitifs, l'Europe s'imaginait que le jour était arrivé de venger ses anciennes injures.

Déjà elle osait concevoir la pensée de partager la France, sous prétexte de secourir le dernier de ses rois.

Ses armées couvraient le territoire de la République française ; la trahison les précédait, les dissensions civiles leur servaient d'appui ; elles étaient commandées par des chefs regardés comme les plus grands capitaines du monde civilisé. Alors apparaissaient seulement dans les rangs français, simples et obscurs soldats, les Hoche, les Kléber, les Bernadotte, les Moreau; mais l'amour de la patrie et de la liberté les animait et les ralliait. Quelle puissance pourrait arrêter l'essor de leur immense destinée?...

Nommé chef de brigade le 26 août 1793, Championnet partit pour Kembs, près d'Huningue, avec son corps, auquel on avait amalgamé deux bataillons du Doubs. Ce nouveau corps, remarquable par sa bonne tenue, était composé de jeunes gens peu aguerris. En les voyant arriver à l'armée, on y disait : « Voilà une bien belle brigade ! sera-t-elle aussi belle au feu ? » Dès les premières actions, sa conduite intrépide lui acquit l'estime générale ; tant le patriotisme forme rapidement au courage, à la patience, à la discipline !...

Détachée pour l'armée du Bas-Rhin, comme avant-garde, à Niederlauterbach, la belle brigade repoussa trois fois, en lui faisant éprouver beaucoup de pertes, l'ennemi qui avait chargé ce village avec des grenadiers hongrois et des chasseurs. Mais la route de Niederlauterbach à Wissembourg était interceptée ; on annonça à Championnet que l'armée était repoussée ; il vit, en effet, l'ennemi marcher sur ses flancs, notre cavalerie faire sa retraite au trot et en désordre. Forcé de se retirer lui-même, il ne cessa point de montrer une contenance vigoureuse. Il forma trois bataillons carrés, manœuvra avec eux en colonne d'attaque contre la cavalerie, et plaça une ligne de tirailleurs soutenue par des pelotons d'infanterie. L'ennemi intimidé n'osa prendre l'offensive. Mais plus tard, quand il fut maître de Lauterbourg, il se porta sur Niederlauterbach, et faillit être enveloppé. Tous ses équipages furent perdus.

Le Comité de Salut public, jugeant l'ennemi trop fortement retranché dans la forêt de Haguenau pour pouvoir être attaqué de front, avait résolu de changer le théâtre de la guerre, et de le porter dans la partie qu'occupait l'armée de la Moselle, en arrière de la Sarre. Les coalisés avaient fait de ce côté des progrès très-inquiétants. Les lignes de Wissembourg avaient été forcées ; Landau était bloqué ; le fort de Vauban pris ; les faubourgs de Saverne au pouvoir de l'ennemi ; l'Alsace envahie ; le Haut-Rhin sans défense ; Phalsbourg menacé, quatre mille Français pris ou égorgés à la Wantzenau ; les débris de nos colonnes se retiraient sous le canon de Strasbourg ; ce boulevard de l'Est, sans vivres, sans munitions. L'armée sans chefs, le soldat découragé, la France entière déchirée par les factions ! combien de nouveaux triomphes ne promettaient pas à l'ennemi ces premiers avantages ! Mais le général Hoche vint commander l'armée de la Moselle.

Pour l'exécution du plan arrêté par le Comité de Salut public, treize bataillons furent détachés de l'armée et envoyés à celle de la Moselle. La brigade de Championnet reçut cette destination.

Placé dans la division Taponnier, Championnet fut employé dans la malheureuse attaque de Kaiserslautern, dont le succès ne couronna pas l'audace. Il y montra une valeur héroïque.

Chargé de s'emparer de Niederbronn, Championnet marcha sur trois colonnes à l'ennemi, le culbuta et le força de quitter les hauteurs en avant et en arrière de Niederbronn. Arrivé sur ces hauteurs, il eut l'âme navrée par un spectacle horrible. Deux canonniers, pris la veille au général Jacob, avaient été attachés ensemble avec des fouets de charretiers au milieu d'un bûcher de fascines; ils étaient presque grillés par les flammes du brasier. Ce trait de barbarie révolta Championnet au point de lui faire dire avec indignation qu'il ne fallait plus faire de prisonniers. Les Français venant de livrer un engagement à Neustadt, un volontaire du 5e bataillon de la Drôme, âgé d'environ seize ans, ayant tout au plus cinq pieds, conduisit devant Championnet un prisonnier hongrois d'une taille de géant. « Pourquoi, lui dit Championnet toujours en colère, n'as-tu pas tué cet esclave, l'un des monstres qui assassinent inhumainement nos frères d'armes? » — « Général, ce malheureux était désarmé, répondit avec timidité le jeune volontaire. »

Rappelé aussitôt à la générosité de son caractère, il embrassa le noble enfant. Il eut la douleur de le voir succomber dans la journée du 14. Longtemps après, il ne pouvait, sans pleurer, entendre parler de cette mort.

Championnet eut le commandement de l'aile droite, le 2 nivôse, pour l'attaque du camp retranché d'Eschweiller; il contribua beaucoup au succès de cette belle journée qu'on peut regarder comme le prélude du dégagement de Landau.

Taponnier blessé, le général Hoche voulait donner à Championnet le commandement de la division. Il continua de remplir les fonctions de divisionnaire sans en vouloir encore prendre le rang. Par des attaques redoublées, par des marches pressées, il coopéra puissamment à débloquer Landau et entra l'un des premiers dans la ville. Les habitants, réduits aux dernières extrémités, avaient mangé jusqu'aux chevaux; ils reçurent avec des transports de joie leur libérateur.

C'est à la suite de ces triomphes que, sur la proposition du général Hoche, Championnet fut élevé, à son insu, au grade de général de division. Il ne tarda pas à sortir de Landau, chassa l'ennemi de Flankenthal, lui prit des magasins considérables, et versa sur Landau une grande quantité d'approvisionnements.

Le général en chef Hoche, connaissant la sévère probité de Championnet, voulut le charger de percevoir les contributions sur la partie des pays conquis qu'il occupait; Championnet pria son ami de déléguer ce soin à d'autres agents.

Jusqu'à la fin de cette mémorable campagne qu'on pourrait appeler l'ouverture de celle de l'an II, Championnet, constamment chargé des opérations les plus délicates, se conduisit toujours avec distinction. Après avoir pris, à Kibelberg, le commandement de la division Vincent, il y trouva l'ordre d'aller en quartiers d'hiver dans les environs de Thionville.

Landau débloqué; les lignes de Wissembourg reprises; l'Alsace délivrée; le fort Vauban reconquis; le Palatinat, la rive gauche du Rhin nettoyés jusqu'au delà de Worms; l'armée ennemie repoussée dans Manheim : tels étaient les résultats d'une campagne commencée à la fin de 1793, au sein d'un hiver rigoureux, et ces résultats avaient été accomplis par les armées réunies de la Moselle et du Rhin, dirigées par le général Hoche, sergent aux gardes-françaises deux ans auparavant, et à peine âgé alors de vingt-quatre ans. Il décerna le prix de la valeur à Championnet en lui faisant officiellement accepter le grade de général de division, qu'il avait si bien mérité sur le champ de bataille.

Il restait beaucoup à faire pour assurer l'indépendance de la République, surtout au Nord; Condé, Valenciennes, le Quesnoy étaient au pouvoir de l'ennemi; Landrecies était menacé; les frontières du Nord étaient occupées par plus de cent mille coalisés.

Les vieilles bandes de l'armée du Nord avaient péri à Nerwinde, sur la Roure; elles étaient remplacées par de nombreux réquisitionnaires pleins de vigueur, mais sans expérience, et commandés par de jeunes officiers peu aguerris, élevés tout à coup aux grades supérieurs. L'armée du Nord était trop faible pour tenir tête aux troupes qui lui étaient opposées; mais elle était surtout trop étendue sur sa ligne, dont la gauche s'appuyait à Dunkerque et la droite finissait vers Namur. Le Comité de Salut public, sentant la nécessité de raccourcir cette ligne d'opérations, décida la création d'une nouvelle armée. Ce fut l'armée de Sambre-et-Meuse, ainsi nommée parce qu'elle appuyait sa droite à la Meuse et sa gauche vers Maubeuge, ayant la Sambre devant elle. Elle fut composée de deux divisions de l'armée des Ardennes, de quatre divisions de celle de la Moselle, et confiée aux ordres de Jourdan. L'armée du Nord, qui se trouvait réduite aux trois divisions de sa gauche, étant reconnue par tous les militaires comme trop séparée de l'armée de Sambre-et-Meuse pour agir de concert avec elle, fut destinée à agir seule et de son propre mouvement.

Le projet du Comité de Salut public, en créant l'armée de Sambre-et-Meuse, était de la faire pénétrer en Belgique en suivant le cours de la Meuse que sa droite devait toujours longer; de déborder, par cette manœuvre, la gauche de la grande armée autrichienne, commandée par Cobourg; d'épargner des combats aux nouvelles troupes, en évitant d'attaquer de front la forêt de Mormale, beaucoup moins redoutable en réalité que par l'importance morale qu'elle avait dans l'opinion des nouveaux soldats.

Ce système d'opérations réunissait trois avantages : 1° cent cinquante mille hommes, composant l'armée du Nord et celle de Sambre-et-Meuse, vivaient sur le pays ennemi; 2° l'armée autrichienne était obligée de s'affaiblir de dix-huit à vingt mille hommes pour garder les places qu'elle avait conquises, et ces garnisons se trouvaient trop isolées pour pouvoir inquiéter les troupes françaises sur le territoire éloigné où elles avaient attiré les armées autrichiennes ; 3° l'armée républicaine suivait sa marche sans faire de siéges, et le soldat s'aguerrissant devenait propre à en faire et à livrer toute espèce de combats. Ainsi s'accomplissait l'idée émise dans les *Méditations militaires* de Lloyd, qui conseille d'investir la Belgique comme une place d'armes; la Belgique devenait en même temps le grenier d'abondance des armées de la République.

Dans la belle marche que Jourdan avait faite à travers les Ardennes pour joindre la droite de l'armée du Nord sur la Sambre, il avait emmené Championnet avec la division qu'il commandait à l'armée de la Moselle. Il opéra sa jonction au moment où l'armée des Ardennes et l'aile droite de celle du Nord venaient d'être repoussées et forcées de lever le siége de Charleroy.

La France, l'Empire, l'Europe, étaient en suspens sur le résultat de la lutte terrible qui se préparait. Les destinées de la République devaient se décider dans les champs de Fleurus.

Toutes les troupes réunies et organisées, l'armée de Sambre-et-Meuse, forte de quatre-vingt mille hommes, fut mise en mouvement au mois de prairial an II. Sa première opération fut le passage de la Sambre et le siége de Charleroy. Championnet commandait la division du blocus.

Le 28 prairial, le corps d'observation étant attaqué et battu à la droite, la division du blocus eut à souffrir tous les efforts de la garnison. Forcé à la retraite, qui devenait très-périlleuse, Championnet se fit remarquer par son sang-froid, son courage et sa sagacité dans une situation tout à fait imprévue. Cette bataille, qui se donna presque sur le même terrain et pour le même objet que celle de Fleurus (la levée du siége de Charleroy), est communément appelée l'*affaire du brouillard*. Elle se livra effectivement au milieu d'un brouillard si épais, que les corps ne s'apercevaient point à la distance de vingt-cinq pas. Par un hasard singulier, les deux généraux en chef avaient choisi le même jour pour s'attaquer, ce qui fit que plusieurs dispositions des deux côtés portèrent à faux. Quoique l'armée française fût refoulée sur sa droite, obligée de lever le siége de Charleroy, et même de repasser la Sambre, on ne peut pas dire qu'elle fût défaite. L'aile gauche, aux ordres de Kléber, avait écrasé tout ce qui était devant elle ; le corps de Championnet avait conservé le plus grand ordre. Le centre et la droite, moins heureux, avaient cependant fait beaucoup de mal aux Autrichiens. Ils furent fort étonnés de voir les Français repasser la Sambre le 29 et remettre le siége devant Charleroy

Championnet, pour s'emparer du camp de la Tombe, fut obligé à des marches très-pénibles. Le 2 messidor, il enleva à l'ennemi sa redoutable position des Quatre-Bras, le hacha dans plusieurs actions, et le poursuivit jusque sur les hauteurs de Jemmapes ; il se distingua d'ailleurs dans les reconnaissances les plus utiles à l'armée.

Cobourg, pour garder l'Escaut, était resté à Tournay avec l'armée anglaise ; il fit évacuer les postes qu'il avait en avant de Valenciennes, du Quesnoy, et vint, avec sa réserve, joindre son aile gauche. L'armée autrichienne, augmentée de ce secours sur la Sambre, se trouvait forte de plus de cent dix mille combattants commandés en chef par le prince de Cobourg, et conduits par les généraux Beaulieu, Kray, Mack et Clerfayt. L'armée française était en présence... Après s'être observés, s'être excités encore quelques instants, ces deux grands corps allaient se heurter enfin avec une fureur impétueuse.

Charleroy, vivement bombardé et presque consumé, avait envoyé un parlementaire. Le représentant du peuple Saint-Just ne voulut pas même l'entendre qu'il n'eût remis les clefs, et donna devant lui l'ordre de l'assaut. La garnison trembla et capitula le 7 messidor. Trois heures plus tard elle eût été secourue. Par une suite de singularités, les généraux ennemis ne savaient point cette capitulation : c'est l'ignorance de ce fait qui donna lieu à la mémorable bataille de Fleurus.

Cobourg, le 7 messidor, avait fait une reconnaissance générale sur notre front. Le lendemain 8, à quatre heures du matin, il attaqua avec vigueur, croyant pouvoir encore délivrer Charleroy qu'il regardait avec raison comme la seule place qui arrêtât les Français jusqu'à Maëstricht. Une bataille générale s'engagea sur une étendue d'à peu près cinq lieues.

Les champs de Fleurus, déjà si célèbres par la victoire remportée en 1690 par le maréchal de Luxembourg sur l'armée des alliés, commandée par le prince de Waldeck, en l'absence du prince d'Orange, devinrent encore le théâtre de la gloire des Français. Ils durent le gain de cette bataille à des prodiges de valeur ; mais, comme on peut le dire de toutes les affaires humaines, et surtout de celles de la République, la fortune semble pouvoir en réclamer une part.

L'ennemi, d'abord battu à Fleurus (village à trois lieues de Charleroy), avait paru se retirer, mais il n'était que onze heures du matin, et le combat se rengagea avec fureur ; des deux côtés un feu terrible de toutes armes, l'attaque et la défense des retranchements, les grandes manœuvres de l'école, les combats corps à corps, la mêlée, tout fut mis en usage. On agit à la fois sur tous les points dans l'étendue de la ligne immense.

Vers les cinq heures du soir, l'ennemi parut avoir obtenu un avantage marqué; sa droite avait forcé notre gauche sur les bords de la Sambre ; il n'y avait point de ponts ; il fallait vaincre ou mourir.

Jourdan, pour se concentrer davantage, feint un mouvement rétrogade au centre de l'armée. Dans ce moment, les républicains transportés d'enthousiasme, s'écrient : « Général ! aujourd'hui, point de retraite! » A ce cri unanime, le centre s'avance terrible, et l'ennemi, qui s'était lui-même porté contre ce centre, dans l'espoir de couper notre gauche, se retire précipitamment. En même temps quatre pièces d'artillerie, couvertes et placées à propos, font plusieurs décharges à mitraille, lui tuent beaucoup de monde ; de sorte que, craignant à son tour d'avoir sa droite coupée, il est forcé de se replier en abandonnant notre gauche, qui était sur les bords de la Sambre.

Les représentants du peuple Guitton et Gillet, assistaient à la bataille, et sous le feu des Impériaux, ils encourageaient les troupes. Ils envoyèrent trois fois à Championnet un adjoint pour lui dire : « que la bataille dépendait absolument de sa colonne. » A l'arrivée des deux premiers messagers, le succès était douteux ; au troisième, Championnet leur répondit : « que l'ennemi était en pleine déroute, et que la bataille était gagnée. » Elle ne le fut décidément qu'entre six et sept heures du soir.

Parlant de sa conduite à Fleurus avec le sentiment d'un homme brave qui sait avoir rempli son devoir, Championnet dit dans un récit qu'il a fait lui-même de cette bataille : « L'histoire ne devrait pas oublier que la droite et la gauche de l'armée avaient été forcées, et qu'il n'y a eu que les divisions Lefebvre, Hatry, Championnet et Morlot qui n'ont jamais quitté leurs positions ; que l'ennemi a fait ses derniers efforts sur la division Championnet... » Ne doutons pas que dans un compte-rendu plus complet, Championnet lui-même n'eût mis au premier rang des nobles éléments de la victoire de Fleurus la ténacité de Jourdan, l'énergie de Kléber, la constance de Bernadotte.

Le tir de l'artillerie de la division Championnet avait été si violent, que ses bouches à feu avaient été mises hors de service. On aurait pu passer un œuf dans la lumière de chaque canon. Sa division usa vingt caissons de cartouches, et chaque soldat en avait soixante dans sa giberne. La canonnade presque continuelle qui s'était fait entendre pendant toute l'affaire, avait été si forte, qu'il fut rapporté, dans les huit jours suivants, à l'état-major de Championnet, plus de trois mille boulets trouvés dans les retranchements et devant son front. Les courts intervalles du canon avaient été remplis par un feu moins soutenu de mousqueterie et par des charges réitérées de cavalerie. C'est peut-être la seule affaire où, les ailes étant battues, le centre ait résisté pendant si longtemps et décidé la victoire.

C'est bien ici, sur ces champs illustrés de Fleurus, qu'il fut vraiment décidé qu'il y aurait une République française, les républicains ayant commencé à prouver qu'ils savaient s'habituer à la discipline, réunir le courage et le sang-froid de la défensive à l'intrépidité et à l'audace de l'attaque.

Pendant l'action, un ballon retenu par des cordes avait plané dans les airs, découvert les mouvements des ennemis et le plan de leurs batteries. Il y avait au bas des cavaliers qui recevaient les indications et les transmettaient aux généraux français. On fut fondé à penser que cette invention pouvait n'avoir pas été inutile à Fleurus; mais lorsque le ballon était arrivé au quartier général, quelques moments avant l'action, on n'avait pas manqué de tourner en ridicule l'idée de se servir d'une machine aérostatique pour ajouter aux procédés connus de la guerre.

Championnet parut être de ceux qui auraient prononcé un peu trop légèrement sur la portée de cette idée ingénieuse. Son journal militaire contient même à ce sujet une opinion dont la ressemblance avec celle qu'on entendit alors sortir de la bouche de Kléber pourrait faire croire qu'elle a été émise sous l'influence de ce général. Mais le jugement de Kléber, très-important sans doute en matière militaire, quand il était le résultat de ses lumières et de sa raison impartiale, devenait une autorité très-réfutable lorsque, ainsi qu'il lui arrivait le plus souvent, ce jugement était l'œuvre d'une passion rivale et l'expression d'un caractère frondeur.

« En lisant, dit Championnet dans un passage de son journal militaire, les rapports des Conventionnels, où le talent de l'invention brille souvent aux dépens de la vérité, on serait tenté de penser que la gloire de la journée de Fleurus est due à quelques aunes de taffetas gommé, et que le canon et la baïonnette n'ont été que des accessoires. Les védettes nichées dans les observatoires ont eu soin d'entretenir les gazettes, les oisifs et les ignorants, des services éminents qu'elles avaient rendus ; il n'est pas jusqu'aux ouvriers qui tenaient les cordes de la machine qui ne se soient attribué le gain de la bataille. Enfin le peu d'utilité de cette machine vantée a été si bien reconnu, continue-t-il, qu'on a renoncé à de nouvelles épreuves...

» Le ridicule des aérostiers me suggère une réflexion dont tous les généraux sentiront la justesse : si l'affaire réussit, le moindre tambour veut en partager l'honneur ; si, malgré les ordres les plus sages et les mouvements les mieux combinés, la victoire échappe, la faute doit retomber sur celui qui commande. C'est ainsi que Saint-Just me rendait responsable sur ma tête du succès de la journée. »

Quoique Championnet ait pu n'être que l'écho de Kléber dans cette déclamation, la vérité et la raison, un peu méconnues par lui dans cette circonstance, imposent à l'historien qui a rapporté la citation le devoir de ne pas laisser sans réponse deux griefs confondus par Championnet dans une même censure, les ballons et les représentants du peuple.

D'abord, c'est un assez faible argument contre les ballons de dire qu'ils n'avaient point encore été employés avant cette première expérience, ou que cette expérience a été abandonnée depuis. Combien de précieuses découvertes n'étaient pas hier mises en pratique qui font aujourd'hui l'admiration des hommes, et sont reconnues avoir ajouté à leurs lumières, à leur bonheur ! combien d'inventions utiles ont été produites, puis délaissées, plus souvent encore niées avant qu'on les essayât. Sans doute les braves de Fleurus ont bien eu le droit de revendiquer la gloire due à leurs efforts ; mais sans donner au ballon l'honneur exclusif d'avoir décidé la journée, plusieurs faits ont prouvé qu'on ne pouvait, sans injustice, lui refuser toute part d'influence sur le succès :

1° Les premiers jours de l'ascension de cette machine, quelques soldats autrichiens, placés sur les remparts de Charleroy, avaient été effrayés au point d'avoir appelé au secours et fait rassembler une partie de la garnison ;

2° Plusieurs prisonniers, questionnés par les généraux devant lesquels ils étaient amenés, rapportèrent qu'ils avaient été terrifiés en voyant la machine planer sur leurs têtes : « Comment, disaient-ils, pouvions-nous résister à ces républicains, qui, hors de toute portée, apercevaient d'en haut tout ce qui se passait en bas? » A ces constatations émanées des généraux eux-mêmes, d'autres ont été ajoutées par le représentant du peuple Guyton de Morveau, homme d'autant de probité que de science.

Ce représentant du peuple, qui réunissait alors avec le plus grand soin tous les faits relatifs à l'armée près de laquelle il était placé, déclarait avoir entendu généralement les habitants de la Belgique s'accorder, ainsi que les prisonniers autrichiens, à reconnaître comme une cause principale du gain de la bataille de Fleurus l'ascension de l'aérostat d'où les Français, invulnérables, voyaient les manœuvres des ennemis sans qu'on pût se douter des leurs. Il est donc certain que l'aspect du ballon ayant frappé l'imagination des Autrichiens, on peut, sans exagérer son mérite, le regarder comme ayant contribué au changement de leurs mouvements, qui parurent devenir extrêmement timides, l'officier comme le soldat s'attendant toujours à tomber dans quelque embuscade.

Parlant maintenant de ce qui est possible aux yeux de la raison la moins hardie, serait-ce avoir une foi trop aveugle dans le système de la perfectibilité que d'espérer qu'un procédé qui consiste à placer dans les airs un observatoire ambulant et volant d'où l'on saisit infailliblement les dispositions de l'ennemi, pût porter en soi l'élément d'une grande révolution dans l'art de la guerre? Mille exemples démontrent dans combien d'occasions une pareille machine eût absolument changé la face des événements. A la bataille d'Hastebeck, le maréchal d'Estrées monta dans un clocher pour mieux observer le camp des Anglais. On sent toute l'utilité qu'il eût retirée d'une machine aérostatique. Elevé à une plus grande hauteur, il eût été rassuré sur le faux avis, qu'il reçut d'un de ses officiers généraux, qu'il était tourné par sa gauche.

A Rosback, les généraux de l'armée combinée, après avoir perdu plusieurs occasions de combattre le roi de Prusse avec avantage, veulent l'attaquer ; ils marchent sans ordre vers sa gauche ; Frédéric porte des troupes sur une éminence pour masquer sa manœuvre ; les généraux croient que ses troupes ne sont là que pour protéger une retraite ; ils craignent que l'ennemi ne leur échappe, s'avancent avec précipitation, et trouvent l'armée qui se forme en bataille... Quel service leur eût rendu une machine aérostatique !

Ne sent-on pas d'ailleurs toute la ressource d'un pareil procédé pour la sécurité des quartiers d'hiver et des campements ? dans les siéges, pour les assiégés comme pour les assiégeants? Cette découverte semble enlever à la ruse pour restituer au courage la partie d'échecs que le courage seul pourrait alors gagner ; mais, en considérant que c'est dans les montagnes que ces machines pourraient être d'un grand secours, puisqu'en rompant pour ainsi dire leurs chaînes, en les dominant, on parviendrait à assujettir la guerre, même dans ces contrées, à des principes certains, on comprend aussitôt que toute l'utilité des ballons n'a pu être déployée dans des plaines découvertes.

Gardons-nous donc de conclure de l'imparfaite application qui en a eu lieu dans les champs de Fleurus, qu'elle ne puisse être plus complète sur un autre théâtre, et qu'elle ne soit pas susceptible des plus heureux perfectionnements (1).

Arrivons aux représentants du peuple en mission. Doit-on les condamner tous irrévocablement, sans distinguer d'abord ceux qui parurent aux armées de ceux qui se promenèrent dans les départements? Peut-être a-t-on le droit de penser que ces derniers firent généralement plus de mal que de bien. Plusieurs s'abandonnèrent à leurs passions, excitèrent les partis, enfantèrent les réactions.

Quant aux premiers, ils ont, à quelques exceptions près, développé courage, caractère, dévoûment; ils ont soutenu de leur influence les chefs chargés de l'embrigadement, établi la discipline, accepté d'excellentes nominations sur l'indication des généraux, et démêlé eux-mêmes dans les rangs, des soldats dont ils ont fait des officiers, et des officiers dont ils ont fait des généraux. Tous ceux qui brillèrent dans la guerre de la liberté furent le plus ordinairement les choix des représentants du

(1) L'auteur de la vie de Championnet avait justement prévu que la science aérostatique, en ce qui concerne les ballons employés en campagne, ferait plus tard de nouveaux progrès.

En ces derniers temps, pendant notre glorieuse campagne d'Italie, on a eu recours au procédé qui avait réussi à Fleurus, c'est-à-dire à la reconnaissance aérienne. Citons à l'appui un fait rapporté par tous les journaux.

« On apprit, le 20 juin 1859, que les Autrichiens battaient en retraite sur la ligne du Mincio. A 3 heures de l'après-midi, le 20, ils finirent d'évacuer Montechiari.

» Le 22, l'armée française achevait de passer la Chiese.

» Où était l'ennemi, pendant que nous occupions ses positions des jours précédents?

» Les frères Godard, qui se trouvaient à Castelnedolo avec leurs appareils, obtinrent du général Fanti la permission d'expérimenter dans une prairie située à un kilomètre de la grande plaine de Montechiari. Au bout d'une demi-heure, la mongolfière s'enlevait dans l'air à une hauteur de 8 à 900 mètres; mais à une distance de trois ou quatre lieues on n'aperçut aucun habit blanc.

» L'armée française occupait alors Lonato, Montechiari et Castiglione, etc. »

peuple, et plusieurs de ces missionnaires guerriers ont pu dire avec le consul romain : « Nous avons sauvé la patrie. »

Si l'on veut encore apprécier plus impartialement la conduite des représentants du peuple, qu'on commence par juger les temps auxquels elle s'appliquait. Ils exerçaient leurs pouvoirs en dictateurs, mais qu'on regarde d'abord quels étaient ces pouvoirs et la responsabilité des hommes à qui ils étaient confiés ! Un arrêté du Comité de Salut public qui envoyait l'un d'eux à l'armée de la Moselle, était ainsi conçu : « Tout pouvoir est donné à......, pour sauver Landau et les lignes de Wissembourg, etc. » Le rapporteur du Comité disait à la Convention nationale : « Le Comité vient de prendre de grandes mesures ; Saint-Just et Lebas vont aux armées de Rhin et Moselle. » Saint-Just trouva la frontière sans défense, l'armée sans subordination. Il venait, en arrivant, de donner un ordre. Il entendit deux officiers raisonner sur les moyens d'exécution ; l'un hésitait. « Quel est celui qui commande? demanda Saint-Just. — C'est moi, répondit le plus ancien. — Fais-toi donc obéir. »

Saint-Just, à la vérité, prit une suite d'arrêtés rigoureux ; il porta peine de mort contre tout militaire, le général de division excepté, qui se rendrait au quartier général sans permission ; contre tout soldat qui quitterait sa colonne à vingt pas, qui volerait une poule ou même un œuf ; contre tout homme qui insulterait ou violerait une femme ; mais ceux qui furent témoins de semblables sévérités, sans les approuver toutes, et sans vouloir faire uniquement honneur aux arrêtés de Saint-Just de la discipline qu'on vit régner alors, ont raconté depuis qu'elle surpassa, par son austérité, la discipline que les consuls romains avaient obtenue de leurs légions.

CHAPITRE II

Conséquences de la bataille de Fleurus. — Championnet s'empare des hauteurs de Clermont. — Combat devant Juliers. — Résultats de la campagne de l'an II. — Monument élevé par Championnet à d'Assas. — Ouverture de la campagne de l'an III. — Championnet passe le Rhin de vive force devant Dusseldorf. — Prise de cette place. — Combat meurtrier de Costheim. — Prise de Lieubourg et de Konigstein. — Mouvement rétrograde de l'armée. — Position difficile et périlleuse de Championnet ; son activité ; son énergie. — Il repasse sur la rive gauche du Rhin. — Retraite vigoureuse de l'armée. — Bataille de Saudvall. — Armistice glorieux imposé à l'ennemi. — Part brillante qui revient à Championnet dans la campagne de l'an III. — Pertes éprouvées par sa division. — Ses qualités militaires et privées, sa générosité, son désintéressement, sa probité.

La bataille de Fleurus n'avait été, comme on l'a vu, que défensive; dès lors, l'armée républicaine devint offensive; la Belgique se trouvait tout à fait ouverte.

Par d'habiles manœuvres concertées avec le général Hatry et secondées par Legrand et Bonnet, Championnet obligea l'ennemi d'abandonner les deux camps de 25 à 30 mille hommes qu'il avait à Vitroux et à Jemblours.

Depuis cette époque, la désertion parmi les troupes ennemies fut considérable. Beaulieu se plaignait violemment du prince de Cobourg ; il l'accusait de la perte de la Belgique, parce qu'il n'avait pas attaqué aux heures convenues. « C'est qu'il est bien pénible pour les Autrichiens, dit avec un juste orgueil Championnet, d'être forcés d'admettre la supériorité des Français. Beaulieu, qui s'était toujours vanté de n'avoir jamais été battu, venait d'être obligé de reconnaître un vainqueur; mais en toutes choses c'est le premier pas qui coûte. »

L'armée de Sambre-et-Meuse, composée presque tout entière de nouveaux soldats inaguerris, aurait été peut-être moins redoutable si l'on avait isolé ses corps. On eut le bon esprit de former de grandes masses. L'ordre profond coupa la ligne autrichienne dans les combats qui suivirent. C'est l'ordre que les Russes ont depuis adopté avec succès en Italie. L'armée de Sambre-et-Meuse, la première, partagée en grandes divisions égales, était devenue une armée régulière. Chaque jour plus digne de son nom, disputant pied à pied le terrain à l'ennemi, elle lui fit repasser la Meuse. Bruxelles, Louvain, la fameuse montagne de Fer, Namur, Liége, étaient aux mains des Français.

Pendant ce temps, des corps détachés, commandés par le général Schérer, rendaient à la France Landrecies, Quesnoy, Valenciennes, Condé, et d'immenses magasins. Les hauteurs de Clermont, défendues par l'arrière-garde des troupes alliées, tombèrent au pouvoir de Championnet, après un combat de huit heures, L'ennemi voulant disputer les vastes plaines qui s'étendent des rives de la Roër à celles du Rhin, Championnet se distingua dans la bataille donnée en avant de Juliers, où le général Jourdan vint en personne à la tête de sa colonne; Championnet s'empara de la ville. Marchant de là sur Cologne, il reçut avec bonté les magistrats qui vinrent au devant de lui. C'est ainsi que l'armée française releva alors sur ce point les anciennes limites des Gaules.

Les soldats français, plaisantant avec leur gaîté nationale sur la continuité des triomphes qu'ils venaient de remporter, disaient : « En messidor an II, nous avons moissonné la Belgique ; en vendémiaire an III, nous avons vendangé Trèves, Cologne, le Palatinat. »

L'armée française prit alors ses quartiers d'hiver, et Championnet, dont le repos était encore une préparation à de nouveaux combats, s'occupa de parcourir curieuse-

*

ment tous les contours des rives du Rhin. Il examina, non sans émotion, ces terrains fameux par tant d'événements souvent malheureux pour les Français ; les Mémoires de Condé et de Saxe à la main, il comparait les fautes des généraux vaincus à la science des vainqueurs, et ses regards étaient constamment attachés à la rive droite, prochain théâtre de la guerre.

Dans ses courses militaires, il acquitta seul, à ses frais, un devoir sacré qui eût dû être acquitté par la France entière : à Klostercamp, il éleva un simple et pieux monument sur le sol où le chevalier d'Assas termina glorieusement sa vie. Championnet attirait à lui tous les cœurs par sa bienveillance et par la discipline qu'il faisait observer à ses troupes.

La Belgique conquise, les quatre places fortes reprises, Maëstricht à nous, l'armée française avancée jusqu'au Rhin, Luxembourg investi, l'armée de la Moselle portée sur Mayence, cette grande forteresse de l'Allemagne : tel était le résultat de la campagne de l'an II (1794). Cette campagne ayant débuté en messidor, et finissant au commencement de brumaire, n'avait guère duré plus de quatre mois ; mais elle avait suffi pour donner à l'Europe étonnée la mesure des forces de la nouvelle République, dont les valeureux soldats venaient de s'aguerrir encore par la victoire, tandis que la science des chefs se perfectionnait rapidement sur les champs de bataille.

Du moment que Luxembourg serait en notre pouvoir, il n'y aurait plus que Mayence à prendre pour être maître de toute la rive gauche du Rhin. On pouvait même s'en croire déjà en possession d'après le système nouveau, et que l'on peut appeler vraiment révolutionnaire, de marcher toujours en avant appuyé par une forte armée, sans s'inquiéter des citadelles qu'on laissait derrière soi. Mais, malgré ce principe, qui venait d'être suivi avec succès dans la dernière campagne, il eût été trop téméraire de vouloir se jeter en Allemagne sans préalablement placer un corps d'observation pour faire le blocus de Mayence. Kléber en fut chargé.

Le Comité de Salut public avait décidé une invasion permanente. Ne pouvant méconnaître ce plan tracé par la victoire, l'ennemi, réduit à la défensive, avait rassemblé beaucoup de troupes dans le duché de Berg ; il s'appuyait sur Dusseldorf ; il avait pour rempart l'étendue et la profondeur du Rhin ; il nous attendait dans l'attitude de la confiance et de la force.

Jourdan, commandant l'armée de Sambre-et-Meuse ; Pichegru, commandant celle du Rhin, eurent ordre de passer ce fleuve. Kléber revenu du blocus de Mayence, commandant l'aile gauche de l'armée de Jourdan, avait trois divisions sous sa direction. Championnet, à la tête de l'une de ces divisions, fut destiné par Kléber à jouer un premier rôle dans le plan de cette opération. Il devait, en conséquence, passer le Rhin en face de Dusseldorf et s'emparer de la ville.

Ce n'était pas une entreprise médiocrement périlleuse.

Comment croire, en effet, qu'une division composée de 8,000 hommes au plus, pût tenter le passage du fleuve, précisément en face d'une ville considérablement fortifiée, défendue par une garnison de six mille hommes, par un camp de six mille autres sur le glacis, commandés par Haddick, général habile, qui pouvait recevoir de prompts secours, et par une citadelle dont les remparts, hérissés de cent pièces de canon, semblaient attendre et défier les derniers efforts ?

Championnet fait ses préparatifs en silence. Il ne trouve

que cinquante-deux batelets, qui peuvent à peine transporter six cents hommes. La prudence impose de ne prendre aucun batelier du pays. Il faut confier les avirons à des soldats. Mais les soldats républicains ne doivent être en arrière d'aucun genre d'industrie.

Championnet persuade aux siens qu'ils sont des bateliers excellents. Il donne à ses officiers des instructions pleines de sagesse, mais dont l'énergie est la base. Au moment où l'exécution approche, il reçoit une lettre de Kléber, pleine d'encouragements; quoiqu'elle n'ajoute aucun moyen matériel à sa position, elle la soutient par des expressions brûlantes qui pénètrent les soldats d'enthousiasme.

Une circonstance singulière vient suspendre le passage. Tandis que Championnet parcourt les bords du Rhin pour reconnaître les postes ennemis, il aperçoit un héron immobile au milieu du fleuve, vis-à-vis de l'embouchure de la rivière d'Erfft, où devaient déboucher ses bateaux. Un général romain aurait vu là quelque avertissement des dieux. Sans faire intervenir les dieux dans un événement aussi simple, Championnet conclut seulement qu'il faut sonder cette partie du fleuve, où peut se trouver quelque écueil dangereux. Il fait, en conséquence, jeter à la nage trois soldats, qui reconnaissent effectivement un banc de sable de près de cent toises de longueur, dont quelques pouces d'eau couvraient la surface. Il fait remorquer les bateaux deux lieues plus loin, près du village de Grimlinghausen.

Dans la nuit du 19 au 20 fructidor an III, Championnet fait conduire sur les bords du fleuve toute l'artillerie qui doit protéger le débarquement. Après qu'on a empaillé les roues et toutes les pièces de fer, les soldats défilent sans bruit vers les bateaux. « Camarades, leur dit

Championnet, demain le soleil levant nous verra à Dusseldorf, ou nous serons morts glorieusement. » Quatorze compagnies de grenadiers entrent dans les nacelles. La peine de mort est à l'ordre contre celui qui fera feu pendant le passage. Il faut recevoir celui de l'ennemi sans le renvoyer. C'est bien là l'héroïsme le plus difficile pour des Français.

A peine les bateaux quittent le rivage que le *werd-da* (cri du soldat autrichien en faction) se fait entendre de la rive droite. L'artillerie républicaine, rangée sur le bord opposé, foudroie les batteries et les bataillons ennemis. Alors le Rhin semble rouler des eaux embrasées. La surprise, l'ardeur des combattants, la nouveauté de l'attaque sur un fleuve rapide, les cris des mourants, la profonde nuit qui succède à d'effrayantes clartés, répandent le désordre dans la flottille. Plusieurs bateaux dérivent, d'autres s'engloutissent. Cent pièces qui tonnent à coups pressés, les bombes, les obus qui se croisent sur le fleuve, forment à la fois le tableau le plus horrible et le plus majestueux des fureurs de la guerre.

Deux barques abordent au rivage. Nos braves soldats enfoncent les premiers rangs en criant : Vive la République ! Le même cri retentit sur les eaux. Toute la flottille arrive. Les instruments militaires battent et sonnent le pas de charge. « Pour suppléer à nos faibles moyens, il fallait de l'audace, encore de l'audace, dit Championnet ; elle est l'issue de la guerre, comme le secret des révolutions. » A la tête de cinq cents grenadiers il marche lui-même vers le bois de Ham, chasse les Allemands, et fait planter des échelles au pied des remparts de Dusseldorf, malgré le feu de son artillerie. La ville tremblante ouvre ses portes, et à cinq heures du matin 4,000 hommes déposent les armes sur le glacis ; 400 pièces de canons et des magasins nombreux tombent au pouvoir des républicains.

Les généraux Jourdan et Kléber ne pouvaient croire à la nouvelle de ce prodigieux succès. Des guerriers, autorisés par la connaissance éprouvée d'entreprises hardies à juger la conduite de Championnet, ont pensé que le mérite de tous les efforts réunis pour ce seul passage du Rhin aurait suffi pour mettre dès ce moment Championnet à côté des premiers généraux divisionnaires de la République. C'était l'opinion de l'illustre Kléber. Jourdan a depuis avoué en frémissant à Championnet qu'il avait été forcé de sacrifier sa division dans cette circonstance, afin que le centre et la gauche de son armée pussent, durant ce temps-là, battre le flanc droit des Autrichiens. « Mon cher ami, ajoutait Jourdan, je vous ai mis au poste le plus dangereux. »

« Mon général, répondit le vainqueur de Dusseldorf, je vous demande la même faveur dans toutes les occasions. »

Le premier soin de Championnet fut de maintenir l'ordre dans la ville conquise ; et tel était son ascendant sur les soldats, dont il pouvait à son gré exciter ou calmer l'ardeur, qu'en les contemplant à Dusseldorf, aussi parfaitement tranquilles et soumis à la discipline, on n'aurait pas cru voir des vainqueurs sur le théâtre de leur triomphe, mais des soldats encore sur le sol même de leur patrie.

Pour exécuter le tour de force de son passage du Rhin, Championnet avait formé un corps unique de grenadiers, qu'il avait composé de tous ceux de chaque corps. Lorsqu'on fut sur la rive droite du Rhin, ces grenadiers voulurent conserver ce mode de formation pendant le reste de la campagne. Championnet ne le permit pas ; il savait par expérience et disait « qu'il n'y avait pas de meilleure organisation de troupes pour une expédition périlleuse qu'un corps de grenadiers réunis. Bien commandés, ils triomphent de tous les obstacles; mais l'action qui a nécessité leur rassemblement finie, il faut sur-le-champ les dissoudre, et faire rentrer chaque compagnie dans son bataillon; une plus longue fusion perd la discipline; l'orgueil, si naturel à tous les hommes, semble bien plus encore animer ceux qui paient souvent de leur vie le droit d'avoir cet orgueil. Les grenadiers, fiers de leur succès, s'accoutument à se croire au-dessus de leurs camarades, et quelquefois méconnaissent la voix de leurs chefs. Il ne faut pas d'ailleurs, en temps de guerre, priver les corps de leur tête de colonne. »

Le lendemain de la prise de Dusseldorf, la division de Championnet reçut la Constitution de l'an III sur le glacis de la place. Il dit à ses soldats :

« C'est sur un champ de bataille encore fumant du sang des ennemis de la République que vous allez vous prononcer pour une Constitution républicaine qui enlève aux Bourbons l'espoir de remonter sur le trône de leurs ancêtres. Que votre vœu soit libre! Dans ce moment, vous n'êtes plus soldats : vous êtes citoyens. »

La Constitution fut acceptée.

L'armée s'avança sur la Nidda. Championnet attaqua le village de Costheim, tristement célèbre par la mort du général Meunier et de six mille Français et Prussiens, dont les ossements blanchis couvraient encore la plaine. Le canon de Cassel, les batteries du capitaine Williams placées sur le Mein, rompaient nos rangs qui se reformaient toujours. Costheim fut incendié; l'ennemi, acharné à le défendre, n'en sortit que la nuit, à travers des ruines et des cendres enflammées. « Dans ce combat, l'un des plus meurtriers où je me sois trouvé, dit Championnet, un officier de la 59e demi-brigade, fait prisonnier, s'aperçoit que nos tirailleurs cessent leur feu dans la crainte de le blesser ; il s'écrie d'une voix forte au milieu des soldats qui l'entraînent : « Camarades, tirez toujours. »

On se battit corps à corps ; les soldats désarmés employaient les dents avec fureur, comme des armes offensives. Tout l'état-major de Championnet vit à l'hôpital de Hochoim un soldat français qui avait un doigt coupé par les dents d'un Autrichien.

Après avoir pris Lieubourg, le fort de Konigstein, Championnet commença à éprouver, à Idsteim, les fâcheux effets de la neutralité conclue à Bâle l'année précédente. Les sauve-gardes prussiennes et les bourgeois n'avaient pu lui interdire l'entrée de la ville. On lui refusa les objets de première nécessité pour les troupes, et tout le temps que nous restâmes campés outre-Rhin, on ne put obtenir aucune subsistance des pays neutralisés.

L'armée de Sambre-et-Meuse devait, sans s'inquiéter de Mayence, pénétrer au cœur de l'Allemagne ; c'était l'avis de Championnet. Parvenu sur les bords du Mein, il pensait qu'on devait à l'instant porter la guerre sur la rive gauche de ce fleuve ; il espérait, d'ailleurs, ou par une grande activité soustraire le soldat au tourment de ses besoins, ou par de nouveaux succès conquérir une meilleure situation. En attendant, il avait fait un camp retranché autour de ce Costheim qui, pris, repris, avait coûté tant de monde.

Mais, tandis que l'armée française, au lieu d'aller en avant de Mayence qui se serait alors infailliblement rendue, languissait mourant de faim devant cette place, les Autrichiens, moins scrupuleux que les Français sur le respect dû à la neutralité prussienne, la violaient ouvertement.

Le landgrave de Hesse-Cassel, qui avait laissé passer les ennemis sur son territoire, devait être sans doute considéré comme ayant donné le même droit aux Français. Championnet était incapable de suivre un tel exemple.

Le général autrichien Clerfayt, après avoir enlevé à Pichegru les lignes de Mayence, bloqua Manheim avec un corps considérable placé près d'Heidelberg, et poursuivit sur Lautern l'armée du Rhin fugitive. L'armée de Sambre-et-Meuse étant incessamment menacée dans les avantages que lui avait valus son passage, Jourdan eut l'idée de faire une diversion qu'il est difficile de ne pas appeler une retraite, puisqu'elle consistait à revenir se poster dans le Hundsruck.

Le 19 vendémiaire, Championnet voit arriver dans son camp Kléber et Bernadotte. Ces généraux, prévenus qu'ils devaient être attaqués le lendemain, passèrent la nuit avec Championnet, et réglèrent ensemble leurs dispositions.

Le 20, l'armée impériale fit sur la gauche de notre armée un grand mouvement, dont le but était de nous tourner, et d'arriver avant nous sur la Lahn. Elle passa le Mein sur trois points, à Schwanheim, à Offenbach et à Hanau.

Tilly, campé sur la rive droite de la Nidda, fut forcé, après une vigoureuse défense dans laquelle il perdit beaucoup de monde.

A sept heures, toute l'armée fit une marche rétrograde, mais sur cinq colonnes.

Championnet se retira dans le plus grand ordre ; son arrière-garde, commandée par Legrand, prit position non loin de Wisbaden, se couvrit des routes de Laugerschwalbak, Kirchberg et Idsteim, et soutint tout l'effort de la garnison de Mayence qui vint l'assaillir.

Jourdan, d'après son plan de diversion, ayant ordonné la retraite derrière la Lahn, l'armée se dirigeait sur le sommet des monts, et dans les forêts qui sont entre la Naw et la Simmeren. Le mouvement s'exécuta à la droite; mais les équipages et l'artillerie de Grenier s'étant embourbés, Championnet fut chargé de rester dans sa position jusqu'au lendemain, pour protéger le flanc de Grenier, conjointement avec Bernadotte.

Des corps qui devaient appuyer Championnet partirent précipitamment. Ses deux flancs découverts, il était tellement avancé en pointe (l'ennemi occupait déjà Idsteim), que sa retraite pouvait être coupée. Son extrême activité le sauva de ce péril. Sans cesse harcelé, il réussit à n'être pas entamé.

Le 24, arrivé à Nassau, où il avait placé jusqu'au gué d'Arustheim deux bataillons que venait de lui envoyer Bernadotte, Championnet allait en personne reconnaître les débouchés d'Arustheim et la position de Pouchaise. Il était à peine à un quart de lieue de Nassau, qu'il entendit tirer le canon du côté de son avant-garde. Retournant à la hâte, il trouve cette avant-garde, composée de douze compagnies de grenadiers et du 12e de dragons, qui avait repassé la Lahn.

Cette brusque retraite avait laissé à l'ennemi le temps d'arriver presque aussitôt que les troupes dans la gorge de Stein-Nassau. L'ennemi, portant deux pièces de canon sur la hauteur, à la droite du village, s'amusa heureusement à tirer sur le pont pour le couper. S'il avait dirigé son feu sur les colonnes de cavalerie et d'infanterie, sur le chemin du village au pont, il faisait un carnage horrible. Championnet ordonna à Legrand de rallier tout ce qu'il pourrait d'infanterie et de tenir bon à Nassau jusqu'à la dernière extrémité. Il fit à l'instant retourner ses pièces, qu'il avait déjà dirigées sur Mont-Thabor, et avec le feu supérieur de son artillerie légère, il parvint à éteindre celui des impériaux.

Le général Kléber joignit Championnot à Mont-Thabor, présumant bien qu'ils ne repasseraient pas le Rhin sans être attaqués. Ils partirent à trois heures après midi pour aller reconnaître une position avantageuse aux environs de Neuwied. Championnet laissa Legrand à la tête de ses troupes, lui donna ordre de se mettre en marche à sept heures du soir, et de se diriger sur Neuwied. A minuit, la division Marceau avait déjà levé le siége d'Ereubreistein, et une partie avait repassé le Rhin. Bernadotte, à deux heures, était dans la plaine à Neuwied. La division Championnet était toute découverte sur la rive droite du fleuve.

Le 29 vendémiaire, vers dix heures du soir, Kléber, apercevant du château d'Eugers un brûlot sur le Rhin, avait fait aussitôt placer des nacelles de distance en distance, et le brûlot arrêté à temps n'avait causé aucun dommage.

Mais à minuit, le Rhin paraît couvert de barques enflammées ; on annonce à Kléber que, malgré toutes les précautions, les deux ponts du côté de Neuwied ont été emportés ; que ceux qui étaient du côté de l'île n'avaient point souffert. On devait naturellement attribuer cette manœuvre à la garnison d'Ereubrestein. Quel fut leur étonnement quand Marceau, survenant, leur dit qu'il était l'auteur de cet événement funeste ; qu'en évacuant l'île de Niedwert, ne pouvant faire passer à la rive gauche du Rhin tous les bateaux qui étaient amarrés sur la rive de l'île, il y avait fait mettre le feu. Il fallait prendre un parti sur-le-champ.

« Le petit conseil de guerre ne fut pas long, dit Championnet; nous nous trouvions sans le vouloir dans la position volontaire de Pizarre, position horriblement critique; les mauvais chemins que nous avions à suivre dans notre retraite à travers les bois et les montagnes nous avaient engagés à faire passer tous nos parcs et notre grosse artillerie sur la rive gauche, pour ne pas les laisser en route. Nous n'avions que le simple approvisionnement des pièces de bataillon et quelques caissons pour l'artillerie légère. Il n'existait aucun bateau disponible pour en amener de la rive gauche. Le général en chef faisait sa retraite derrière la Sieg, avec l'aile gauche de l'armée. Nous étions découverts de tous côtés, resserrés dans un espace de trois lieues, dans un pays sans ressources, les troupes manquant de tout, sans aucune distribution depuis plus de quatre jours, harassés, découragés, ayant perdu tout enthousiasme de victoire. Nous convînmes que ma division, en arrivant, prendrait position derrière la Saymbak; que Bernadotte couvrirait les gorges de Thierdorff; que Moreau se mettrait à la tête de la cavalerie; que si nous étions attaqués, nous nous battrions jusqu'à la dernière extrémité; qu'après avoir épuisé notre faible approvisionnement d'artillerie, nous nous mettrions à la tête de l'élite de nos troupes et chargerions avec fureur; que si nous étions forcés dans cette position, nous nous retirerions derrière la Wiedback, et disputant le terrain pied à pied, nous ferions notre retraite sur Bonn. » En plaçant la division de Championnet sur le plateau de Bendorff, Kléber s'était résumé en ceci : « Mon ami, vaincre ou mourir. Si l'ennemi nous attaque, point de coups de fusil : la baïonnette en avant : — ce doit être la tactique républicaine... »

En même temps les ordres les plus précis furent donnés

pour que des débris des deux ponts et de ceux restés intacts on en construisît un nouveau.

Après cette conférence, Championnet partit pour aller au devant de sa division ; ses troupes avaient appris l'accident survenu au pont ; le découragement faisait des progrès ; l'imagination vive du soldat français est aussi prompte à la crainte qu'à l'espérance. « Nous sommes trahis, s'écriaient ceux de Championnet. — Camarades, leur dit-il, si vous êtes un moment encore retenus sur la rive droite, ce n'est pas la faute de vos chefs : ils sont avec vous, et ne vous abandonneront pas. Nous mourrons ou vaincrons ensemble. Nous sommes sûrs de vaincre avec autant de gloire qu'à Fleurus, si vous nous conservez la même confiance. »

Cependant son arrière-garde fut attaquée par la colonne qui venait de Mont-Thabor, et se battit tout le jour. Le canon d'Ereubrestein tira tout ce temps-là sur les troupes qui étaient dans l'île de Wallendar. Craignant ensuite que l'ennemi, instruit par notre malheureux exemple, n'en profitât pour brûler le nouveau pont qui avait été construit à l'entrée de la nuit, Championnet ordonna à Romieux, son aide-de-camp, de couler à fond sept ou huit gros bâteaux qui se trouvaient encore vis-à-vis de Bendorff. La nuit close, il fit passer la Saymbak à son arrière-garde, en lui laissant des feux dans sa première position. A minuit, le reste de la division Marceau et celle de Bernadotte ayant repassé le Rhin, Championnet le passa lui-même avec sa division ; puis, laissant un bataillon dans l'île de Neuwied, et la 59e à la tête du pont, il ordonna au commandant d'y tenir jusqu'à la dernière extrémité.

Lorsque sa division défilait sur le pont et devant lui, Championnet entendait à tout moment crier : « Vivent nos généraux ! ils ne nous abandonnent pas ! » Elle est bien puissante sur les soldats la présence d'un chef qui a su s'en faire estimer ! Championnet était touché jusqu'aux larmes des témoignages de cette reconnaissance des siens. Il a raconté depuis n'avoir jamais éprouvé d'émotion aussi douce, sans excepter celles que lui avaient causées ses triomphes.

Repassé sur la rive gauche du Rhin, Championnet occupa le camp de Metternich et les bords du Rhin jusqu'à Ormitz. Prévoyant avec raison les nouveaux dangers auxquels était exposée une armée dépourvue de tout, il envoya au loin soigneusement reconnaître le pays.

Bernadotte occupait Coblentz ; Moreau, envoyé dans le Hundsruck, à la nouvelle de la prise des lignes de Mayence, devait observer les mouvements que l'ennemi pourrait faire par son flanc droit.

Apprenant que Pichegru venait d'être contraint de se retirer sur Landau, en laissant dix mille hommes bloqués dans Manheim, Jourdan partit pour Simmeren ; il voulait, par ses marches, arrêter le progrès que l'ennemi faisait dans le Hundsruck, avec une supériorité de forces effrayante, et dégager l'armée du Rhin, vivement pressée par l'archiduc Charles.

Dans ces nouvelles positions, l'armée de Sambre-et-Meuse éprouvait la même pénurie qui l'avait poursuivie sur les bords du Mein. Championnet s'empara de Taxweiller pour être à la hauteur de Bernadotte, qui avait poussé une avant-garde jusqu'à Diezeubach.

Le 10, Bernadotte s'empara de Creutznach, où il fit huit cents prisonniers. Championnet fut chargé de faire construire trois ponts sur la Naw.

Mais après avoir forcé Moreau de quitter la Glau, et de se retirer derrière la Naw, les Autrichiens menaçaient de se porter sur la Moselle avant nous, par Trèves et Traërback. Ils avaient déjà poussé des partis sur ces routes et enlevé des patrouilles de dragons à une lieue de Traërback. Dans un nouveau conseil de guerre, convoqué le 20 frimaire par le général Jourdan, la retraite fut décidée.

L'ennemi, voyant la triste situation des Français prêts à se retirer misérablement derrière la Moselle, les suivait de près ; c'est dans ce moment même que la terrible armée de Sambre-et-Meuse reprend son caractère et redevient digne de son nom. Elle fait volte-face, attaque l'ennemi le 26 frimaire, le même jour que celui-ci veut l'attaquer ; et, battu, humilié malgré ses succès contre l'armée du Rhin-et-Moselle, il demande lui-même ses quartiers d'hiver. Une suspension d'armes est conclue entre les généraux respectifs le 14 nivôse an IV (4 janvier 1796).

Pendant ces moments difficiles, Championnet avait soutenu l'honneur de sa division dans plusieurs combats. Il avait emporté la ville de Stromberg. A la bataille de Saudvall, il occupait le centre de l'armée et avait soutenu l'effort de l'ennemi au village de Dorback, par où la droite pouvait être tournée ; ce sont ces succès qui déterminèrent les généraux autrichiens à proposer eux-mêmes un armistice à l'armée de Sambre-et-Meuse, qui conserva Dusseldorf et le duché de Berg, la ville et la tête du pont de Neuwied, pour continuer à menacer l'Allemagne.

L'armée de Sambre-et-Meuse avait été jusqu'alors constamment victorieuse ; il était difficile qu'elle ne cessât pas de l'être ici. Jetée pour ainsi dire à l'abandon, sans moyens de transports, dans des pays de montagnes et de bois, privée d'équipages de ponts dans un pays coupé par des rivières, et d'ailleurs sans subsistances, sans magasins, sans habits, sans souliers, sans solde, ces causes, qui avaient beaucoup contribué à lui faire repasser le Rhin, la gênèrent dans sa nouvelle position et paralysèrent les grands développements qui devaient mettre le dernier sceau à sa gloire. La campagne de l'an III, dont le début si brillant avait fait trembler l'Empire, étonné l'Europe, aurait forcé la coalition à la paix, si les talents et l'harmonie des plus habiles généraux, l'enthousiasme du soldat, eussent été soutenus de ces indispensables ressources sans lesquelles la valeur et la discipline même sont des vertus impuissantes.

La division de Championnet, qui, au 28 thermidor, était forte de 9,947 hommes de différentes armes, se trouvait, le 4 nivôse, réduite à 7,977. Il eut le profond chagrin de voir, dans cette récapitulation, qu'il avait perdu 1,970 hommes. Lorsque au moins tant de sang répandu procure des triomphes à la patrie, la victoire semble, en quelque sorte, une consolation ; les plaies cruelles que l'humanité reçoit paraissent moins sensibles qu'au sein du malheur et de la retraite. Ce n'est pas que Championnet eût à s'accuser lui-même d'aucune des causes qui pouvaient avoir influé dans cette campagne sur la condition des soldats ; la véritable popularité dont il jouissait auprès d'eux était le juste prix des tendres soins qu'il leur prodiguait dans toutes les circonstances. Inflexible pour la discipline, mais plein d'aménité pour ceux qui faisaient leur devoir ; obtenant par ses bons procédés l'estime et l'amitié des chefs de corps ; exhortant au courage par son courage individuel, aux fatigues par sa patience ; surveillant toujours lui-même avec la plus grande activité les positions, les marches, les campements, les manœuvres ; visitant continuellement les avant-postes, les hôpitaux; Championnet possédait toutes les qualités d'esprit et d'âme qui constituent un bon général de division, et faisait de ses coopérateurs autant d'amis et de frères dévoués à sa gloire, garantissant ainsi bien plus sûrement ses succès que ne le peuvent les connaissances les plus étendues quand elles ne sont pas soutenues par le même sentiment.

Au commencement de l'an IV, le Directoire, pour remplir les vides considérables que la campagne de l'an III avait laissés dans beaucoup de cadres, avait pris le parti d'en réunir plusieurs en un seul. Ce mode d'embrigadement donnait une superfétation de plus de vingt-cinq mille officiers réformés qui reçurent ordre de retourner provisoirement dans leurs foyers. La plupart n'avaient, pour leur voyage, que des assignats totalement dépréciés. Championnet, touché de la position de ces officiers, prit à part ceux de sa division, et donna à chacun une petite somme de numéraire. — « Mes enfants, leur dit-il avec bonté, vous rendrez cela à votre général quand vous serez plus riches. » Ne gardant plus rien pour lui-même, Championnet croyait encore s'enrichir en méritant leur estime. C'est sans doute parce que Championnet n'avait jamais accru sa fortune par les richesses publiques qu'il trouvait du bonheur à donner. La générosité et la probité existeraient difficilement aux dépens l'une de l'autre; le principe homogène de ces qualités semble, au contraire, répondre de leur existence simultanée; et comme la vertu forme un système parfaitement lié, il est conséquent et fort simple que celui qui assignait à son patrimoine une aussi vertueuse destination, se fût cru coupable de ne pas offrir toutes ses ressources à la patrie quand elle avait besoin de son dévouement.

A peu près dans le même temps, le chargé d'affaires

de Championnet lui écrivait de lui envoyer des assignats pour payer la part d'emprunt forcé qu'il devait comme propriétaire.

« Vous devez, général, avoir beaucoup de ces papiers sans valeur ; il est commode, osait-il lui dire, de payer la nation avec cette litière. » — « La nation n'a pas besoin d'assignats, elle a besoin d'argent, répondit Championnet à son procureur ; vendez, s'il le faut, mes propriétés, pour venir au secours du pays. »

CHAPITRE III

Campagne de l'an IV. — Position et force de l'armée de Sambre-et-Meuse. — Championnet force Oberdibach et se porte en avant. — Premiers succès des Français suivis de revers. — L'armée fait un mouvement en arrière. — Elle reprend l'offensive lorsque l'armée de la Moselle a débouché à Kehl. — Championnet force le passage du Rhin en face de l'ennemi. — Suite de combats brillants. — Batailles meurtrières d'Amberg et de Sulzbach. — L'armée de Sambre-et-Meuse de nouveau obligée de revenir sur ses pas — Rôle glorieux de Championnet. — Combats de Wurtzbourg, de la Chapelle, de Weilburg. — Mort de Marceau. — Jourdan remplacé par Beurnonville dans le commandement en chef. — Belle conduite de Championnet à son égard. — Dénùment de l'armée. — Elle reste inactive. — Beurnonville remplacé par le général Hoche. — Championnet commande l'aile gauche de l'armée. — Succès de Hoche arrêtés par les préliminaires de Leoben. — Coup d'état du 18 fructidor. — Mort de Hoche. — Son épée décernée par l'armée à Championnet. — Création de l'armée dite d'Angleterre. — Expédition des Anglais dans les Flandres repoussée devant Ostende. — Mesures prises par Championnet. — Il est nommé commandant en chef des côtes depuis Dunkerque jusqu'à Flessingue. — Il est appelé à servir avec Joubert sur le Rhin. — Son amitié pour ce général. — Il est nommé commandant en chef de l'armée de Hollande.

Dès que les troupes de Championnet furent établies dans leurs quartiers d'hiver, il s'occupa exclusivement de leurs besoins, sans cependant négliger jamais les manœuvres et les exercices qui entretiennent la bonne discipline. Après avoir indiqué à chaque chef de corps un point de rassemblement en cas d'alerte, il fit faire à l'île de Weissenturn des travaux importants qui servirent très-utilement au passage du Rhin.

Se voyant encore sans magasins pour la campagne suivante, et abandonnés à leur propre inspiration, Kléber, Bernadotte et leurs camarades avaient eux-mêmes trouvé le moyen de réparer l'armée dans leurs divisions respectives.

Au mois de prairial an IV, l'armée de Sambre-et-Meuse était forte de 72,000 hommes, dont 11,000 de cavalerie.

L'aile droite, où se trouvait Jourdan, était composée des divisions Moreau, Poncet, Championnet, Bernadotte. Bonneau commandait la cavalerie; ce corps d'armée était dans le Hundsruck, couvrait la Nahe depuis sa source jusqu'à son embouchure, et la rive gauche du Rhin depuis Bengen jusqu'à Coblentz. Un petit camp était établi sur la hauteur de la Chartreuse.

Le centre occupait la rive gauche du Rhin, depuis l'embouchure de la Moselle jusqu'à Cologne. Les principales forces se trouvaient dans les camps de Metternich et d'Audernach.

L'aile gauche, commandée par Kléber, et composée des divisions Lefebvre et Collaud, était forte de dix-huit mille hommes. Elle occupait le camp retranché de Dusseldorf et les lieux environnants.

L'armée ennemie, sous les ordres de l'archiduc Charles, était divisée en deux corps. Le plus considérable, où se trouvait l'archiduc en personne, était dans le Hundsruck. Une forte avant-garde était à Bolmodre.

Le 2e corps, que l'on appelait l'armée du Bas-Rhin, était commandé par le prince de Wurtemberg. Il était en position derrière la Sieg et couvrait la rive droite du Rhin jusqu'à l'embouchure de la Lahn.

L'archiduc Charles avait conçu le projet de porter le théâtre de la guerre sur nos frontières, et de faire une diversion, soit sur l'Alsace, soit sur la Lorraine. On croyait cependant que son dessein était de forcer la position de Trèves, pour entrer de suite dans le Luxembourg, faire le siége de cette forteresse, et nous obliger, par différentes manœuvres, à quitter les bords du Rhin. Une lettre interceptée à Coblentz fit croire à Championnet que lorsque l'archiduc Charles s'était décidé à rompre l'armistice, il ignorait nos succès en Italie, et ce fut pour empêcher l'envoi de secours dans cette partie qu'il résolut de commencer la campagne. Le système définitif qu'il adopta dès que les hostilités eurent commencé semble confirmer cette dernière opinion.

Championnet ayant ordre de commencer le mouvement le 7 en se portant dans le Hundsruck, s'occupa d'abord d'y faire les reconnaissances les plus étendues. Le Hundsruck était un pays presque ignoré dans les anciennes guerres. Les Mémoires de M. de Schendorff sur ce pays laissaient encore beaucoup à désirer quant aux renseignements relatifs à cette contrée sauvage dont il n'existait aucune carte exacte. La reconnaissance que Championnet en a laissée peut être une très-bonne indication militaire.

Le 11, il partagea sa division en deux corps, dont l'un campa sur les hauteurs de Baccarach, le second en avant de Rheinbulen. Le village d'Oberdibach était dans la partie du terrain que nous devions occuper, suivant la ligne tracée dans la convention faite, la campagne précédente, entre les généraux Marceau et Kray; mais le prince de Hohenlohe, commandant les avant-postes autrichiens à Stromberg, qui avait vu ce traité d'un mauvais œil, s'était obstiné à garder Oberdibach, malgré plusieurs réclamations faites par Bernadotte. N'ayant pu l'avoir par les négociations, Championnet résolut de l'enlever de force. Le même jour, à minuit quinze minutes, Perrin, capitaine de grenadiers de la 92e demi-brigade, tomba sur les avant-postes, dont il eut raison, et s'empara du village.

Chargé de la défense d'un rivage de plus de dix lieues d'étendue, et accessible sur tous les points, Championnet était nuit et jour à cheval pour empêcher l'ennemi de débarquer à la faveur de ses chaloupes canonnières.

Le 15, Kléber, avancé déjà jusqu'à Tkerath, attaque l'ennemi sur les hauteurs environnant Altenkirken. Par ses habiles manœuvres, soutenues de l'audace de Lefebvre et de Collaud, il fait trois mille prisonniers, prend quatre drapeaux, douze pièces de canon et une quantité considérable de caissons et d'équipages. Le lendemain, Ney poursuit les Autrichiens sur Mont-Thabor et les bat partout où il les rencontre. En moins de six jours, l'aile gauche de l'armée a pris position sur la Lahn ; deux victoires signalées, et une marche aussi rapide que l'éclair, font craindre à l'archiduc Charles que, détruisant l'armée du Bas-Rhin, les Français ne se trouvent entièrement sur ses derrières. Il quitte le Hundsruck, change ses vastes projets offensifs pour arrêter la marche victorieuse de l'aile gauche. La terreur est sur les bords du Mein ; Francfort est menacé.

Le 19, le prince de Hohenloe fit prévenir Championnet que, s'il ne retirait ses avant-postes, il les attaquerait dans une heure. C'était une fanfaronnade pour masquer son mouvement rétrograde de la nuit. « Ma réponse est à la pointe des baïonnettes républicaines, » lui fit dire Championnet. Le prince, recommençant ses politesses, répliqua que ses avant-postes étant trop près de ceux de Championnet, c'était pour éviter une fusillade inutile qu'il lui demandait de retirer les siens. — « Si mes postes sont trop voisins des vôtres, répondit Championnet, vous n'avez qu'à reculer ; le sort des armes m'a donné ceux que j'occupe, il ne tient qu'à vous de les regagner. » Le prince partit dans la nuit même.

Quand le général Jourdan fut arrivé sur la Lahn avec la division Bernadotte, Championnet pensait qu'il aurait alors fallu porter entièrement l'aile gauche sur Wetzlaer et Giessen, avec la division de cavalerie. Grenier et Championnet auraient pris position sur les hauteurs de Limbourg et occupé Weilburg et Dietz, tandis que Bernadotte aurait suffi pour garder Nassau et le terrain jusqu'à l'embouchure de la Lahn. Ces dispositions faites, il aurait fallu opérer le passage de la Lahn avant l'arrivée de l'archiduc Charles et des nombreux renforts qu'il amenait... Alors l'ennemi n'aurait pu tourner notre flanc gauche. Les militaires jugeront cette opinion...

Chargé, par l'ordre du 27 prairial, d'attaquer Dietz, Championnet avait réuni l'élite de ses troupes pour opérer de front ; il allait forcer les retranchements établis sur les bords de la rivière, et, d'après la connaissance qu'il avait du terrain et des forces de l'ennemi, il était assuré de lui faire sept à huit mille prisonniers, de lui prendre ses canons placés sur les hauteurs, à la gauche de Dietz, lorsque le malheur sembla justifier l'opinion qu'on vient de rapporter. Il fallut encore faire retraite. En vain Kléber, attaqué à Tkeratz, se mettant à la tête des troupes, leur criait : « Vous êtes Français, souvenez-vous de vous-mêmes ; les ennemis qui vous attaquent sont ceux que vous avez vaincus déjà ; soyez dignes de votre gloire : il faut encore vaincre ou mourir ! » En vain Ney, Soult, font des prodiges de valeur ; en vain Lefebvre se présente avec audace. L'aile gauche se replie sur Dusseldorf.

Le général en chef, qui attendait Championnet derrière la Saymbach, lui annonce que les ponts sur le Rhin ont été brisés par les radeaux et de gros arbres que l'ennemi avait lancés sur le fleuve ; il ajoute : « J'ai confiance en vous et Bernadotte. » Championnet, pour qui cette situation n'était pas nouvelle, répond au général Jourdan : « Il y a près d'un an que nous vîmes devant nous le même obstacle, et qu'il ne put nous arrêter. Nous emploierons la tactique de Kléber, la baïonnette, l'arme des Français. » Il harangue ses troupes, les place dans une attitude menaçante, en bataille sur la rive droite de la Saymbach, et protége la reconstruction des ponts. L'Autrichien est si bien contenu, que c'est comme en défilant la parade et au son de la musique la plus gaie que l'armée française débouche sur la rive gauche.

Attiré vers le Rhin par nos premiers succès, l'archiduc Charles pesait de tout le poids de ses forces sur l'armée de Sambre-et-Meuse, lorsque celle de Rhin-et-Moselle, commandée par Moreau, passa le Rhin à Kehl, dans la nuit du 5 au 6 messidor, et pénétra dans le Brisgaw. La nouvelle de cette grande et belle opération étant parvenue à l'armée de Sambre-et-Meuse, elle se prépara à reprendre l'offensive.

Kléber repartit de Dusseldorf le 10 messidor, traversa la Wupper, et fut de nouveau, en un instant, de retour sur la Lahn.

Bernadotte s'empara de Limbourg après les plus vifs efforts, et en perdant beaucoup de monde.

L'ennemi s'était rendu maître de la tête du pont de

Neuwied. Championnet força le passage du Rhin. Il fit défiler sa division en plein jour en face de l'ennemi. La musique jouait dans les bateaux comme si le général eût mené ses soldats à une fête. « On ne craint rien, disaient-ils, avec des généraux qui sont les premiers à l'attaque, les derniers à la retraite. » Championnet s'empara de Diersdorff, et de tous les bataillons qui voulaient résister. Une de ses colonnes, commandée par le général de brigade Damas, emporta de vive force la ville de Runckel sur la Lahn ; les portes furent brisées à coups de hache par les grenadiers ; les barricades enlevées ; maître du pont et du bois qui défendaient l'approche de la ville, il marcha sur deux colonnes pour se rendre à Camberg. Arrivé à la position d'Ob-Setters, il rencontra l'ennemi, qui lui disputa vivement le terrain pied à pied. Sans s'étonner de le voir en possession des hauteurs à droite et à gauche de Camberg, Championnet attaqua son infanterie ; sa cavalerie culbuta les bataillons allemands, emporta les bois et les hauteurs. L'ennemi ramena des troupes fraîches ; mais, secondé par le général Klein, par le chef de brigade Pagès, Championnet le contraignit de se retirer en lui tuant, blessant et prenant beaucoup d'hommes et de chevaux. Allant toujours en avant, il perdit à son tour quelques hommes dans sa marche sur Königstein.

Kléber venait de livrer la célèbre bataille de Friedberg, dans laquelle l'ennemi avait perdu deux mille hommes, dont cinq cents prisonniers ; il voulait détruire ou prendre en entier le corps que M. Wartensleben avait dans la position de Friedberg. L'exécution de son projet fut entravée par des événements particuliers et imprévus.

Chargé de continuer le blocus de Konigstein, Championnet en laissa le commandement au chef de brigade Barjonnet. Un juif apprit, quelque temps après, que la garnison ne recevait de l'eau que par une source dont il enseigna les conduits; on parvint à les couper, et Konigstein ne tarda pas à se rendre.

Le 26 messidor, Francfort, défendue par Wartensleben, et qui, dans notre position, devenait pour nous de la plus haute importance, se rendit à Kléber.

Au village de Seltz, Championnet défit une division de cavalerie ; il se dirigea sur Aschaffenburg. Son avant-garde trouva l'ennemi sur le plateau, le poursuivit à travers Aschaffenburg, dont elle enfonça les portes, et l'accompagna jusqu'à l'embranchement des deux routes de Wurtzbourg et de Lorh. Les ennemis laissèrent de grands magasins à Aschaffenburg.

Les magistrats de cette ville, attachés au culte catholique, craignaient qu'on n'en troublât le libre exercice. Championnet les rassura par le langage le plus conciliant et par l'exemple de la bonne discipline que gardaient ses troupes.

Le 6 thermidor, Wurtzbourg, capitale de la Franconie, se rendit à Championnet par capitulation.

L'ennemi s'occupait à couvrir fortement la route de Nuremberg par sa gauche, les débouchés de Bamberg par son centre, et menaçait notre gauche en élevant sa droite sur le Mein.

Le 17, Championnet marche à Bamberg, où il dégage un corps de cavalerie que l'ennemi écrasait, fond sur lui à la tête de ses escadrons, et le disperse dans les forêts. Il s'empare de Bamberg où il trouve dix-huit mille sacs de seigle, de blé, et trois cents tonneaux de farine. Après avoir, le 20 thermidor, chassé à coups de canon les postes qui étaient sur la Rednitz, il attaque le village d'Erlich, qu'il emporte à la baïonnette.

L'armée vint camper près de Francfort. A la vue de ces

vastes plaines couvertes de riches moissons, Championnet s'arrête et des larmes coulent de ses yeux. « Mes amis, dit-il aux officiers de son état-major, craignons de fouler les dons de cette terre fertile; ne détruisons pas l'espoir du pauvre laboureur. Il vaut mieux supporter encore une marche et nous reposer plus loin, que de ruiner deux cents familles qui sont à la veille de recueillir les fruits de leurs sueurs. La nuit de dix mille guerriers peut être la ruine du champ où ils appuient leurs têtes fatiguées. »

Avec Bernadotte, Championnet poursuit l'ennemi jusqu'à une lieue de Forkeim. C'est lui qui emporte le fort de Königstein.

Un général divisionnaire n'a pas rempli tous ses devoirs lorsqu'il a bien conduit ses troupes au feu : il doit encore s'accoutumer de bonne heure à réfléchir et à raisonner sur l'ensemble de la guerre, lors même que sa division est la plus active, car c'est alors que souvent il peut se trouver isolé avec elle et avoir besoin de se diriger par ses propres décisions. Sans cesse occupé d'études militaires, Championnet avait depuis longtemps donné ces heureuses habitudes à son esprit. Rien de ce qui avait rapport aux grands corps de l'armée n'était étranger à son attention, et il était ordinairement aussi inquiet sur toute l'armée que sur sa division.

Examinant la position où était en ce moment l'armée de Sambre-et-Meuse, Championnet pensait qu'on aurait dû marcher sur Ratisbonne par Nuremberg et Neumarck, en jetant seulement un corps de 8 à 10,000 hommes dans les montagnes pour couvrir la gauche de l'armée se dirigeant par Forckeim, Grastenberg, Bulsbach et Amberg. Ce corps aurait toujours pu se relever derrière la Rednitz dans le cas où il aurait rencontré des forces supérieures. On se serait ainsi rapproché de Moreau, qui avait déjà une division sur le Danube; on aurait empêché l'archiduc ou Wartensleben de détacher un corps de l'une de leurs armées en nous dérobant leur marche, et ils n'auraient pu arriver sur le flanc d'une des nôtres, qui, une fois battue ou tournée, entraînait la retraite générale de nos troupes.

Wartensleben, suivant l'ordre de l'archiduc Charles, se retirait sur Ratisbonne par Neumarck. Voyant que nous nous dirigions de ce côté, il s'enfonça dans la Haute-Bavière; et par cette manœuvre; il nous attira dans des pays affreux, presque inaccessibles, nous éloigna de Moreau, et donna à l'archiduc la facilité de se porter entre les deux armées.

Jourdan était trop éclairé pour donner dans le piége, si, comme on croit le lui avoir entendu dire à lui-même, il n'avait eu du gouvernement la mission spéciale de suivre pas à pas l'ennemi dans toutes ses évolutions, sans l'abandonner un instant, et de détruire les derniers débris de son armée. Il se détermina à suivre Wartensleben, et ne jeta que le corps de Bernadotte, fort de cinq à six mille hommes, sur la route de Ratisbonne.

Le général Kléber venait de livrer bataille sur l'Aich. Bernadotte s'y était couvert de gloire. Championnet, placé au centre, avait reçu les Autrichiens battus par Bernadotte, et achevé de les mettre en déroute. Il avait été chargé ensuite de les chasser de la forêt de Popert.

Après avoir expulsé tous les avant-postes, Championnet trouvant l'ennemi en force entre Popert et Heinfeld, l'attaqua, et, après une vive résistance, le poussa jusque sur les hauteurs d'Amberg. Pour s'emparer du grand bois au-dessus du village d'Amberg, il eut, le 29 thermidor, à livrer le combat le plus meurtrier. L'action commença avec le jour, et ne finit qu'à minuit. Ses troupes se battirent pendant tout ce temps sans boire ni manger. Les colonnes se cherchaient et luttaient encore à la lueur des armes à feu et de l'artillerie... Les soldats de Championnet tuèrent plus de trois cent cinquante hommes et firent beaucoup de prisonniers. Le lendemain de cette journée, qui vit tant de résistance et de si courageux efforts, le général en chef Jourdan visita le champ de bataille. A l'aspect des arbres criblés et renversés par ses boulets, et des débris sanglants dont la terre était couverte, il avoua que depuis le commencement de la guerre il n'avait rien vu de si horrible et qui prouvât autant l'acharnement des deux partis.

Parmi les prisonniers faits par Championnet, un officier lui apprit que, pendant le combat, le général Vernech avait reçu un courrier de l'archiduc Charles, qui lui ordonnait de tenir sa position, quoiqu'elle ne fût point du tout militaire, jusqu'à la dernière extrémité. Le but de l'archiduc était de nous arrêter dans notre marche sur la Nab un ou deux jours, pour avoir le temps de passer le Danube avec le corps qu'il amenait contre Bernadotte. On a donné le nom de bataille de Sulzbach à la journée du 29 thermidor, l'une des plus glorieuses pour l'armée de Sambre-et-Meuse, qui battit l'ennemi sur toute la ligne et lui fit abandonner sa position avec beaucoup de peine.

Arrivé sur la Nab, près des frontières de la Bohême, Championnet battit tout ce qui était dans les plaines, et poussa des partis jusqu'aux portes de Ratisbonne. L'un de ces partis, détaché sur la route de Ratisbonne, arrêta le 12 fructidor un voyageur sorti le même jour de cette ville. Ce voyageur annonça que l'archiduc Charles ayant dérobé deux marches au général Moreau, se portait sur la route de Neumarch pour culbuter le corps détaché de Bernadotte et nous couper. Championnet avait aussitôt fait parvenir cette nouvelle au général en chef. Deux jours ne se passèrent pas sans qu'elle fût confirmée.

C'est maintenant que les armées de Sambre-et-Meuse vont commencer à éprouver l'inconstance de la fortune. La simple histoire d'un général de division n'est pas le lieu où doit venir se placer la discussion des opinions qui croient pouvoir accuser ou Jourdan ou Moreau de la retraite de ces deux grandes armées. Ce que l'on doit présenter avant tout ici, c'est la conduite de Championnet; ce que l'on doit examiner, c'est le caractère qu'il continuera à déployer dans les revers de l'armée à laquelle il est attaché.

L'avant-garde de Championnet était sur la rive droite de la Nab. Il envoie un parti à Bernadotte afin de connaître sa position. Pour lui, forcé le 5 fructidor de quitter celle qu'il occupait sur les hauteurs de Thennig et de se relever derrière Neumarck, il voit l'ennemi commettre la faute de ne pas jeter un gros corps de cavalerie sur Amberg par la route de Wilburg à Pfaffenhosen qui était découverte. Sans cette faute, l'ennemi serait arrivé à Amberg avant nous, et, se trouvant sur nos flancs en bataille sur la Will, il nous mettait dans un grand embarras.

Le 6, Championnet, en face de l'ennemi, qui, après avoir forcé son avant-garde à évacuer le village d'Etmansdorf, voulait passer la rivière de la Nab, fit rompre le pont, et plaça le long de la rivière trois bataillons, qui, soutenus par quatre pièces d'artillerie, firent un feu terrible jusqu'à onze heures et continrent l'Autrichien sur la rive gauche, en lui faisant perdre beaucoup de monde.

Le général en chef ne croyait plus possible de ne pas faire quelques mouvements rétrogrades. Il ordonna à l'armée de se porter sur Sulzbach. L'ennemi tournait et avait déjà dépassé la droite. Dans les efforts de résistance première qui lui furent opposés, on distingua le général Ney (depuis maréchal). Sans cesse attaqué, il se battit comme un héros. Entouré de tous côtés par quatre régiments, il fit former le bataillon carré. Abandonné par deux bataillons qui, ensuite, mirent bas les armes, il s'échappa miraculeusement : tant il est vrai que la mort même a souvent reculé devant l'intrépidité!

Ces braves généraux de Sambre-et-Meuse se retiraient comme des lions.

L'ennemi ayant réuni une grande partie de ses forces pour attaquer la position de Sulzbach, ce fut Championnet qui la défendit avec acharnement pendant tout un jour; il ne l'abandonna que parce que son artillerie avait épuisé toutes ses munitions. Se voyant tournées de tous côtés, ses troupes se firent jour par leur audace. Un bataillon, qui s'égara sur la gauche, et ne put rejoindre la division, eut à se battre pendant deux jours contre les paysans armés.

Depuis cette journée, les paysans attroupés dans les bois faisaient main-basse sur tout ce qui s'écartait de la colonne. Il y avait déjà quelque temps que de pareils rassemblements s'étant formés dans les forêts de la Franconie, interceptaient les convois et massacraient les soldats qui voyageaient isolément. A ces paysans armés s'étaient joints la plupart des prisonniers et des déserteurs qu'on envoyait sur les derrières avec de faibles escortes.

On doit attribuer ces rassemblements à deux causes : autant aux intrigues des agents de l'Autriche qu'au désespoir où les excès de nos soldats, en proie à la faim dévorante et cherchant partout des subsistances, avaient poussé les paysans. Quelque excusables d'ailleurs que puissent être, sous ce rapport, des ressentiments contraires aux lois de la guerre, ils attirent encore de nouveaux malheurs; l'assassinat légitime à son tour les plus cruelles représailles; aussi l'incendie des villages, un pillage effréné, et la mort pour tous ceux qu'on put saisir, devinrent alors les moyens de répression.

Ces manœuvres, au surplus, ne peuvent manquer de retomber sur leurs véritables auteurs. Le despotisme n'arme point impunément un peuple accablé sous toutes les rigueurs de la féodalité ; lors même qu'on égare sa force, on lui en a donné le secret.

Dans la suite de cette difficile retraite, Championnet continua de repousser les efforts de l'armée autrichienne ; il arrêta sa trop pénible marche sur les hauteurs d'Amberg, où il se réunit au grand corps de l'armée française. Il partait le 7 pour aller prendre position en arrière de Walden, lorsque, marchant sur Salzbach, il reçut une lettre qui montrait toute la confiance que le général en chef avait fondée sur lui dans ces pressants dangers. Jourdan, trompé par de faux rapports, avait dirigé le parc de l'artillerie dans des chemins impraticables. Lors qu'il en fut informé, il eut raison de craindre de le voir enlever par des postes autrichiens, dont le pays était couvert. Il écrivit à Championnet : « Arrêtez-vous, mon cher général. Tout mon espoir est en vous pour sauver notre parc et nos équipages. » Championnet ne répondit que par ces mots : « Les ennemis ne passeront pas. » Engagé dans un défilé, il fait faire halte à sa division. Il change aussitôt de route, éclairant sa marche par de forts partis qu'il répand çà et là. Inquiété sans cesse, il faut sans cesse combattre contre des troupes légères. Elles furent au moment de prendre, à Presberg, le général en chef, qui s'y rafraîchissait en passant ; il n'eut que le temps de monter à cheval. Mais tout fut sauvé enfin de ces gorges horribles.

Bernadotte, de la rive gauche de la Rednitz, observait les mouvements de l'ennemi sur les rivières d'Aich et d'Aurach. Un de ses partis, qui poussa jusqu'à Bamberg, sauva le chef de l'état-major, qui allait être pris dans son logement par des hussards.

La perte de la bataille de Sulzbach et d'Amberg était la cause de la retraite; et la retraite était la cause du désordre. Le 12 fructidor, Jourdan voulait reprendre l'offensive. Bernadotte était d'avis de s'arrêter à Forckeim, de livrer bataille, d'attaquer le flanc droit et les derrières de l'ennemi, qui paraissait se diriger sur Wurtzbourg par la grande route de Nuremberg; et Championnet, qui, dans les conseils, n'était pas toujours le premier à ouvrir un avis, mais se rangeait toujours au meilleur et au plus intrépide, soutint encore ici Bernadotte. Le pont de Pausselnig ne se trouva pas assez solidement construit pour passer l'artillerie. Sans ce malheur, tous les corps qui étaient sur l'Aich et sur l'Ourach tombaient en notre pouvoir, nous prenions sur-le-champ la position de la Rednitz, et, après avoir rétabli nos communications, nous aurions repris l'offensive à volonté.

Le général Jourdan s'était rallié à l'opinion de dégager Wurtzbourg, bloqué par les Autrichiens. L'archiduc Charles passa le Mein à Kitzingen, marchant à la tête de 40,000 hommes contre 16,000 Français. Un combat furieux s'engagea; les tirailleurs de Bernadotte s'étaient avancés jusqu'aux barrières de Wurtzbourg. Ce général et Championnet avaient repoussé l'ennemi jusqu'au Mein. « Une charge de cavalerie du prince Charles nous arracha la victoire, » écrivit Jourdan. Le général en chef lui-même, suivi de quelques braves et des officiers de son état-major, soutint longtemps, à la gauche, tout l'effort des troupes de l'archiduc.

Bernadotte, repassant le Mein, effectua sa retraite sur Schwinfurt. Championnet, pour s'y rendre, avait fait quatorze lieues de marche en trente heures. Ses troupes étaient harassées.

L'ennemi s'était, le 16, emparé de Wurtzbourg, qu'il nous était si important de conserver, tant en raison de sa position que des approvisionnements considérables qui s'y trouvaient.

Le 17, Championnet, laissé à ses seules forces, apprit d'un maréchal-des-logis de la division Bernadotte que l'ennemi attaquait les avant-postes de droite et ceux de gauche de Bernadotte, qui avaient été repoussés ; se portant aussitôt sur le plateau, il envoya chercher le 12e de dragons, qui était à sa gauche, avec ordre d'arriver au galop, fit avancer de l'artillerie légère et canonna l'ennemi, qui se renforçait. Le 12e arrivé, il lui fit soutenir trois pièces d'artillerie qu'il dirigea sur la hauteur de la Chapelle, et prescrivit à toute son infanterie de monter sur le plateau.

La canonnade s'engagea vivement ; l'ennemi, ne pouvant attaquer de front (les quatre pièces placées à la Chapelle étaient couvertes par un marais), fit longer le bois à un gros corps de cavalerie, pour pénétrer entre les deux autres, à la gauche de la Chapelle, et tourner Championnet. L'entrée des deux bois n'était gardée que par des postes d'infanterie. Voyant cette manœuvre, Championnet ordonna à son aide-de-camp Romieux, de conduire en toute diligence un bataillon de la 61e demi-brigade sur les hauteurs de la Chapelle, et de défendre sans relâche l'entrée des bois. « Mon artillerie, dit-il, ne tirant qu'à mitraille, ne pouvait arrêter la colonne de cavalerie qui avançait toujours en ordre, et le feu de l'artillerie autrichienne ralentissait la marche du bataillon que conduisait mon aide-de-camp. » Ses exhortations, celles du chef de bataillon Duchaume, produisaient peu d'effet. « Allons, camarades, leur dit Romieux avec enthousiasme, faites voir aujourd'hui que vous êtes des Romains. » Pour comprendre le sens de ces paroles, il faut savoir que Ney avait donné le nom de Romains à la 20e demi-brigade, qui, pendant la campagne, s'était illustrée sous ses ordres. « Oui, nous sommes tous des Romains, » répondent les soldats. On bat la charge : le bataillon gravit avec impétuosité, se précipite dans le bois, arrive au débouché au moment où l'ennemi s'en rendait maître, le force de reculer en perdant beaucoup de monde, et le poursuit jusque près de sa position. Voilà comme un mot heureusement appliqué au caractère français ne manque jamais d'obtenir des prodiges.

Bernadotte et Championnet avaient vigoureusement poussé leur antagoniste jusqu'à deux lieues de Kilzingen. Malgré leurs efforts, il fallut encore rebrousser. Il n'y avait plus d'ensemble dans les mouvements de l'armée, et il n'y avait souvent que les deux tiers des troupes qui se battissent. Championnet, au centre, s'ouvrit un chemin ; il rallia, dans sa marche à travers les bois et les marais, tous les corps dispersés, rejoignit Jourdan et les autres divisions, traînant après lui son artillerie, ses blessés et 300 prisonniers.

Le 22, toute l'armée se dirigea sur la Nidda.

Marceau avait fait lever le siége de Mayence, fait passer le Rhin à une partie de sa division pour renforcer le corps du général Hardy, qui formait le blocus du côté du Palatinat avec le reste de sa division ; il se retira derrière la Lahn.

Bernadotte, depuis quelques jours à Limbourg pour rétablir sa santé, avait ramassé tous les fuyards qui arrivaient dans cette ville ; il en forma un corps qu'il retint pendant sa convalescence. « Ce bon camarade (pour nous servir de l'expression de Championnet) ne cessait pas d'être encore très-utile à l'armée en rétablissant la discipline par ses harangues et en calmant la fureur des paysans par ses proclamations. »

La division de cavalerie s'étant réunie, à Limbourg, à celle de Bernadotte, Jourdan voulut donner à ce dernier le commandement de toutes les troupes qui étaient sur la Basse-Lahn; Bernadotte le refusa pour le déférer à Marceau ; Marceau le refusa pour les mêmes motifs. Heureux les temps où l'on voit réunir la rivalité du courage et de la modestie !

A Weilburg, Championnet se vit attaqué avec la plus grande vigueur par plusieurs régiments hongrois et 1,500 hommes de cavalerie, soutenus de beaucoup d'artillerie. Malgré l'acharnement des assaillants, il garda Weilburg.

L'accueil le plus consolant attendait Championnet à Taubauzen. Les habitants de ce village étaient descendants des réfugiés sortis de la France à la révocation de l'édit de Nantes ; ils parlaient tous la langue française et ne s'alliaient qu'avec des Français d'origine ; ils formaient une petite république régie par ses lois, sous la protection d'un prince allemand. Au sein de l'Allemagne, ils avaient conservé les mœurs de leur première patrie et un tendre attachement pour les Français. La division Championnet arriva au milieu de la nuit. Ces bons habitants de Taubauzen reçurent avec empressement les soldats dans leurs maisons, leur offrant des rafraîchissements, leur témoignant les plus vifs regrets de les voir s'éloigner et faisant des vœux pour leur prompt retour. Championnet demanda des guides ; tous voulaient lui en servir.

La victoire revenait sous nos drapeaux. Une fausse

interprétation donnée à un ordre de Marceau par un militaire arrivé depuis peu, découvrit l'armée et lui coupa le chemin de la retraite. Déjà Championnet avait repassé la Lahn et chassé l'ennemi de Veilburg et de ses forêts. Jourdan perça les rangs ennemis, étonnés de son audace, et se reforma dans les plaines de Mulheim.

C'est à deux lieues d'Altenkirken que Championnet eut la douleur de voir succomber l'un des plus intéressants généraux de l'armée de Sambre-et-Meuse ; Marceau continuellement harcelé pendant sa route, venait de tenter une charge de cavalerie malheureuse et dans laquelle son aide-de-camp avait été fait prisonnier. Il voulait prendre sa revanche et s'avançait avec quelques ordonnances pour reconnaître la position. Un chasseur tyrolien, embusqué dans le bois, lui tira, à brûle pourpoint, un coup de fusil qui lui traversa le corps ; il mourut quelques jours après, à Altenkirken, emportant les regrets et l'estime de l'armée française et de l'armée ennemie. Championnet, voyant la mort de Marceau, laissa échapper ces mots de son cœur oppressé : « Heureux Marceau ! que je voudrais mourir comme toi ! »

L'armée eut enfin du pain à Cologne ; elle continuait son mouvement sur Dusseldorf, lorsque Beurnonville arriva de l'armée du Nord pour en prendre le commandement. Il remit l'ordre du gouvernement « que l'armée de Sambre-et-Meuse se reportât sur le Mein, dès qu'elle aurait été jointe par l'armée du Nord.

Les malheurs de l'armée de Sambre-et-Meuse avaient attiré sur elle des impressions défavorables. Avant de la quitter, Jourdan crut devoir la faire passer en revue par le général Beurnonville. Dans les tristes débris que présentait la réunion de ces braves sans habits, sans souliers, défigurés par le besoin, il était impossible de ne pas reconnaître encore avec attendrissement ces mêmes soldats qui, retrouvant les premiers moyens d'existence et réunis sous les mêmes drapeaux, allaient encore former une masse militaire imposante et redoutable. Le général Jourdan, ayant remis le commandement de l'armée au général Beurnonville dans les plaines de Mulheim, se retira à Cologne. Championnet l'y suivit, animé du désir de lui prouver son oubli sincère de quelques altercations qui les avaient un moment troublés. « Général, lui dit-il en lui serrant la main, lorsque vous commandiez l'armée, je crus avoir à me plaindre de vous; depuis que vous êtes devenu mon égal, je me représente vivement que moi seul j'eus des torts. Je vous demande votre amitié. » Et ils se précipitèrent dans les bras l'un de l'autre.

Pendant le repos d'hiver, l'ennemi voulut enlever les retranchements de Neuwied et surprendre Coblentz. Il passa le Rhin, égorgea nos avant-postes et s'empara du fort Marceau. Championnet, réveillé pendant la nuit par le canon de la forteresse d'Ehrenbreistein, se précipita à la tête de quelques compagnies de grenadiers qui défendaient la ville, reprit le fort Marceau, et rejeta l'ennemi vers le Rhin. A cinq heures du matin il rentra dans Coblentz avec six cents prisonniers, tous hommes d'élite. Au retour de cette expédition, on entendait les soldats dire à Championnet : « L'Autrichien ne sait pas passer le fleuve comme nous. Général, faites-nous repasser le Rhin. »

Depuis l'arrivée de Beurnonville, Championnet fut constamment d'avis de reprendre l'offensive. On resta dans une inaction plus funeste que les revers. Si l'armée de Sambre-et-Meuse eût marché, ses forces, malgré sa détresse, auraient doublé par l'enthousiasme des soldats; mais Kléber, qui la commandait, voulut se retirer. Lefebvre en était éloigné ; et Bernadotte, l'un de ses plus fermes soutiens, était allé conduire sa belle division en Italie. L'opinion de l'armée de Sambre-et-Meuse accueillait fort peu Beurnonville, qui n'était connu que par quelques paroles de forfanterie, tandis que les chefs dont elle se séparait avaient conquis un si grand renom !

Championnet, affligé de se voir presque seul pendant ce commandement de Beurnonville, qu'on pouvait appeler un véritable *interim*, voulait retenir Kléber pour l'aider à consoler et à soutenir une armée presque détruite par la misère. « Eh quoi ! vous, mon cher Kléber, lui écrivait-il, vous nous quittez ! vous, l'un des pères de cette armée de Sambre-et-Meuse ! Chacun de nous se faisait gloire de lui appartenir, lorsqu'elle moissonnait des lauriers sous les remparts de Charleroy, aux bords de la Roër, et sur les rives du Rhin. Tout le monde l'abandonne à l'aspect de ses ruines ; mais pour moi, à travers les lambeaux qui couvrent à peine le corps de nos soldats exténués de besoin et glacés par le froid, sur leurs faces desséchées et livides, je retrouve encore l'ardeur de ce courage qui les fit triompher de l'Autriche. Devons-nous les abandonner parce qu'ils ressemblent aux spectres de ces braves que la guerre a plongés dans la nuit éternelle ? Ah ! revenez, Kléber, pour ranimer nos bataillons ; revenez les faire triompher de la fortune par votre génie, ou mourir avec nous s'il le faut. Pour moi, je vous le jure, Kléber, mon sort est lié à celui de l'armée. J'ai partagé ses triomphes : je veux partager son malheur. »

Kléber fut inflexible, et n'écouta que son ressentiment contre le Directoire : comme si la haine que l'on porte aux membres d'un gouvernement pouvait ne pas s'arrêter au moment où cette haine pèse ainsi sur la patrie elle-même ! Championnet, resté presque seul avec l'armée de Sambre-et-Meuse, ne négligea rien pour adoucir le sort des soldats, en peignant avec des couleurs vives le tableau de leur misère et la rapacité des agents du Directoire et des fournisseurs.

On vit alors arriver à l'armée un général en chef digne de la commander, déjà célèbre à vingt-cinq ans par les victoires qu'il avait remportées, presque sur le même théâtre, avec les premiers bataillons de cette même armée. C'était Hoche, jeune héros, fécond en ressources, estimé du soldat par sa valeur, redouté de l'Autriche par son audace et dont elle avait reçu des coups vigoureux. Hoche ne tarda pas à se former une armée, et à prouver, après une prompte réorganisation, qu'avec des soldats français on est toujours assuré de faire les meilleurs soldats de l'Europe.

C'était Hoche qui, quatre ans auparavant, avait, au déblocus de Landau, nommé Championnet général de division sur le champ de bataille. Cette fois, ce fidèle ami continua à s'occuper de sa gloire en l'appréciant. Il lui donna le commandement de toute l'aile gauche, composée de vingt-deux mille hommes.

Le 27 germinal an V, ayant réuni cette aile au delà de Dusseldorf, Championnet passe la Wupper et vient prendre position dans les plaines de Mulheim, vis-à-vis de Cologne. Le lendemain 28, il passa la Sieg sur deux ponts, vint s'établir à Weyenbok, au delà de la Sieg, et enleva les célèbres positions d'Ukeralt et d'Altenkirken. Hoche, Lefebvre, Ney, Richepanse, Debelle battaient en même temps l'ennemi dans les plaines de Neuwied. Il croyait pouvoir se rallier derrière la Lahn entre Wetslaër et Giessen. Championnet franchit le fleuve à la tête d'un régiment de dragons. Lefebvre brisait les barrières de Francfort. Championnet s'était porté d'une course rapide dans les défilés de Lanbach. L'armée autrichienne, commandée par M. de Vernech, était sans espoir de salut.

Quels n'allaient pas être les triomphes de cette armée de Sambre-et-Meuse, qui, en moins de six jours, était arrivée des bords du Rhin sur ceux de la Nidda ! cette armée commandée par l'entreprenant Hoche, dont la prudence égalait l'audace. Accoutumé à ne pas promettre en vain, il avait dit « qu'il répondait de se rendre maintenant aussi facilement à Vienne que l'on va se promener au bois de Boulogne? » Il faut que la circonstance la plus inattendue vienne arrêter l'armée de Sambre-et-Meuse lorsqu'elle a exterminé ses ennemis et qu'elle se porte sans obstacle sur le Danube. Les préliminaires de paix sont signés à Leoben; cette nouvelle, envoyée aussitôt par le général Bonaparte, est apportée au général Hoche par un courrier qui, pour l'atteindre plus promptement, a eu l'ordre de traverser l'Allemagne.

Certes, il n'avait point tenu à la valeur de Championnet que la campagne, si belle dès son début, ne fût plus complétement terminée; qu'il n'y eût, par conséquent, une plus grande masse de gloire pour les coopérateurs de Hoche. Championnet, enfin, dans cette campagne si rapide, avait eu le temps de montrer qu'il n'était point au-dessous de sa conduite ordinaire...

Hoche éleva un obélisque en souvenir de ses divisions victorieuses. Il fit tracer sur chaque face des emblèmes et des devises; celle de la division Championnet fut :

Elle demande où est l'ennemi.
Elle ne s'informe jamais du nombre.

Admis à l'intime confiance de Hoche, Championnet avait connu toute l'étendue des plans de son émule; il en avait dignement exécuté une partie; il avait aperçu toutes les conséquences du traité de paix qui venait si brusquement enlever une victoire certaine aux deux armées du Rhin ; mais l'humanité étant dans son cœur avant l'amour de la gloire, on ne l'entendit exprimer aucune plainte ni aucun regret.

Sa division ayant pris des cantonnements, Championnet, toujours le même dans ses rapports avec les peuples, chercha, par ses bons procédés, à adoucir les malheurs de la guerre. Les vertus sociales étaient les premiers besoins de son âme, et paraissaient les plus douces pratiques de sa vie. Généreux envers ses camarades, il aimait mieux, nous le répétons, les aider de sa bourse que de créer des charges nouvelles sur les habitants des pays conquis. La ville de Giessen était frappée de contributions exorbitantes; elles allaient être exigées sous peine d'exécution militaire. Championnet, dès qu'il eut entendu la réclamation des magistrats éplorés qui venaient à sa rencontre, leur rendit justice. Touchés d'une conduite à laquelle ils étaient peu accoutumés, ces magistrats ne savaient comment exprimer leur reconnaissance, et celle de leurs administrés ; voyant Championnet non-seulement refuser tous les dons qu'ils voulaient lui faire, mais même s'offenser de leurs offres, ils prièrent deux de ses officiers, qui paraissaient mal montés, d'accepter chacun deux beaux chevaux harnachés. Championnet, en fut instruit, et il ordonna à ses officiers de renvoyer ce présent. « Des républicains français, dit-il, n'ont besoin que de l'amour des peuples; voilà les trésors dont nous sommes avides. Magistrats de Giessen, laissez-nous donc thésauriser ainsi. »

A la plus grande douceur dans les habitudes de sa vie Championnet alliait cette austérité sans laquelle on deviendrait bientôt coupable dans des fonctions publiques ; il n'avait aucune crainte des haines que peut faire encourir l'amour du devoir; il méprisait tous les hypocrites calculs et toutes les lâches condescendances.

C'est dans ces sentiments que Championnet se crut obligé de dénoncer au général en chef un commandant qui, pour se rendre intéressant aux yeux des habitants de Bergues, les détournait de payer les contributions les plus justement imposées.

La gloire et l'influence des armées républicaines venant à être invoquées (à la fin de l'an V) par les factions politiques qui, du sein du corps législatif, donnaient le signal à la France entière, le général Hoche se prononça hautement pour le parti qu'il crut le plus attaché à la liberté. Championnet n'hésita point à s'associer au mouvement qui assurait la conservation de la République. L'incertitude du succès et la témérité de l'entreprise du 18 fructidor ne purent le laisser équivoque dans une journée adoptée d'ailleurs et même voulue par le général Hoche, dont les sentiments politiques étaient à ses yeux aussi imposants que les talents militaires. Il devait avoir bientôt à pleurer la perte de cet illustre ami : Hoche mourut à Westlaer, frappé par une maladie violente. L'armée de Sambre-et-Meuse décerna son épée à Championnet, et lui remit le soin d'élever un monument à la mémoire de son chef.

Championnet eut plus d'une occasion de se montrer digne de l'hommage rendu à son caractère par l'armée qui venait de confier cette mémoire sacrée à sa fidèle affection. Il avait tendrement aimé le général Hoche pendant sa vie; il parut l'aimer davantage encore après sa mort. Lorsqu'il ne pouvait plus attendre de service d'une cendre refroidie et déjà foulée par l'ingratitude, il défendit avec énergie la gloire républicaine de Hoche contre les ressentiments qui venaient l'attaquer dans la tombe. Il est donc vrai que les âmes sincères ne connaissent point de circonstances où l'on soit en droit d'affaiblir ou d'augmenter à volonté la force de ses attachements ; et ceux-là devraient être moins prodigues du saint nom d'amitié qui ne manquent jamais d'excellentes raisons pour motiver les préférences qu'ils donnent tous les jours à leur ambition et à leur cupidité.

Au moment où la paix de Campo-Formio venait d'être signée, l'ambition de Bonaparte n'était qu'à son début; elle était loin d'avoir recueilli encore toutes les satisfactions qu'elle souhaitait. Il lui fallait un nouvel aliment; il fallait au Directoire un moyen de l'apaiser. Une grande armée fut créée sous le nom d'armée d'Angleterre, composée de presque toutes celles qui venaient de triompher sur le continent. Croyant l'armée d'Angleterre sérieusement appelée à bientôt justifier son grand nom, c'est-à-dire à débarquer à Londres et à Dublin, Championnet demanda d'y être employé. Ce fut une véritable peine pour lui, en partant pour sa nouvelle destination, de ne pouvoir obtenir les braves de Sambre-et-Meuse, qu'il avait si souvent menés à la victoire.

Occupé pendant quelque temps à cantonner ses troupes sur différents points de la côte de Flandre, il ne tarda pas à se plaindre de son inactivité; il s'adressait au général Bonaparte, au directeur Barras : « Serai-je spectateur tranquille et passif des grands mouvements militaires qui vont étonner l'Europe ? »

Il y avait quatre mois que Championnet se désolait de son repos. Enfin, dans les premiers jours de prairial an VI, les Anglais voulurent bien apporter quelque consolation à son impatience.

Le 30 floréal, une escadre anglaise parut à la vue d'Ostende, composée de 11 frégates de 30 pièces de canon, de 2 vaisseaux de 44, de 10 bricks, dont 3 armés de mortiers, portant des bombes du poids de 32 livres, 3 gabarres et 6 cutters; 2,000 hommes d'infanterie, 800 marins débarquèrent à deux portées de canon de la ville d'Ostende et s'emparèrent des dunes. Pendant que les uns y élevaient des batteries, les autres se portaient aux écluses du village de Schelik, qu'ils firent sauter en partie. Le commandant d'Ostende, Muscar, sommé de se rendre dans demi-heure, répondit que « la garnison et lui s'enseveliraient sous les ruines du poste confié à leur défense. »

Championnet avait son quartier général à Lille. Apprenant le débarquement, il réunit en un instant, sur tous les points, de Menin, Courtray et Bruges, toutes les troupes composant sa division, partie de celle du général Grenier, et courut lui-même à Ostende. — Déjà trois cents républicains des 46e et 94e demi-brigades de bataille, guidés par Keller, commandant de Bruges, Forty, chef de la 46e, et Lechef, chef de la 94e, marchaient à la rencontre de la colonne anglaise retranchée sur les Dunes, le 2, à deux heures du matin. Après un combat opiniâtre qui avait duré trois heures, l'Anglais, pressé et ébranlé par le terrible pas de charge, avait demandé grâce et mis bas les armes. Les vaincus étaient quinze cents; les vainqueurs pas plus de trois cents. Ces troupes étaient cependant l'élite de l'armée anglaise; et les prisonniers avouaient eux-mêmes avoir été choisis comme les plus capables de tenter un coup de main. Il y avait quatre compagnies des gardes-du-corps, et le régiment presque entier du prince de Galles. On leur prit huit pièces de canon, deux obusiers, et la plus grande partie des embarcations. Le général anglais eut la cuisse cassée d'un coup de feu. L'historien le plus attaché à la gloire de son pays ne doit pas être moins attentif à la vérité quand il s'agit d'honorer la bravoure de son adversaire. On doit donc raconter ici que, tandis que l'Anglais, étendu sur le sable du rivage, perdait son sang, il agitait encore son épée de sa main défaillante, et criait avec l'accent du désespoir : « Soldats anglais, battez-vous donc, ne vous rendez pas !... » Mais c'était le temps où l'on peut dire que les Anglais avaient perdu la puissance de la terre, et où il semblait décidé par l'Europe, et par les Anglais eux-mêmes, que sur cet élément, ils ne devaient manquer jamais, quoiqu'en nombre trois ou quatre fois supérieur, d'être battus par la tactique et le courage des républicains français.

Pendant l'affaire du 1er prairial, l'escadre anglaise avait reçu le secours de deux frégates ; mais le gros temps ne lui avait pas permis de mettre à terre les renforts qu'elles portaient. Depuis ce moment l'escadre était restée embossée en face du port d'Ostende, hors de la portée des batteries.

Les bateaux de débarquement des Anglais furent pris au nombre de vingt-deux. On trouva dans l'un de ces bateaux une espèce de pétard, destiné sans doute à faire sauter les portes des écluses, et dont la forme, différente de ceux de notre artillerie, parut assez curieuse pour être conservée. C'était probablement un premier essai de l'invention des fusées à la Congrève, dont les effets, vantés comme si prodigieux depuis tant d'années, n'ont pas obtenu dans la guerre un succès qui ait justifié leur grande réputation.

L'avantage remporté par Championnet sur la côte de Flandres lui valut le commandement des côtes de la mer du Nord, depuis Dunkerque jusqu'à Flessingue.

On revit quelques jours après la flotte anglaise, composée d'un nombre de vaisseaux plus considérable, paraître à la hauteur de Blankemberg. Championnet fit des dispositions vigoureuses et bien conçues; il fit réparer avec activité les écluses de Schliskem. Sa correspondance avec les divers ministres d'alors contient des idées ingénieuses et saines sur nos ressources maritimes.

Cependant l'armée française transportée en Egypte par Bonaparte, avait pris le nom pompeux d'armée d'Orient; elle occupait seule la renommée. Après la perte de la marine française à Aboukir, Bonaparte n'en remplissait pas moins le monde du bruit de ses exploits. Trouvant le continent désoccupé, Championnet brûlait du désir de se signaler dans une de ces expéditions d'outre-mer que sa fertile imagination proposait sans cesse. Il écrivait au gouvernement : « Qu'ai-je fait pour être condamné à ce cruel repos, quand mes camarades versent leur sang pour la patrie?... »

Le traité fait avec l'Autriche à Campo-Formio pouvait être regardé déjà comme l'un de ceux que cette puissance, lorsqu'elle est menacée, sait toujours offrir, et qu'elle sait violer aussitôt, lorsqu'elle se croit échappée au danger. Le Directoire, autorisé à juger ainsi le traité de Campo-Formio, et prévoyant une prochaine rupture, répondit à Championnet « qu'il était trop nécessaire sur le continent pour qu'on l'envoyât au-delà des mers. »

Ces pressentiments venant à se réaliser trop promptement et la coalition s'étant renouée à la fin de l'an VI, le Directoire rappela Championnet sur les bords du Rhin. Joubert venait d'y être placé à la tête de l'armée de Mayence. Le gouvernement, pour la première fois, voulut désigner le brave qui commanderait l'avant-garde, et son choix tomba sur Championnet.

A la première entrevue de Joubert et de Championnet,

les deux généraux s'aimèrent. Les mêmes sentiments les unirent : l'amour de la gloire sans jalousie et l'amour de la République sans ambition. Dans les camps d'instruction qui furent formés près de Mayence, Joubert eut bientôt occasion d'apprécier davantage Championnet et de juger qu'il était un bon tacticien.

Mais Joubert ne parut qu'un instant sur les bords du Rhin, et passa bientôt en Italie, où l'armée l'attendait avec impatience. Championnet lui-même venait d'être nommé au commandement en chef de l'armée de Hollande. Joubert avait éprouvé beaucoup de peine à se séparer d'un ami dont il avait reconnu la haute capacité. Il demanda que Championnet eût le commandement de l'armée de Rome, qui devait menacer Naples. Un des membres du Directoire, Barras, dit à Championnet : « Si la guerre éclate, vous êtes le premier des généraux républicains destiné à détrôner un roi. » Championnet répondit : « Les intentions du Directoire seront remplies. »

L'avancement de Championnet ne pouvait manquer de devenir chaque jour plus rapide.

Si, au lieu d'une vie, c'était un éloge qu'on eût voulu tracer, on aurait dû sans doute s'étendre moins longuement sur la part prise par Championnet aux quatre campagnes du Rhin. Ces faits, qui ne semblent pas les plus décisifs dans les événements généraux, pouvaient paraître trop particuliers au général Championnet. Il est vrai qu'ils ne commençaient qu'à révéler dans ses facultés des progrès qui ne vont pas tarder à se développer sur de plus grands théâtres.

Ayant à montrer dans un rang supérieur celui qui en quittait un subalterne, on n'a pas cru indifférent de s'appesantir sur son premier rôle, malgré son apparente aridité. En comparant le général de division au général en chef, en découvrant pour ainsi dire un autre Championnet dans le second, on trouvera une preuve nouvelle de cette éternelle vérité, « que les occasions sont tout pour les hommes, qu'ils ne sont rien sans elles. »

Aussi combien serait-il à désirer que le talent sans intrigues ne fût point privé des occasions de contribuer à la gloire du pays.

CHAPITRE IV

Championnet nommé commandant en chef de l'armée de Rome. — Ses instructions. — Coup d'œil général sur la situation des Etats romains. — Etat critique de la République romaine. — Dilapidations et mauvaises mesures financières des agents français. — Mécontentement des populations. — Exposé des relations de la cour de Naples avec le gouvernement de la République française. — Le roi de Naples entre dans la coalition contre la France. — Ses espérances. — Ses préparatifs. — Le général Mack mis à la tête des troupes napolitaines. — Sages conseils du ministre de la guerre Ariola. — Le général Mack, le parti d'Acton et de la reine l'emportent dans l'opinion du roi. — Ferdinand prend le commandement de son armée. — Son manifeste.

Ce fut au commencement du mois de brumaire an VII que Championnet laissa le commandement en chef de l'armée de Hollande pour prendre celui de l'armée de Rome. L'objet de ce nouveau commandement était de s'opposer à toute attaque tentée contre les Romains qui, depuis près de deux ans déjà, existaient en république, et de porter définitivement la guerre sur le territoire de Naples dont le gouvernement menaçait déjà la France. Les renseignements que Championnet obtint sur nos forces et celles de l'ennemi dans cette partie de l'Italie où on l'envoyait, étaient si vagues, qu'il lui fut impossible de concerter ses desseins avec le Directoire. Il ne reçut que cette instruction verbale :

« Repousser par les armes toute agression hostile dirigée contre l'indépendance de la République romaine, et porter la guerre sur le territoire napolitain, si le roi de Naples exécute les projets d'invasion si souvent annoncés. »

On ne peut passer au récit des événements dont se compose la campagne de Naples sans exposer la situation politique et militaire des contrées qui en ont été le théâtre. Rome est le premier qu'il faut d'abord considérer.

Lorsque Championnet arriva à Rome, au mois de nivôse an VII, il y avait à peu près un an qu'évoquant au Capitole les mânes de Scipion, de Caton, de Brutus, le général Berthier, envoyé pour venger la mort de Duphot et les insultes faites à l'ambassadeur Joseph Bonaparte, avait proclamé la République romaine. L'idée d'une république, le nom seul de cette forme de gouvernement rappelle et semble exprimer l'idée d'une grande somme de liberté, c'est-à-dire de bonheur pour ceux qui vont vivre sous son empire. Ce n'était point toujours sous un aspect aussi favorable que ce mode d'organisation sociale appelé république avait été présenté aux peuples italiens en général, et surtout au peuple romain.

Dans une proclamation des plus solennelles, le général Berthier avait promis respect inviolable pour les revenus et les richesses des églises. Les Français, trop généreux pour s'emparer des objets chers à la piété du peuple, ne voulaient, disait le général Berthier, en échange de la liberté qu'ils avaient donnée au prix de leur sang, que l'entretien nécessaire de l'armée libératrice. Berthier avait prononcé les peines les plus graves contre tout violateur de ces dispositions, quel que fût son grade, et de quelque prétexte qu'il se couvrît... Dix jours après cette magnanime proclamation, on s'était approprié les trésors de l'Eglise, et ils avaient été portés à la Monnaie pour être versés dans la caisse de l'armée française.

Le mécontentement des Romains avait été extrême; l'armée elle-même le partageait, lorsqu'une insurrection qui éclata à Rome, fit sentir la nécessité de se rallier à la discipline pour échapper à un massacre général médité contre tous les Français.

Sans entrer dans le détail des opérations ou plutôt des manœuvres financières dont les Etats romains avaient été jusqu'alors la malheureuse arène, on doit en signaler une dont les conséquences furent funestes et même désastreuses. On avait démonétisé la plus grande partie des cédules, seule monnaie qui eût cours dans les Etats romains, et l'on avait réduit à sept millions d'écus toutes celles qui resteraient.

Cette loi n'avait donné d'ailleurs à ces cédules aucune espèce de crédit ; elles n'avaient pu parvenir à s'élever au-dessus du quart de leur valeur nominale.

La République romaine se trouvait donc ne plus avoir en circulation que deux millions de valeur effective.

Or, le service de l'armée et les contributions militaires exigeaient huit cent mille écus par mois.

Les biens nationaux avaient été rapidement vendus à des prix fort au-dessous de leur valeur, et ces modiques sommes plus promptement encore absorbées. Des appels continuels en argent et en denrées avaient été faits aux riches propriétaires. Plusieurs d'entre eux, absolument épuisés, avaient été forcés de souscrire des obligations en numéraire tellement onéreuses, que, pour les payer, des familles entières avaient été contraintes de vendre tous leurs effets.

L'infortunée République romaine présentait, en un mot, la triste image de l'*écorché* qu'on voit dans les musées; et, malgré tous ces sacrifices, aucune des dépenses les plus indispensables n'était acquittée, ni la solde des troupes, ni le traitement des fonctionnaires. Il est vrai que la plupart des sommes provenant de toutes ces exactions paraissent, d'après le rapport des commissaires, dont on peut difficilement accuser la probité privée, avoir été consacrées au convoi de l'Egypte, préparé à Cività-Vecchia, depuis que l'on était maître de Rome; car toutes les ressources de la France avaient surtout cette destination.

Les ouvriers romains, ne recevant plus de salaire, avaient abandonné leurs travaux; les autorités naissantes avaient été aussitôt flétries par la misère; le résultat le plus affligeant de la mauvaise administration avait été la famine, qui se déclara dans les environs de Rome, à Rome même, et mit cette grande cité dans le plus affreux danger. Le discrédit du papier monnaie, le trouble porté dans le signe représentatif avaient retiré la vie à tout commerce; celui même des subsistances n'avait pas échappé à cette fatalité. L'oubli de cette partie d'économie politique si délicate, et qui, dans tous les pays, excite avec tant de raison la scrupuleuse attention des gouvernements, principalement pour les villes populeuses, pouvait entraîner ici des conséquences plus redoutables que partout ailleurs.

De temps immémorial, à Rome, le gouvernement s'était chargé des approvisionnements du peuple, du moins quant au pain, à l'huile et à la viande; chaque province, à l'exception de la Marche d'Ancône, était obligée de fournir certaine quantité de ses produits à un prix fixé, et qui, au grand détriment de la culture, ne variait presque jamais. Il y avait une magistrature appelée l'*annone*, chargée de l'achat, de la vente et de la distribution des subsistances ; mais des circonstances malheureuses avaient absolument paralysé l'exercice de cette magistrature : le discrédit du papier-monnaie avait anéanti la culture ; les particuliers ne pouvaient faire cultiver sans numéraire, et ne recevaient eux-mêmes que du papier-monnaie sans valeur pour la faible taxe qui leur était allouée ; les approvisionnements étaient interceptés par l'effet des insurrections qui éclataient dans les départements annonaires, et devenaient plus opiniâtres par suite d'une double cause, le fanatisme et la propriété ; il était également bien difficile de porter remède à la misère du gouvernement, laissé avec un papier décrié, et mis hors d'état de satisfaire aux demandes dont il était assailli de de toutes parts. A qui pouvait-il s'adresser dans cette extrémité ? La plus grande partie des fortunes de Rome avait d'abord disparu par le seul fait de la révolution. Ces fortunes se composaient, les unes de revenus sur le trésor public qui avait été entièrement fermé, les autres du produit des correspondances avec l'Espagne et les Etats du monde catholique, qui n'entretenaient plus de relations avec Rome.

La famine devint telle, que la ville de Rome, depuis son nouveau régime, ne se trouva jamais avoir pour plus de trois jours d'aliments ; elle fut placée dans la cruelle perspective de ne pouvoir en faire arriver par mer ni par terre, puisqu'elle était privée des moyens de les payer et de les transporter. Les signes de la foi publique étaient déshonorés ; Naples et Florence n'avaient plus voulu rien fournir.

Telle était la situation de Rome au moment où Championnet y était envoyé avec les plus grands pouvoirs.

Cette situation si critique du peuple romain portait bien avec elle tous les germes des mécontentements; ces mécontentements devenaient le point d'appui de tous les ennemis des Français. Quand le peuple était aussi justement aigri par le sentiment de ses maux, que pouvaient répondre les républicains ? La désolation et la ruine semblaient avoir été apportées par eux comme par des génies malfaisants; le nombre des partisans de la révolution allait toujours décroissant.

Le royaume de Naples étant le principal, quoique le second théâtre où vont se passer les actes les plus remarquables du commandement de Championnet, et le roi de Naples étant le premier adversaire qu'il doit avoir à combattre, il est nécessaire de faire précéder le récit des événements d'un exposé des relations dans lesquelles se trouvaient alors et le royaume de Naples et son monarque, à l'égard de la République française.

Quoique le roi de Naples semble fort naturellement appelé à Rome, dans la crise terrible où est cette ville, pour secourir de la puissance de ses armes la puissance du fanatisme et de la vengeance, il faut rendre cette justice à la cour de Naples que son antipathie pour les principes de la Révolution française et pour les révolutions qu'elle pouvait avoir créées, remontait beaucoup plus haut que la circonstance présente.

Cependant, si l'on examine quelle était, quelle devait être la saine politique de la cour de Naples ; si l'on considère la position géographique de ce royaume, placé au fond de l'Italie et réduit à six millions d'habitants, élevé même jusqu'à huit millions en y comprenant la Sicile, ne peut-on pas dire avec raison que la cour de Naples, en restant tranquille, était en mesure de se soustraire, d'une part, à l'influence de la Révolution française, comme de l'autre, elle ne pouvait afficher la prétention ridicule d'être associée au partage de la France, que la coalition s'était promis dans ses premiers projets de Pilnitz. Ainsi, tout lui conseillait d'éviter soigneusement de se jeter dans la ligue des potentats. Mais les rois absolus redoutent singulièrement le contre-coup de la liberté; et, lorsque la liberté aurait disparu du globe, il suffirait que le nom seul en fût encore prononcé pour qu'on les vît s'armer, en quelque sorte, de pied en cap, et courir sus. C'est à ce titre que la République romaine, malgré la fragilité de son existence, avait eu contre elle toutes les haines royales, depuis le jour de sa proclamation.

Antérieurement même à cette proclamation, et dès 1792, Naples avait commencé ses préparatifs contre la France. Au moment de l'expédition des Anglais contre Toulon, la cour de Naples fit une quête publique pour les uniformes des soldats. Cette quête fut fournie par les Napolitains, partie en argent comptant, parti e en argenterie. Le gouvernement français, fondé à douter des intentions qu'affectait encore une cour dominée par la reine Caroline, sœur de Marie-Antoinette, par le ministre Acton, dévoué au cabinet anglais, se hâta de leur imposer par l'apparition d'une flotte puissante devant Naples. Cette expédition, très-apparente, avait eu peu de résultats. Les partisans des Français s'étaient pressés auprès de l'amiral Latouche qu'ils croyaient être venu pour briser leurs chaînes; ils avaient été tous notés au livre vert d'Acton et de Caroline; une persécution acharnée avait été le prix de cet enthousiasme passager pour la liberté.

Le sang le plus généreux avait coulé à flots, celui des nobles eux-mêmes et des plus savants Napolitains; l'inquisition était venue avec ses procédures ténébreuses,

ses cachots et ses tortures. Caroline et Ferdinand offraient le spectacle le plus honteux et le plus misérable. C'était, comme l'a dit un publiciste, *une longue orgie dont le dernier éclat de rire était étouffé par les hurlements des égorgeurs.*

Avertie par les dangers qu'elle croyait avoir courus, la cour de Naples avait augmenté les fortifications du golfe, et resserré ses liaisons avec le gouvernement anglais, attendant le moment de nous déclarer la guerre. La prise de Toulon, en 1793, lui avait paru une occasion d'aguerrir ses troupes, en les exerçant dans un pays étranger, conjointement avec des corps disciplinés d'Espagnols et de Piémontais. La reprise de Toulon par les Français avait ramené à Naples ses régiments.

Fidèle à son système de former successivement ses soldats, sans faire des efforts indiscrets, la cour de Naples avait envoyé, en l'an III, un corps de 3,500 hommes de cavalerie à l'armée autrichienne de Lombardie. Ce corps s'y était battu, et avait été battu constamment jusqu'au jour où les Français vinrent près de Mantoue. Ne sachant plus alors jusqu'à quel point l'armée victorieuse d'Italie voudrait s'approcher de ses Etats, le roi de Naples avait demandé la paix, et l'avait obtenue à des conditions fort douces, que l'on crut alors politiques, en raison des intérêts commerciaux de la France.

L'établissement des républiques en Italie n'avait point rassuré la cour de Naples ; elle n'avait cessé d'augmenter en silence sa force militaire. L'avénement de Paul Ier au trône de Russie, le désastre d'Aboukir avaient donné naissance à une nouvelle ligue. La cour de Naples n'avait pu manquer d'y accéder ; mais cette accession avait été tenue secrète ; il fallait avoir le temps de combiner ses moyens ; on devait continuer à dissimuler le plus longtemps possible.

Cependant tout ce qui était Français à Naples s'était vu entouré d'espions, et, pour ainsi dire, mis en état d'arrestation ; tout ce qui aimait les Français avait été poursuivi. Un amateur de violon, M. Aytoxo, avait été déporté pour avoir joué trois fois chez le commissaire français Kreutzer ; mille vexations de ce genre, plus ridicules, pour ne pas dire plus monstrueuses, les unes que les autres, avaient été constamment exercées sur des Français, ou à l'intention des Français.

La cour de Naples avait poussé la rage jusqu'à vouloir faire juger, c'est-à-dire périr dans le plus court délai, les patriotes détenus sous le nom de prisonniers d'Etat (*vitigliani del Re*) ; d'autres avaient été pendus, et l'on avait vu comprendre un nombre considérable de nobles et de bourgeois dans la persécution qui avait été dirigée contre le chevalier de Médicis. Les parents des détenus avaient heureusement, pour sauver les leurs, la médiation de l'ambassadeur Garat. Un des premiers apôtres de la Révolution ne pouvait pas laisser condamner sous ses yeux des hommes dont le seul crime était leur amour pour les principes de cette révolution. Garat, ému jusqu'au fond de l'âme, avait prié, menacé ; si l'on condamnait un seul patriote, il partirait plutôt que de rester pour être témoin des insultes sanglantes qu'on ferait au représentant de la République française dans la personne de ses amis. On mandait de France à Garat de ne pas abandonner son poste. Mais bientôt l'ambassadeur avait quitté Naples, appelé par le peuple français au Conseil des Anciens ; et la persécution royale avait été exercée dans toute sa fureur contre tous les Napolitains suspects de patriotisme.

La flotte française allant en Egypte avait respecté les Etats du roi des Deux-Siciles ; la flotte anglaise y avait fait ses provisions, et y avait été bien accueillie. Nelson, à son retour d'Aboukir, était venu radouber ses vaisseaux dans le port de Naples. La cour s'était empressée de visiter son escadre, lui avait donné le titre de *Vengeur des rois*, et avait poussé le mépris envers la République française jusqu'à se réjouir de la victoire des Anglais plus hautement que les Anglais eux-mêmes.

Tel était le royaume de Naples vers la fin de l'été de 1798, lorsque la victoire remportée par Nelson dans les mers d'Alexandrie, l'absence des troupes françaises restées en très-petit nombre en Italie, les promesses vénales de quelques Français, une nouvelle alliance avec la Russie et l'Autriche, et, plus que tout, les intrigues du cabinet anglais firent croire au roi de Naples que le moment était favorable pour rétablir les choses en Italie.

D'un côté, la République romaine, premier théâtre des opérations militaires, au lieu d'un Etat, présentait l'apparence d'un désert. Le petit nombre d'habitants qui lui restait fidèle, loin de pouvoir s'opposer aux invasions, devait recevoir quiconque lui apporterait du pain ; d'un autre côté, l'empereur d'Allemagne et le Directoire ne croyaient plus à l'existence de la paix ; car, tandis que les plénipotentiaires des deux puissances discutaient longuement et inutilement à Rastadt, les Français occupaient la Suisse, et les Russes marchaient sur le Rhin.

Le roi de Naples, au milieu de ces circonstances sentit le besoin d'agir à son tour ; il se crut en arrière des mesures militaires nécessaires à l'exécution de ses desseins. Pour se créer une armée redoutable, ou, comme il le dit alors, pour compléter la sienne, il fit proclamer une levée extraordinaire de 40,000 hommes, le 2 septembre 1798. En un seul jour la levée s'accomplit dans tout le royaume ; de sorte qu'à la fin d'octobre 60,000 hommes se trouvaient réunis sur les frontières. En même temps tous les arsenaux étaient occupés à fabriquer des armes, à augmenter l'artillerie. Pour organiser et commander ce rassemblement de troupes, il fallait un général. Comme on avait au moins le bon sens d'apprécier l'ignorance et l'inhabileté des officiers indigènes, on crut devoir le chercher en Allemagne, et Mack, précédé depuis longtemps d'une immense réputation, fut appelé et reçu comme le génie tutélaire du royaume.

Dans le plan de guerre adopté entre les puissances coalisées, le roi de Naples ne devait faire avancer ses troupes qu'au moment même où l'empereur d'Allemagne ouvrirait la campagne. Le duc de Toscane et le roi de Sardaigne devaient aussi prendre part aux opérations, et, dans cette intention, ils faisaient secrètement des levées dans leurs Etats. La cour de Naples avait envoyé le général Naselli, à la tête de sept mille hommes, occuper Livourne, d'où, à l'instant favorable, il devait, avec les troupes toscanes, marcher sur Bologne et se réunir à la grande armée. On avait cru nécessaire d'occuper militairement la Toscane, sous prétexte de mesures défensives, parce que, de tous les gouvernements italiens, celui de ce pays était le plus sincèrement éloigné de la guerre, ce qui avait rendu le ministère toscan si odieux au gouvernement de Naples, que peu s'en fallait qu'on eût expédié des troupes de Naples à Livourne, dans le seul but d'obliger le grand-duc à renvoyer Manfredini. D'après le plan adopté, les Français, circonvenus et attaqués sur tous les points, devaient être contraints à sortir de l'Italie.

Cependant l'empereur d'Allemagne restait dans l'inaction, soit parce qu'il ne croyait pas la saison favorable, soit parce qu'il attendait les Russes. Le conseil de Vienne avait résolu de ne pas ouvrir la campagne avant le mois d'avril. Ces délais ne pouvaient satisfaire la cour de Naples, qui brûlait d'impatience de chasser les Français d'Italie. Cette impatience ne venait pas seulement de la haine qu'elle portait aux Français, mais aussi du désir de tirer d'une victoire qu'elle croyait certaine des avantages que l'Autriche, sans les accorder volontiers, aurait tolérés si la cour de Naples en eût été une fois en possession ; car, comme à l'issue de toutes les coalitions on n'accorde jamais à chacun plus qu'il n'a pris, chaque puissance s'attache à prendre le plus qu'elle peut, et le plus vite possible. Les jalousies font naître la mauvaise foi, et tandis que chaque membre coalisé s'occupe uniquement de lui, les intérêts généraux qui mettent en mouvement la coalition sont ordinairement oubliés ou sacrifiés.

Il n'est pas invraisemblable que Mack crût facile d'obtenir de grands succès sur les Français (avant de connaître Mack, qui pouvait ne pas le penser?) ou, qu'attaché d'ailleurs dans le principe au service de l'Autriche, il eût préféré ménager cette puissance et fût venu avec la mission spéciale d'user les forces napolitaines en les exposant aux premiers coups de la guerre. Il n'est pas impossible en même temps que la cour de Naples, suivant aveuglément la pensée de ses intérêts personnels, agît souvent dans l'ombre, sans en référer à d'autres qu'à elle-même, et sans rester avec l'empereur d'Allemagne dans cette intelligence stipulée par le traité. En effet, tandis que, d'un côté, la cour de Naples accédait à la ligne formée dans le nord, et dont le centre principal était à Vienne, de l'autre elle voulait temporiser et conservait à Paris son ambassadeur. Celui-ci, lorsque la paix était déjà violée, obtint encore du Directoire qu'il adressât au général en chef de l'armée d'Italie des ordres qui l'empêchaient d'entrer dans le royaume de Naples, et lui enjoignaient de se borner à repousser l'agression. Le courrier porteur de ces dépêches fut, on ne sait par quel accident, assassiné dans le Piémont. Il ne serait pas moins difficile de savoir comment de pareils ordres avaient été donnés, en admettant même que le traité de la nouvelle coalition fût encore un secret.

Le Directoire ignorait-il entièrement les projets et les démarches du cabinet napolitain? ou avait-il résolu de délaisser l'Italie? Dans ce dernier cas qui ne pourrait s'expliquer que par la corruption de quelques membres du Directoire, la cour de Naples fondait alors ses espérances bien plus sur l'abandon de l'Italie par le gouvernement français que sur le secours de ses alliés. Cette cour s'était fait la double illusion de ne devoir qu'à elle-même les avantages qu'elle cherchait à se procurer et de ne les partager avec personne.

Mais on peut dire que la cour de Naples conspirait la guerre plus encore qu'elle ne la préparait, car ses ténébreux desseins s'agitaient dans les arcanes d'un cabinet privilégié, séparé des conseillers du roi et de la plupart des ministres. Un de ces ministres, qu'il semblait impossible de ne pas initier au projet d'une entreprise militaire aussi considérable, le ministre de la guerre Ariola, ignorait encore la résolution prise, quand la reine, pour lui cacher davantage la vérité, prit le parti de l'interroger sur son opinion dans le cas d'une guerre peu prochaine, même à peine probable. Dictée par le sentiment de cette franchise qui ne peut se séparer du vrai patriotisme, la réponse d'Ariola mérite d'être conservée. « Le roi, dit ce ministre, pourrait soutenir avec avantage une guerre défensive, mais tout lui manque pour l'offensive. Il ne combat pas à armes égales. Les Français sont en petit nombre, mais ce sont des soldats accoutumés à la guerre et à ses fatigues. La moitié de notre armée est composée de recrues à peine sorties depuis un mois du sein de leurs familles ; leur grand nombre ne servira qu'à embarrasser les vieux soldats qui sont parmi eux, et à rendre plus sensible notre disette d'officiers dont on n'augmente pas le nombre aussi promptement que celui des soldats. Pourquoi ne pas attendre que ces troupes soient disciplinées ? Pourquoi ne pas attendre que l'empereur agisse le premier ? A-t-on donc tant de hâte de vaincre qu'on ne puisse prendre soin d'assurer la victoire ? Les succès de Mack sont-ils si certains qu'on doive agir sans penser à la possibilité d'un revers ? Puisqu'une guerre s'entame sur les frontières, il est inévitable que l'un des deux Etats soit immédiatement envahi ; cependant, on n'a pris aucun soin de pourvoir à la défense intérieure du royaume, qui est ouvert de tous côtés, et au premier revers l'ennemi sera dans le cœur de nos provinces. Il ne nous sera pas facile de chasser à nous seuls les Français de l'Italie, et cependant tant qu'on ne sera pas arrivé à ce point, on n'aura rien fait. Il nous faut beaucoup de succès pour triompher de l'ennemi ; un seul lui suffit pour nous écraser. Plus il ira en avant, plus il trouvera facile le chemin de la victoire ; plus nous avancerons au contraire, plus nous rencontrerons d'obstacles. Le gain de nos adversaires se décide en un moment ; il nous faut beaucoup de temps pour assurer le nôtre. Mack, cependant, comme s'il pouvait terminer la guerre en peu de jours, marche vers un pays désolé, où l'on manque de tout, sans avoir d'abord songé à s'assurer des approvisionnements ultérieurs, dans une conjoncture où les transports sont difficiles, les subsistances extrêmement rares. Mack va conquérir le territoire étranger, et peut-être perdre le nôtre... »

Ce sage discours, tenu devant le petit nombre d'anciens ministres admis au conseil, avait reçu leur assentiment. Le marquis de Marco, le général Pignatelli étaient pour la paix; le maréchal Parisi, le général Colli, appelés cette fois à la délibération, quoiqu'ils ne fussent pas conseillers, se déclaraient pour l'avis d'Ariola. Le roi lui-même inclinait à le partager. Mack s'en offensa. Egalement souple ou arrogant suivant les circonstances, il ne crut point avoir à contenir ici ce qu'il y avait d'absolu dans son opinion; il ne souffrait pas la contradiction. Mack ne pouvait d'ailleurs manquer de rencontrer des succès réels sur le papier et sur un théâtre de conférences. C'était, si l'on peut ainsi parler, un beau et grand diseur militaire; il excellait surtout dans ce talent si ingénieusement dévoilé et bafoué par Molière dans le *Médecin malgré lui*, lorsqu'il lui fait étaler la déclinaison de quelques mots latins devant les personnes qui ne savent pas cette langue.

Mack, discoureur intarissable et solennel, parlait toujours de mathématiques, de géographie et d'histoire dans les termes scientifiques et mystérieux, sachant par cœur les noms de tous les sites, et le nombre des batailles qui les ont illustrés. Le voilà qui cite ici l'exemple d'Eugène, de Montecuculli, de César; les noms d'Annibal et de Scipion. Comme il présentait un vaste plan pour attaquer un adversaire faible, Acton et la reine crurent qu'il était un grand général. C'est ainsi que l'ignorance juge la profondeur des combinaisons au grand nombre de forces qu'on prétend pouvoir mettre en mouvement; et l'on se déclare habile et invincible. Cette habileté en est-elle une? la véritable consiste à produire de grands effets avec de petits moyens; mais comme, dans un cabinet, on est porté à évaluer le génie de l'artisan d'après la grandeur des machines, Mack devait séduire une reine moins guerrière que violente, un ministre corrompu et borné ; leurs suffrages, entraînant un prince incapable, ne pouvaient manquer de faire majorité.

Ariola répliqua à Mack avec sa candeur et son bon sens ordinaires ; l'érudition ne lui semblait pas la seule mise qu'il y eût à faire en face d'une partie si décisive. Il était à croire, selon Ariola, que les généraux français étaient au moins aussi expérimentés, savaient la guerre aussi bien que les généraux napolitains ; s'il fallait d'ailleurs discuter à l'aide de citations, Ariola dit qu'il pouvait en produire une d'un grand homme dont l'Italie, l'Europe et les siècles même ont reconnu l'autorité : « Tout le secret de la guerre, dit Machiavel, consiste en deux choses : à faire tout ce que l'ennemi ne peut soupçonner, et à lui laisser faire tout ce que vous avez prévu qu'il ferait. En suivant le premier de ces préceptes, vous rendrez inutiles ses plans de défense ; et en observant le second, vous déjouerez ses plans d'attaque... » Ariola avait trop raison, dans sa citation comme dans ses arguments, pour qu'on pût le combattre autrement que par la violence. Acton prit le subterfuge de jouer le rôle d'offensé, et, se joignant à Mack, il menaça Ariola. Celui-ci crut devoir s'en plaindre au roi ; et tandis que le roi approuvait la conduite d'Ariola, Acton lui arrachait le portefeuille de la guerre, en présence du roi lui-même.

Elle est bien déplorable une époque où le sort d'un peuple dépend de l'intrigue ! où l'intrigue fait taire le courage qu'elle ne peut vaincre ! où un gouvernement enfin, qui pourrait espérer réellement beaucoup de ses forces et de l'opportunité des circonstances, se laisse aller dans sa faiblesse à compter sur d'illusoires promesses qui, plus tard, se changeront en amères déceptions !

Quoi qu'il en soit des justes objections d'Ariola et de l'avis de quelques hommes de bien, Acton, la reine et Mack l'emportèrent. Ils persuadèrent à Ferdinand qu'à lui seul était réservé d'être un foudre de guerre; et, tandis que l'Autriche, accoutumée à conspirer avec si peu de vivacité, croyait devoir attendre les Russes et goûter les fruits sans les périls de la victoire, on persuada à Ferdinand qu'il y allait de sa gloire de ne plus différer; nouveau César, il s'imagina avoir lancé le trait sur l'autre bord du Rubicon; il sortit de sa capitale, le 10 novembre 1798, et prit en personne le commandement de son armée, campée à San-Germano. Avant de faire cette démarche, le roi de Naples adressa à ses sujets une lettre ou une proclamation qu'il appela un manifeste. Cette pièce est remarquable par les sentiments de piété et de bienveillance qu'elle exprime au peuple. Dans ce procédé employé par un roi absolu pour se justifier bien ou mal envers les sujets dont il va répandre le sang, on ne peut méconnaître un progrès réel de l'ordre social à l'époque moderne; ce progrès, c'est la nécessité que subissent aujourd'hui tous les gouvernements de la terre, de parler à l'opinion de leurs sujets quand ils veulent en obtenir de l'indulgence, de s'incliner avec affection et même respect devant eux; la nécessité enfin de se donner la peine de les tromper au moins par de belles paroles.

Après avoir rappelé que pendant près de quarante ans il n'avait rien négligé pour rendre heureux ses fidèles sujets, et les soulager dans les calamités qu'il avait plu à Dieu de leur envoyer, le roi de Naples leur annonce qu'il quitte sa chère patrie dans le dessein de défendre leur sainte religion, presque entièrement abattue, et de leur en assurer, ainsi qu'à leur postérité, le bienfait dont le Seigneur les a comblés.

« Si j'avais pu obtenir cet avantage par tout autre sacrifice, continuait-il, je n'aurais pas hésité à le faire ; mais quel espoir de succès y eût-il eu après tant de funestes exemples qui vous sont bien connus? Plein de confiance dans la bonté du Dieu des armées, qui guidera mes pas et dirigera nos opérations, je pars à la tête des courageux défenseurs de la patrie ; je vais avec la plus grande joie braver tous les dangers pour l'amour de mes compatriotes, de mes frères, de mes enfants ; car je vous ai toujours considérés comme tels. Soyez fidèles à Dieu, et obéissez aux ordres de ma chère et bien aimée compagne, que je charge du soin de gouverner en mon absence. Je vous recommande de la respecter et de la chérir comme une mère.

» Je vous laisse aussi mes enfants qui ne doivent pas vous être moins chers qu'à moi. Quels que soient les événements, souvenez-vous que vous êtes Napolitains ; que pour être brave il suffit de le vouloir, et qu'il vaut mieux mourir glorieusement pour la cause de Dieu et celle de son pays, que de vivre dans une malheureuse oppression. Que le ciel répande sur vous ses bénédictions ! tel est le vœu de celui qui, tant qu'il vivra, conservera pour vous les tendres sentiments d'un souverain et d'un père... »

Dans la même proclamation, Ferdinand déclarait encore « qu'il voulait conserver l'amitié subsistant entre lui et la République française, mais qu'il se croyait outragé par l'occupation de Malte, île appartenant au royaume de Sicile ; qu'il ne pouvait souffrir l'envahissement des Etats du pape qu'il aimait comme son antique allié et qu'il respectait comme le chef de l'Eglise ; qu'il faisait marcher son armée pour restituer le territoire romain à son légitime souverain ; » (il n'était point exprimé si ce légitime souverain était ou non le pape). Il invitait les troupes qui occuperaient ce territoire à l'évacuer, « parce que, dans un autre cas, il ne pourrait s'abstenir de leur déclarer la guerre. »

Les annales de la diplomatie ne présentent pas d'exemple d'une semblable harangue, à moins qu'on ne suppose que les Romains en aient adressé une aux Grecs quand ils leur ordonnèrent de respecter les Arcananiens, parce que de tous les peuples de la Grèce c'était le seul qui n'eût pas envoyé de troupes au siége de Troye.

CHAPITRE V

Etat de l'armée napolitaine. — Etat de l'armée française. — Dénûment complet de cette dernière. — Imprévoyance du gouvernement français. — Positions respectives des deux armées. — Les Etats romains envahis par le général Mack sans déclaration de guerre. — Tactique de Championnet. — Il évacue momentanément Rome. — Entrée des Napolitains dans cette ville. — Leurs excès. — Concentration de l'armée française. — Combats de Terni, de Torre di Palma, de Civitâ-Castellana. — Guerre officiellement déclarée au roi de Naples par le Directoire. — Fautes de Mack. — Le roi Ferdinand s'enfuit de Rome. — Retraite des Napolitains. — Rentrée des Français victorieux dans Rome.

Le Directoire exécutif, qui, en voulant mettre tous les torts du côté du roi de Naples, avait peut-être passé les bornes de la patience, et même de la politique, apprit enfin, à n'en pouvoir plus douter, par son ambassadeur (Lacombe-Saint-Michel), combien le danger était imminent. Quatre-vingt mille Napolitains s'approchaient déjà des frontières de la République romaine, et cette république n'avait, pour se défendre contre cette invasion, que huit mille Français. C'est alors seulement que Championnet avait été nommé général de l'armée de Rome.

Joubert, commandant celle d'Italie, était chargé de lui faire parvenir des renforts. Que de renforts et de secours il aurait fallu aux Français pour balancer les forces et les moyens de l'ennemi !

Les approvisionnements dont l'armée napolitaine était suivie, avaient été amassés pour six mois de campagne. Les transports sur terre et sur mer avaient coûté un tel prix, qu'on ne comprendrait pas comment le roi de Naples avait pu fournir à tant de dépenses, si on ignorait que les contributions extraordinaires de ce royaume s'étaient élevées, depuis deux ans, à la somme accablante pour les habitants de 40 $_0/^0$ de leurs revenus. Cette armée laissait derrière elle des garnisons et des forteresses. Naples gardait dans son sein encore plus de huit mille hommes. Capoue, Pescara, Gaëte, Civitella, toute la frontière enfin était dans un état de défense respectable. D'autres troupes étaient dans l'intérieur, prêtes à réparer les pertes du corps d'armée. Son parc était de plus de cent bouches à feu. Elle avait une artillerie de cent pièces de campagne. Bien habillée, équipée, nourrie, l'armée napolitaine offrait aux regards le spectacle du luxe et de l'abondance. Régulièrement payée tous les jours, elle traînait encore à sa suite des caisses d'or et d'argent, qui lui permettaient de tout rembourser à l'instant avec exactitude, et de se concilier la bienveillance des peuples sur lesquels elle n'avait aucune vexation à exercer. Cette armée voyait de plus à sa tête son roi, et le très-illustre général Mack, dont elle avait la plus haute opinion.

A ces redoutables préparatifs, comparons la situation précaire de l'armée française. L'armée de Championnet, dite l'armée de Rome, était, d'après les ordres du Directoire, créée sur le pied de 32,655 hommes. « Mais, fait remarquer plaisamment dans ses Mémoires le général

Championnet, je n'en reçus que l'état écrit. » Arrivant en hâte à Rome, le 18 brumaire, il ne trouva que 8,000 hommes manquant de chaussures, d'habits, de pain, arriérés de plus de trois mois de solde, et déjà comme enveloppés par les 80,000 Napolitains dont le roi avait, depuis plus de huit jours, passé la revue dans son camp de San-Germano. Les soldats français, couverts de lambeaux, n'avaient que 180,000 cartouches. C'était quinze coups de fusil par chacun d'entre eux. Aucune de nos places n'était approvisionnée, même en poudre. On en avait manqué à Cività-Vecchia, pour tirer sur un vaisseau barbaresque qui était venu observer la côte. L'armée française ne pouvait obtenir ses services que par la violence ou par des réquisitions onéreuses. Elle n'avait que cinq pièces de canon et un parc de quatre bouches à feu. Elle était d'ailleurs cernée d'insurrections; ses correspondances étaient interceptées par les assassinats; tout était agité autour des Français par la révolte et le fanatisme; tout était péril pour eux près de Rome et dans Rome même.

Cette ville était dans une crise si terrible, qu'il était impossible de camper sous ses remparts; ses routes étaient couvertes d'ennemis; elle n'avait de vivres que pour cinq jours. L'imprévoyance et la perfidie l'avaient réduite à une telle extrémité que sa nombreuse population n'existait que par les bienfaits du roi de Naples. La mer offrait de plus grands dangers encore. Toutes les côtes avaient été abandonnées par les gardes que les officiers avaient licenciés, ne pouvant plus les nourrir à leurs dépens. Les canons avaient été enlevés, et partout on avait supprimé l'usage des signaux. Les parages de l'Adriatique et de la Méditerranée étaits couverts de vaisseaux anglais, napolitains, russes et barbaresques; toutes nos îles étaient bloquées.

Deux demi-brigades, embarquées le jour même de la première attaque de l'ennemi, couraient les mers de l'Adriatique sans autre espoir que de regagner un jour le rivage d'où elles étaient parties. Aucun vaisseau marchand ou de guerre ne se trouvait dans les ports. Lorsqu'on voulut faire arriver des subsistances de Terracine à Rome, on apprit que les bâtiments de cette rade étaient tombés au pouvoir du roi de Naples. Championnet, portant son attention sur les forteresses, reconnut qu'elles étaient dans un état déplorable et dans un étrange désordre. Ici, il n'y avait pas de canons du calibre de 33, et il y avait des boulets de ce calibre. Ailleurs il n'y avait pas de boulets, mais il y avait des canons. Dans les calibres de 24, 23, 21 et 16, il y avait partout des canons, et des boulets nulle part.

Championnet crut que la trahison seule avait pu placer ainsi des canons sans boulets, et des boulets sans canons. Les arsenaux étaient aussi vides que les forteresses. Telle était la rareté des fusils, qu'on ne pouvait armer deux bataillons dans un pays où des troupes d'insurgés s'étaient si souvent montrées sous les armes, pourvues de toute espèce de munitions. Le bruit de ces enlèvements était aussi général que la dilapidation des approvisionnements de guerre était certaine. Ici, on avait vendu les fers coulés; là on avait pris les canons. Les mêmes canons avaient été rachetés pour fabriquer de la monnaie de cuivre, dont l'abondance était si grande, qu'elle rompit l'équilibre dans tous les prix des choses nécessaires à la vie. Aussi toutes les ressources étaient taries pour l'armée française, toutes les routes embarrassées pour sa marche, quand l'armée napolitaine regorgeait de tous les moyens, voyait s'abaisser devant elle tous les obstacles; et en même temps que Championnet avait une armée aussi faible en nombre que dénuée de tout, la ligne sur laquelle il avait à combattre s'étendait à plus de soixante lieues. Cette ligne pouvait être coupée sur sept à huit points. Pour la surveiller dans ses débouchés multipliés, il aurait fallu disséminer la totalité de l'armée; et si elle eût été éparpillée, cette armée, qui n'était qu'un fantôme, s'évanouissait et disparaissait.

Mais si tant de circonstances malheureuses se réunissaient pour constater d'une manière affligeante l'infériorité de l'armée française, et les avantages réels de l'ennemi, cette inégalité trop certaine était au moins balancée par l'intrépidité des généraux républicains, par l'héroïsme des soldats. Championnet savait tout le prix de ces nobles éléments de la victoire, Après avoir rapidement reconnu, en avant d'Ancône, les positions qui pourraient servir de retraite et de défense dans le cas où l'on serait obligé d'évacuer le territoire romain, il fit construire à la hâte des batteries, des fours à rougir des boulets, mit la côte à l'abri de toute insulte, et laissa le général Monier pour défendre Ancône. Au moment où Championnet quittait cette ville, arrivaient des officiers de la garnison de Zante faits prisonniers par les Turcs et les Russes, et renvoyés sur parole ; ils annoncèrent la nouvelle de la prise de Zante, ainsi que de Céphalonie. Tous les rapports apprenaient que l'armée navale turco-russe, au nombre de vingt-deux vaisseaux de ligne ou frégates, était à la hauteur de Corfou. On vit, dans une lettre interceptée, que cette armée navale devait hiverner dans l'Adriatique, et se diriger ensuite contre Marseille.

L'armée du roi de Naples avait déjà pris une position de cantonnement; elle était divisée en trois corps. La droite, commandée par Mack ayant sous ses ordres le prince héréditaire était à Teramo ; le centre, commandé par le roi en personne, était à Aquila; la gauche, commandée par le prince de Hesse-Philipstadt, de Fondi à San-Germano. Le roi de Naples se proposait, après s'être emparé de la République romaine, et en avoir chassé les Français, de se réunir aux Austro-Russes. Sa jonction devait être protégée par les débarquements que les Russes et les Turcs tenteraient sur les côtes de l'Adriatique comprises entre le Pô et Ancône. Il n'était pas certain que les dispositions du duc de Toscane fussent en faveur des Français.

La droite de l'armée française tenait Terracine, Piperno, Prossedi, Frosinone, Veroli, Tivoli; son centre occupait Rieti. Les cantonnements de la gauche étaient répartis sur Ascoli, Fermo, Macerata, Ancône. La chaîne de montagnes qui séparait ces corps, en quadruplant leur distance, rendait les rassemblements très-difficiles à opérer.

Si c'était le lieu de récriminer sur ce qu'on aurait dû faire, on pourrait demander pourquoi, lorsque Lacombe Saint-Michel sollicitait des instructions au cas où les troupes napolitaines envahiraient la République romaine, pourquoi lui répondait-on que si le roi de Naples ne le chassait pas, il devait rester à son poste? pourquoi, voyant Naples depuis si longtemps occupée à préparer la guerre, n'avait-on pas réuni, pour la repousser, les ressources qu'on avait à sa disposition? Les Etats romains auraient pu fournir pour leur propre défense douze mille hommes de troupes; il n'aurait fallu que rappeler les régiments qu'on avait licenciés, mettre à leur tête des républicains.

En ne dissipant pas, comme on l'avait fait, les biens que la révolution avaient rendus disponibles, on aurait pu facilement entretenir cette armée. Les Romains, disait-on, n'étaient pas propres aux armes; c'était un peuple tombé dans l'abrutissement ; mais, sans invoquer les miracles opérés par ce peuple roi du monde, lorsqu'il était animé de l'esprit national, que d'exemples modernes détruisaient les assertions avilissantes des détracteurs intéressés à l'esclavage de la nation italienne ! N'avait-on pas sous les yeux la puissance de Venise, les lumières de la Toscane, la force du Piémont, les efforts héroïques des Génois pour conquérir et soutenir leur liberté? et plus près de nous, la petite armée cisalpine créée dans la Lombardie, pays le moins militaire de l'Italie, par le général Bonaparte? N'avait-elle pas plusieurs fois rivalisé de bravoure avec les Français eux-mêmes? Arrêtons-nous dans cette digression : l'historien n'a pas plus le droit de s'appesantir sur cette déplorable situation que ne le fit le général Championnet. Pour lui, au-dessus de ces fausses idées de l'infériorité des Italiens, il osait espérer que ces peuples coopéreraient eux-mêmes à leur régénération. Regardant l'ancienne patrie des arts et de la civilisation, il sentait son âme s'élever, s'agrandir ; il se sentait digne de sa mission sublime.

Comme tous les mouvements militaires qui commençaient à s'opérer, lors même qu'on n'en pouvait méconnaître le but, n'étaient cependant encore expliqués par aucune déclaration de guerre, Championnet, avant de se déterminer à agir hostilement, crut devoir écrire au capitaine général Mack. Il lui représenta que la paix subsistait toujours entre la France et la cour de Naples, puisque les ambassadeurs des deux puissances résidaient encore dans les capitales respectives. Chargé de défendre l'indépendance de la République romaine, Championnet devait la préserver de toute atteinte. Attaquer l'Etat romain sans déclaration de guerre eût été, à ses yeux, violer le droit des gens. Il priait donc M. le capitaine général de lui faire part des motifs qui avaient présidé à l'organisation de l'armée napolitaine.

Cette discussion épistolaire se passait le troisième jour de l'arrivée de Championnet. Il est certain qu'à ce moment Championnet n'avait pour entamer la guerre de Naples aucune autorisation que celle du général en chef Joubert; qu'il n'avait, à l'égard du Directoire, d'autre justification que la nécessité, et que l'audace, même inspirée par les circonstances, avait besoin d'être couronnée par le succès pour être pardonnée.

Le quatrième jour de son arrivée à l'armée (le 3 frimaire), n'ayant reçu aucun des renforts qui lui étaient promis, sans avoir obtenu aucune déclaration préalable de guerre, Championnet se vit attaqué à l'improviste par l'armée napolitaine sur tous les points de la frontière, depuis la Méditerranée jusqu'à l'Adriatique. Le territoire romain fut envahi sur cinq points à la fois. Les motifs apparents de cette agression, que voulait bien enfin donner le général Mack, étaient les violations du traité de Campo-Formio commencées par le Directoire français, en s'emparant le premier de l'Etat romain et en changeant la forme du gouvernement de Rome. Le général Mack ajoutait que le roi de Naples avait pris les armes pour empêcher les Français de mettre le pied sur le territoire du grand duc de Toscane.

Les avantages que Mack venait de remporter d'abord sur quelques postes avancés avaient augmenté l'orgueil de ses prétentions. Il ne donna que « quatre heures » au général français pour céder l'Etat romain. Les succès de Mack devaient être de peu de durée. L'étendard français, qui avait dû se replier un moment, était destiné à flotter incessamment sur les tours de Naples.

Championnet avait d'avance jugé sa position. L'extrémité

du danger vint abréger les lenteurs de la délibération. Toute espèce de retraite était impossible, l'ennemi étant beaucoup plus près que nos troupes des points de Terni, Ancône et Viterbe par où il aurait fallu nécessairement passer. D'ailleurs, le moindre mouvement rétrograde généraliserait les insurrections qui couvraient une grande partie du pays. Aller au devant de l'ennemi qui marchait sur Rome avec des forces huit fois supérieures aux nôtres, c'eût été le comble de la folie. La fermentation excitée dans Rome par tant de causes antécédentes, et que la présence du roi de Naples y accroissait encore, devait d'ailleurs faire craindre à Championnet de compromettre la sûreté des républicains romains et celle des Français que la ville renfermait. Déjà le tocsin sonne, et l'on a cerné la maison de Macdonald, qui n'a dû son salut qu'à la fermeté de son caractère. Il ne reste qu'un parti à prendre, celui de se battre jusqu'à la mort, mais de se battre utilement. Or, pour arriver à ce but, il faut se concentrer d'abord ; c'est ce que Championnet a senti en militaire vraiment habile, et c'est ce qui est résolu.

Pour l'exécution de son plan, le général Championnet momentanément évacuera Rome ; mais, s'il quitte cette ville, il promet solennellement d'y rentrer dans vingt jours. « Rome, tes fers seront brisés, dit-il, se tournant vers sa petite armée ; Rome dissipe tes craintes, les Français te servent de remparts ; les ennemis seuls doivent trembler... » Il laissa au fort Saint-Ange une faible garnison de quelques républicains, mais tous déterminés à se défendre jusqu'à la dernière extrémité.

Les Napolitains font bientôt leur entrée dans Rome et se signalent par des actes empreints de ridicule, mais qui malheureusement ne sont point séparés de barbarie et de férocité.

L'entrée du roi de Naples dans Rome a lieu le 29 novembre 1798. Toutes les rues que Sa Majesté Sicilienne doit traverser pour se rendre au palais Farnèse sont couvertes de tapis et jonchées de fleurs ; un grand nombre de cardinaux et le clergé marchent à la suite de l'armée royale et chantent le *Te Deum* avec d'autres cantiques de congratulations. Mais la licence et la fureur d'un faux zèle succèdent bientôt à ces momeries. Un grand nombre de ceux qui ont favorisé l'établissement du gouvernement républicain, et parmi lesquels se trouvent plusieurs jeunes gens des familles les plus distinguées, sont mis à mort. Tout ce qui s'est plus ou moins mêlé à la politique nouvelle et tout ce qui a adopté les nouvelles institutions est impitoyablement poursuivi. Les juifs à qui la révolution a donné le droit de citoyens, et qui passent pour en être reconnaissants, sont scandaleusement insultés et rejetés encore une fois de l'espèce humaine. Tout ce qui est soupçonné d'avoir pris parti pour les Français est outragé ; l'arbre de la liberté est abattu, la cocarde foulée aux pieds ; le tombeau du général Duphot est détruit ; et la population de Rome elle-même se porterait peut-être à de plus grands excès si un corps de troupes françaises, qui évacue la ville, ne se retournait en la menaçant de la plus terrible vengeance, si en même temps le fort Saint-Ange ne la tenait encore en respect.

Forcé d'abandonner quelques Français malades dans les hôpitaux, Championnet avait cru pouvoir les recommander à l'humanité et à l'honneur de l'ennemi. Furieux de la résistance du fort Saint-Ange, défendu par l'intrépide garnison qui défiait l'ennemi en le foudroyant, Mack, menaça de « passer au fil de l'épée jusqu'aux malades ; il déclara que chaque coup de canon tiré sur son armée serait vengé par la mort des soldats français qu'il livrerait à la fureur des habitants. » Il apprit que Championnet avait eu la précaution de retenir quelques ôtages dont la vie était en son pouvoir; Mack s'arrêta alors dans ses folles bravades.

Toutes les dispositions de Championnet étant réglées, il ordonna à Macdonald, commandant la droite, de se porter en avant. Le mouvement consistait à disputer le terrain, et à se replier ensuite sur Cività-Castellana, pour y prendre position, s'appuyant à la forteresse de ce nom. Lemoine, commandant le centre, fut envoyé à Terni, avec l'ordre qu'avait Léonidas aux Thermopyles, « de s'ensevelir, lui et le petit nombre de ses braves, dans le débouché de ce passage, plutôt que de permettre à l'ennemi de s'en rendre maître. » Casabianca et Rusca reçurent le même ordre pour le passage d'Ascoli.

Ainsi se réunissait heureusement l'armée française; elle augmentait encore sa force en s'acculant aux montagnes. On voit d'avance l'effet que devait produire cet ensemble. Ainsi Mack s'était déjà laissé enlever l'avantage de la surprise, et allait se trouver forcé de changer toutes ses positions... C'était là l'espérance de Championnet; il avait pensé justement que Mack, grand général de cabinet, devait être déconcerté sur le terrain par ces évolutions rapides dont l'expérience lui manquait. Championnet avait prédit le sort qui allait atteindre son jactancieux antagoniste. Ce sort attend nécessairement les généraux à système; c'est la conséquence inévitable du défaut auquel ils sont enclins, de donner un enchaînement trop étroit à leurs idées théoriques. Comme ils se sont fait un plan dont ils n'ont pas soupçonné les conséquences relativement à celui conçu par leur adversaire, s'il arrive que la fortune de la guerre vienne déranger leurs propres combinaisons, il ne savent alors comment y suppléer, et sont dans le même embarras que les enfants qui, au moment où ils ont perdu le fil d'une leçon apprise, sont obligés de s'arrêter court. L'illustre général Mack va se trouver précisément n'être rien de plus qu'un de ces enfants, et sa lourde stratégie, qu'il croyait être une suite d'habiles prévisions, sera déroutée par la tactique animée de Championnet.

Bientôt Lemoine, dans la position de Terni avec une poignée de soldats fatigués et sans cartouches, repoussa une colonne napolitaine qui avait sept pièces d'artillerie, lui fit 500 prisonniers, lui prit caissons, canons, bagages, et la mit dans une déroute complète. Cette victoire importante était due à la brave 94e, arrivée peu d'heures avant le combat; elle sauva toutes les autorités françaises et romaines, qui se trouvaient dans le voisinage de Terni, emportant tous leurs effets à Perugia.

Casabianca, secondé par Rusca, obtint, deux jours après, une victoire aussi difficile et aussi complète à Torre di Palma; et comme le courage est, si l'on peut s'exprimer ainsi, le meilleur fournisseur des armées, les Français furent, après le combat, pourvus abondamment de toutes les espèces d'approvisionnements dont ils étaient dénués auparavant.

Ces deux journées, en assurant les communications de Championnet, le mirent en état de résister à l'ennemi sur le point principal de ses forces, et d'attendre des renforts pour prendre l'offensive. Il n'y avait pas huit jours que son armée et lui paraissaient perdus, que toute retraite était jugée impossible pour eux, et c'est Championnet lui-même qui forçait Mack à la retraite.

En examinant le plan de ce général, on voit que l'opération dont il se promettait le plus de succès, était celle de couper l'aile droite du centre de l'armée française. Ce projet était sans doute bien conçu au point de vue militaire; mais, pour l'effectuer, il aurait fallu que la colonne du centre des Napolitains fût plus forte du double. Or, Mack avait retenu avec lui quarante mille hommes à l'aile gauche, et ne put disposer que de sept mille contre Lemoine, qui, s'il avait eu en tête un nombre beaucoup plus considérable, n'aurait probablement pas triomphé à Terni, malgré ses prodiges de valeur.

Cette faute commise, Mack essaya d'accabler par les masses l'aile droite des Français. Macdonald l'attendait dans la belle position de Cività-Castellana. Pressé en même temps de tous côtés par huit à dix mille paysans armés, occupés continuellement à tirailler sur ses flancs, Macdonald, qui n'avait pas plus de sept mille Français, vit fondre sur lui quarante mille Napolitains. Il les reçut avec ce courage tranquille qui distingue l'homme d'un grand caractère, et par ses habiles manœuvres déconcerta en un instant leur attaque furieuse. Kellermann, à l'avant-garde, les écrasa, les mit en déroute. Pignatelli, à la tête de sa brave légion romaine, les poursuivit l'épée dans les reins. Trente-deux pièces de canon, trois drapeaux pris sur le champ de bataille, deux mille soldats, cinquante-deux officiers faits prisonniers, furent les trophées de cette mémorable journée.

Après avoir ainsi honteusement échoué devant Cività-Castellana, les Napolitains, au nombre de plus de huit mille, s'emparèrent d'Otricoli par surprise. Macdonald, sans leur donner le temps de se retrancher, marcha sur eux avec neuf cents hommes. Après deux heures de combat, il emporta la ville d'assaut. Le 19, il fit mettre bas les armes, dans Calvi, à la même colonne, qui se rendit à discrétion. Sans ces victoires, les Français qui avaient été faits prisonniers étaient passés au fil de l'épée : tel était l'ordre affreux donné par le chef des Napolitains de Nepi. Déjà, à Ascoli, trois cents Français avaient été attachés à des arbres et fusillés ; à Otricoli, trente malades, dont plusieurs avaient les bras et les jambes coupés de la veille, avaient été hachés dans l'ambulance ; d'autres, couchés sur la paille, avaient été brûlés. Cette conduite atroce méritait et pouvait sans doute attirer les plus légitimes représailles de la part des républicains.

Championnet voulut, au contraire, montrer à ces ennemis insensés que les soldats français étaient aussi généreux après le combat que terribles dans l'action. Il fit mettre à l'ordre de l'armée « que tout soldat napolitain prisonnier serait traité avec l'humanité et la douceur ordinaires des républicains envers les vaincus. » Il rendit ses généraux responsables de l'exécution de cet ordre, prononça même des peines sévères contre tout militaire qui se permettrait de mauvais traitements envers un prisonnier désarmé. Mais il est temps que ces barbares, sourds aux accents de la noble voix qui cherche à les ramener, soient rappelés à la modération par des arguments plus irrésistibles. Ils ne tarderont pas sans doute à être mieux éclairés et convaincus par la force des armes de Championnet. Aussi la plus grande leçon qu'il croie devoir tirer de ces horreurs, c'est la nécessité pour ses soldats de vaincre et de terrasser sans retour ceux qui ont commis de tels excès.

Lorsque la nouvelle de cet événement fut arrivée à Paris, la guerre fut enfin déclarée officiellement au roi de Naples. Le Directoire, dans le manifeste qu'il publia à ce sujet, commença par faire observer que depuis longtemps l'Europe avait retenti des perfidies de la cour de Naples, et n'avait pu manquer de reconnaître avec étonnement la magnanime prudence de la France qui avait témoigné le désir le plus sincère de vivre en paix avec cette cour. Supérieur au juste ressentiment qu'elle avait provoqué de tant de manières, le Directoire exécutif disait avoir accueilli avec une bienveillance extrême les premières propositions qui avaient été faites pour un rapprochement entre les deux Etats. Il ne s'était servi de l'ascendant de la victoire que pour montrer plus de calme. En un mot, tous les avantages du traité avaient été réciproques, comme si les succès avaient été balancés.

Tant de longanimité, ajoutait le Directoire, aurait dû détruire les dispositions haineuses du gouvernement napolitain, étouffer en lui des souvenirs dont se nourrissaient ses déplorables préventions, l'attacher irrévocablement à la France par les liens de la gratitude, et surtout par ceux de l'intérêt. Le Directoire reprochait à la cour de Naples d'avoir contrarié de tout son pouvoir l'établissement de la République romaine, d'avoir accueilli les mécontents de Rome, d'avoir excité et fomenté des troubles dans cette ville. Loin de se livrer à aucun sentiment de vengeance, ni d'humeur, le Directoire n'avait pas même jugé à propos de s'opposer à la prise de possession du duché de Bénévent. Il avait offert sa médiation au roi de Naples pour le délivrer des prétentions féodales que Rome formait sur ses Etats.

Au moment où la flotte commandée par le général Bonaparte avait fait voile, le Directoire s'était empressé de tranquilliser la cour de Naples sur l'objet de l'expédition. Lors de la conquête de l'île de Malte, cette cour ayant osé faire revivre des prétentions sur un pays qui n'avait été soumis ni à ses lois, ni à ses armes, le gouvernement français n'avait point dédaigné de répondre à cette prétention ridicule, comme si elle avait eu pour elle la plus solide apparence de raison. Après avoir reproché à la cour de Naples d'avoir, par égard pour les cours de Vienne et de Londres, retardé la publication du traité de paix et replongé dans les fers les Napolitains soupçonnés d'attachement pour les Français, le Directoire l'accusait d'avoir reçu sept frégates anglaises dans le port de Naples, quarante-huit jours après la conclusion du traité qui interdisait au gouvernement de Naples de permettre l'entrée de ses ports à plus de quatre bâtiments armés en guerre appartenant à quelqu'une des puissances belligérantes.

Onze vaisseaux de la même nation étaient entrés à pleines voiles dans les ports de Syracuse et d'Ayosta, et, depuis, quatre bâtiments, tant anglais que portugais, avaient été admis dans le premier. Parmi ses griefs, le Directoire plaçait la joie qui avait été manifestée à Naples à la vue de la flotte anglaise, lorsque celle-ci revenait d'Aboukir ; les honneurs publics que la cour avait prodigués à l'amiral Nelson en allant au devant de lui pour le féliciter, l'entrée triomphante de ce fameux Anglais, la récompense considérable accordée au courrier qui avait apporté la première nouvelle de la victoire de cet amiral, et enfin les fêtes qui avaient eu lieu à cette occasion. Toutes sortes d'insultes et de vexations avaient d'ailleurs été prodiguées aux Français...

Si l'imprévoyance peut être à son tour invoquée comme une preuve de sécurité, le Directoire avait sans doute le droit de produire encore la nullité de ses préparatifs en opposition à l'immensité de ceux de la cour de Naples ; il pouvait se targuer de l'abandon où il avait mis ses alliés... Mais les bonnes ou les mauvaises raisons des gouvernements en état de guerre ne se présentent jamais avec de meilleurs arguments que ceux de la victoire, et déjà elle tournait en faveur des armes républicaines. Si, au lieu de déclarer la guerre aux malades, Mack avait fait quelques dispositions contre le fort Saint-Ange, dont avec six mille hommes il eût pu s'emparer en moins de quinze jours ; si, sachant mieux user de tous les moyens à ses ordres, Mack avait attaqué avec toutes ses forces le peu de troupes que Macdonald avait laissées pour défendre le passage du Tibre, les Français seraient bien difficilement sortis d'un aussi grand embarras. Des militaires instruits ont pensé que Mack était ici tombé d'une faute dans une autre. Rien de plus irrégulier que sa retraite : il partit précipitamment de Cantalupo, et ne s'arrêta qu'à Albano, oubliant que, par la position du Tibre, du fort Saint-Ange, et la proximité des Français, le corps de Damas, qui se trouvait à deux marches au nord-est de Rome, serait infailliblement coupé. Si Mack avait eu la fermeté de rester un jour de plus à Rome, son corps d'armée le pouvait joindre, et le sort de la campagne était loin d'être décidé.

Quoique battu, Mack conservait des forces infiniment supérieures à celles des Français. S'il ne pouvait vaincre, il pouvait au moins résister. Avec les débris de l'armée, il n'avait qu'à se renfermer à Velletri ou à Gagliano, et y disputer longtemps le passage. Il conservait Gaëte, et sauvait le royaume. Mack ne voulut laisser désirer dans sa conduite aucun des traits auxquels on reconnaît les généraux systématiques ; comme ils ne voient pas la vérité dans la concordance des faits réels avec leurs idées, mais bien dans la concordance de leurs propres idées entre elles, ils sont audacieux avant, timides après l'action : audacieux, parce qu'ils ne pensent pas que les affaires puissent prendre une tournure qui ne soit pas conforme à leurs prévisions ; timides parce que, n'ayant point prévu ce qui est arrivé, ils ne sont préparés à rien. Ils affectent, dans leurs raisonnements, une grande exactitude, mais cette exactitude même est la source de mille erreurs, parce qu'elle n'a point aperçu ni calculé les différences qui existent dans la nature des choses. Ils s'imaginent dans leur témérité qu'ils sont en mesure de disposer de l'avenir, et ils ne soupçonnent pas les difficultés du présent. Ils comptent les hommes, et ne les évaluent pas. Ils se confient plus dans l'armée que dans l'homme, dans la force du corps que dans celle de l'âme, dans la tactique flegmatique et spéculative que dans la valeur animée et décisive des événements. Ainsi Mack qui, un moment auparavant, défiait toutes les puissances de la terre, au premier échec perdit tout son génie. Lui qui n'avait su que courir dans l'illusion de ses succès, ne sut que fuir dans ses revers ; il ne connut pas plus de parti moyen dans la seconde que dans la première circonstance; il dit au roi : « Nous sommes coupés partout; notre seule ressource, pour sauver Votre Majesté, c'est la retraite la plus prompte sur Naples... »

Sa Majesté Sicilienne était trop faible pour ne pas adhérer aux pauvres démonstrations de Mack, sa providence. Lorsqu'elle allait s'occuper de rétablir l'ancien gouvernement de Rome, on l'informa que l'arrière-garde de Championnet en était devenue l'avant-garde, et revenait sur Rome. Le roi ne put concevoir cette suite naturelle de la mauvaise direction de son armée ; cette armée lui avait paru suffire pour se faire proclamer le libérateur de l'Italie ; et il avait trouvé si beau d'agir tout seul sans attendre l'arrivée de son allié l'empereur d'Allemagne ! Maintenant il se désolait de ne pas voir se montrer encore un seul soldat autrichien. Il accusait ses premiers généraux, Micheroux et autres, de ses premières défaites; il accusait les officiers, les soldats, les commissaires des vivres; il accusait Mack lui-même de n'avoir pas su se faire obéir et d'ignorer son devoir. Vainement le monarque se rappelait-il les conseils éloquemment et inutilement donnés par le fidèle Ariola ; il n'est entouré que de ceux qui l'ont trompé ; il s'imagine être au pouvoir des traîtres et des jacobins romains unis avec les Français. Il reçoit en même temps l'avis que ceux-ci ont résolu de le faire prisonnier dans la même ville qu'il est venu protéger de son auguste présence. En apprenant ce projet, la tête de Sa Majesté semble éclater de peur ; mais la peur de tels rois ne doit point se révéler avec autant d'indiscrétion : il faut toujours tout dissimuler. Cachant donc prudemment son intention de retraite ou plutôt d'évasion, le roi Ferdinand sort de Rome par la porte du Peuple (l'ancienne porte *Flaminia*), accompagné d'une foule d'officiers ; et là, tandis que les dispositions sont prises pour soutenir avec le reste des troupes la retraite de Damas qui doit, dans le meilleur ordre possible, faire une contre-marche sous les murs de Rome, le roi Ferdinand, accompagné du seul duc d'Ascoli, se rend à la porte Saint-Jean (l'ancienne porte *Celimontana,* conduisant à Naples) ; il y trouve un cabriolet, dans lequel il se précipite, et qui le fait voler à Caserta... Et comme si tous les ridicules devaient rejaillir sur ce déplorable prince, on veut qu'après avoir agi tout à l'heure en Romain, il agisse maintenant en Parthe, et lance le trait en fuyant. C'est en fuyant à vau-de-route, qu'il fait enfin à son tour une déclaration de guerre aux Français (à cause de la résistance qu'ils ont opposée à son armée), et cette déclaration paraît le 9 décembre, c'est-à-dire quand la guerre est réellement terminée dès son début, et quand les vaincus n'ont qu'à demander la paix !

Les fautes d'un ennemi vaincu ne diminuent point le

mérite du vainqueur ; elles augmentent, au contraire, sa gloire, lorsqu'il a su en profiter, comme Championnet. Retournant avec son activité ordinaire sur le théâtre de ses premiers triomphes, résultats de ses conceptions autant que de son courage, le 26 frimaire il rentra dans Rome, le jour même qu'un heureux pressentiment lui avait fait indiquer au consulat et aux autorités comme le terme de leur exil.

Les habitants ne devaient point voir sans quelque appréhension de châtiment revenir dans leurs murs l'armée française, qu'ils avaient si mal traitée au moment de son départ. Plusieurs Romains s'étaient rendus trop indignes de la générosité française pour pouvoir y compter. Parmi tant de coupables, Championnet ne punit de mort qu'un espion de la cour de Naples, qui s'était fait nommer commandant de la garde nationale pour soulever le peuple contre les Français. Après cet unique exemple de rigueur, fidèle au système de clémence qui était encore plus dans son cœur que dans sa politique, Championnet pardonna et rétablit l'harmonie.

Damas s'était échappé à la faveur d'une capitulation due à son énergie et à la nécessité où était l'armée française de se rallier pour faire face à la masse insurgée qui la cernait de toutes parts. Il avait rassemblé un corps considérable de fuyards, et se retirait en bon ordre vers la Toscane. En passant par Viterbe, il n'avait rien négligé pour animer les habitants de cette ville contre les Français, et il y avait réussi au point que les Viterbois se portaient, à leur égard, aux plus extrêmes violences ; ils en avaient massacré plusieurs, même de ceux qui étaient restés malades. Ils n'avaient pas respecté le caractère public de deux envoyés français, l'un de Naples, l'autre de Malte, MM. Mangourit et Méchin. On disait que la femme de ce dernier, célèbre par sa beauté, n'avait point été à l'abri des plus audacieux excès.

Championnet sentit combien il était urgent de terminer ces inquiétudes, et de sauver les Français exposés à la rage de ces fanatiques. Il donna ordre à Kellermann de poursuivre Damas. Celui-ci fut atteint à Montalto. Il s'ensuivit une action très-vive, dans laquelle, après avoir fait une honorable défense, l'armée de Damas fut mise en déroute et perdit son artillerie. Les débris de cette armée, chassés vers Orbitello (où Damas se renferma), furent bientôt pris ou dispersés.

Kellermann se porta ensuite sur Viterbe qu'il trouve garnie de canons et défendue par les habitants. Il publia cette proclamation de Championnet : « J'apprends qu'une poignée de rebelles ose refuser de se rendre devant une armée victorieuse. Si je mesurais la vengeance à l'insulte, Viterbe n'existerait plus. Voici ma dernière résolution : si Viterbe se soumet, j'userai de clémence ; si elle résiste, et que, par un crime que l'on n'ose imaginer, elle insulte aux Français prisonniers dans ses murs, Viterbe sera emportée d'assaut, mise au pillage, brûlée jusqu'en ses fondements ; je veux que le voyageur errant demande un jour où fut Viterbe ! Habitants égarés, revenez de votre erreur ; ouvrez vos portes, ou craignez l'impétuosité du soldat, qui n'attend que le signal de l'attaque... » Cette première sommation resta sans effet. La résistance des Viterbois importait trop à Damas pour qu'il n'eût pas employé tous les moyens propres à l'assurer. Il était urgent pour Championnet de ne pas s'arrêter là quand ses destinées l'appelaient si impérieusement plus loin. Il fit faire aux Viterbois une dernière sommation en ces termes : « Viterbe ouvrira ses portes dans une heure ou sera réduite en cendres... » Viterbe se rendit enfin ; et, en raison des ôtages qu'elle avait gardés, elle obtint une capitulation assez favorable.

Au moment où l'armée française rentrait dans Rome, le corps de réserve des Napolitains attaquait dans la nuit, à la porte de Saint-Jean-de-Latran, la 2e demi-brigade qui campait à la jonction des deux routes d'Albano et de Frascati. Cette surprise dangereuse fut réparée, comme à l'ordinaire, par l'intrépidité des Français. La colonne ennemie, forte de huit mille homme, soutenue par six pièces de canon tirant à mitraille, fut culbutée et taillée en pièces. Elle laissa sur le champ de bataille toute son artillerie, beaucoup de morts, de blessés. On lui fit douze cents prisonniers, parmi lesquels un prince Pignatelli, qui s'était longtemps battu et avait reçu plusieurs coups de sabre. Ainsi, ce dernier acte de résistance des Napolitains à Rome, fut assez décisif contre eux pour qu'on n'eût plus à craindre de voir désormais leur front tourné de ce côté.

Voilà Championnet dans Rome délivrée par sa bravoure, pacifiée par sa bonté. Les résultats glorieux qu'il vient d'obtenir avec tant de rapidité prouvent beaucoup plus toute la vigueur, tous les talents qu'il a dû développer que ne le pourrait faire aucune réflexion. Mais les peines et les travaux de la guerre active ne sont, en quelque sorte, que des délassements quand on leur compare les tribulations qui viennent assaillir un grand commandement. A peine Championnet avait-il battu les Napolitains qu'il se vit en proie à ce genre de soucis cruels; il se trouva en contradiction ouverte avec le gouvernement directorial sur un point important sans doute, puisqu'il devint l'objet de disputes et de jalousies extrêmes.

CHAPITRE VI

Commission civile instituée près de l'armée de Rome. — Son rôle. — Luttes de Championnet contre elle. — Les Napolitains vivement poursuivis. — Succès rapides des Français. — Le royaume de Naples envahi. — Championnet, maître des deux Abruzzes, s'avance sur la capitale. — Insurrection générale des Napolitains. — Position difficile de l'armée française. — Effroi de la cour de Naples. — Fermentation dans cette ville. — Intrigues du ministre Acton pour décider le roi à la fuite. — Hésitation et faiblesse de ce prince. — Son départ pour la Sicile. — Pignatelli lieutenant général du royaume. — Indifférence du peuple pour son souverain. — Championnet devant Capoue. — Mack demande un armistice. — Cet armistice, après deux refus, est conclu avec Pignatelli. — Impressions des deux gouvernements de France et de Sicile à cette nouvelle.

Championnet, en entrant la première fois à Rome, avait été singulièrement frappé de la détresse affreuse de cette infortunée république. Il s'était attaché à en connaître les causes; tous les scandales lui avaient été révélés; il avait appris, comme nous l'avons déjà indiqué, que toutes les richesses mobilières et immobilières de Rome avaient été dévorées par des hommes qui étaient en même temps vendeurs et acheteurs; il s'était surtout convaincu que le principe de beaucoup d'insurrections était ce sentiment de révolte qu'excitent dans toutes les âmes des sacrifices immenses et inutiles. Il savait, par sa propre expérience, combien les armées ont besoin de l'amour et du respect des peuples qu'elles subjuguent; que les affections des peuples, non plus que celles des individus, ne sont pas gratuites; qu'il faut donc les mériter par des procédés, et se faire bientôt pardonner les rigueurs de la victoire. Si dans les premiers moments où il n'était pas possible de s'occuper de la réforme de tant d'abus, mais où il s'agissait seulement de repousser les Napolitains, le général avait su marcher droit à l'ennemi, sans se laisser distraire par aucune considération, maintenant, vainqueur par une suite de prodiges, il voulait échapper au fléau des administrations désastreuses et se faire précéder de l'estime publique, comme de la meilleure avant-garde dans les pays qu'il allait traverser.

C'est alors que le Directoire nomma à la suite de l'armée, encore fort loin de Naples, une commission civile qui devait exercer à Naples des pouvoirs analogues à ceux qui avaient été exercés à Rome d'une façon si funeste.

Si, du moins, on avait laissé au général en chef l'autorité de surveillance et de répression, il aurait pu essayer de lutter contre les désordres; mais un arrêté formel le privait de tout droit sur les opérations des agents. Championnet crut devoir donner sa démission, motivée sur cette impuissance d'empêcher le mal. On l'entendit dès lors s'exprimer sur les agents civils avec une grande franchise d'humeur; il y entrait peut-être un peu d'esprit militaire, mais il y entrait surtout un véritable besoin d'honneur et de considération. Il n'est pas toujours possible à la probité de mesurer son langage; l'indignation de Championnet fera certainement excuser le ton un peu amer de ses réflexions qui étaient d'ailleurs fort justes; celle-ci, par exemple: « Que la Constitution ne permettait pas au Directoire de créer auprès des armées une nouvelle trésorerie qui se dérobait aux pouvoirs institués de la grande trésorerie et de la comptabilité. »

On croyait que la vivacité de cette discussion allait entraîner la destitution de Championnet. Il ne laissa pas à ses détracteurs le temps de l'obtenir; heureux d'avoir toujours en présence les Napolitains, il s'occupa de les battre, ajournant tout débat jusqu'à leur défaite.

Après toutes les fatigues qu'avait nécessitées la prise de Rome, Championnet pouvait, devait peut-être laisser reposer une armée dont la force numérique était si disproportionnée, et attendre les renforts promis. Mais, s'il laissait à l'ennemi le temps de respirer, l'armée napolitaine, déjà dispersée, pouvait se recréer par ses propres éléments, réparer son artillerie, sa mousqueterie, ses munitions, son équipement. Championnet savait d'ailleurs que Gambs réunissait les débris de l'armée de Micheroux ; que Mack se retirait sous les murs de Capoue pour y recueillir, dans les retranchements et à l'abri des remparts de cette place, ce qui subsistait des corps nombreux que l'armée française avait chassés devant elle ; il savait que le roi était rentré dans Naples ; les flottes du monarque pouvaient grossir les rangs de son armée fugitive en amenant les troupes qui étaient restées intactes à Livourne, à Orbitello. Ferdinand pouvait enfin être relevé de son premier effroi par la coalition, et les Anglais étaient capables de donner une meilleure impulsion à ses forces réelles et considérables.

Championnet avait, en militaire habile, justement prévu et calculé toutes les chances; d'ailleurs, l'enthousiasme dont il avait rempli son armée la rendait supérieure à tous les périls, rien ne pouvait plus l'abattre ni la décourager. Une nouvelle importante, qui lui fut apportée par un courrier du général Joubert, vint ajouter, sinon des bataillons, mais lui fournir au moins des moyens moraux qu'il employait si efficacement sur son armée depuis l'ouverture de la campagne : c'était la démission du roi de Sardaigne et la prise de possession du Piémont.

Joubert avait ainsi fait disparaître en un moment de

l'Italie une puissance dont l'inimitié ne laissait pas d'être inquiétante pour les armées françaises. Cet événement leur facilitait et leur donnait encore de nouvelles et vastes ressources en subsistances et en habillements.

Championnet sentait tout l'avantage de ce double succès militaire et politique ; il y trouvait un stimulant de plus pour exécuter le plan auquel il s'était arrêté. Ce plan, c'était de poursuivre désormais sans relâche l'armée des Napolitains. Chassés de Rome, plusieurs, dans leur fuite, avaient porté l'alarme sur le territoire qui touche à l'Etat romain ; et les habitants, épouvantés de l'approche des Français, quittaient leurs demeures. Championnet leur parla avec bienveillance : « Les habitants de Cività-Ducale, dit-il dans une proclamation, ont abandonné leur ville, leurs fortunes ; l'épouvante les poursuit : quelle erreur ! Habitants de ces belles contrées, rassurez-vous : les Français, en entrant sur le territoire de Naples, n'en veulent point au peuple. Le peuple ne doit point être victime des faux calculs d'un gouvernement en délire ; lui seul est coupable, lui seul sera puni. Rappelez dans leurs foyers vos enfants que la force retient sous les drapeaux de nos ennemis ; laissez marcher ces milices impuissantes d'un roi qui vous trompe ; elles seront battues partout où nous les trouverons. Que le riche habite son palais, que le pauvre revienne dans sa chaumière ; prenez confiance dans la loyauté française, et comptez sur ma parole, sur ma protection. Votre roi tombera de son trône, mais votre culte, vos autels, vos opinions seront respectés. Je vous le répète, rassurez-vous ; mais tremblez si un seul Français est insulté ! »

Cependant l'armée française, après avoir livré plusieurs combats partiels à l'armée napolitaine, avait entièrement achevé de l'expulser du territoire romain. Le général

Macdonald, à la tête de sa colonne, était rentré dans Rome. Le régiment ennemi Macedonia, fort de deux mille hommes, avait mis bas les armes et s'était rendu à discrétion; les troupes napolitaines, battues à Ponte-Fermo, Terni, Cività-Castellana, Monterosi, Otricoli, Rieti, Cività-del-Trono, Cantalupo, Storta, se retiraient en désordre vers le royaume de Naples. Dix-sept jours de campagne avaient vu paraître et fuir plus de soixante mille hommes; douze mille prisonniers, quatre-vingt-dix-neuf pièces de canon, les bagages et les armes des vaincus étaient tombés entre les mains des Français. Vingt-un étendards et drapeaux ennemis, arrachés dans les combats, attestaient ces brillants triomphes; ils étaient le présage de succès plus grands encore.

Championnet, résolu d'en profiter, allait livrer une bataille générale à l'armée napolitaine; mais la retraite précipitée du roi de Naples, celle du capitaine général Mack, ne lui permirent pas d'atteindre l'exécution de ce hardi dessein. La fuite des Napolitains fut même si prompte que leur général oublia de donner l'ordre de se retirer à un corps de quatre mille hommes posté aux environs de Cività-Vecchia. Ce corps s'étant présenté pour passer le Tibre à Rome, fut attaqué par les troupes françaises, qui lui prirent tous ses canons, lui firent mille huit cents prisonniers, tuèrent ou dispersèrent tout le reste.

Depuis cet instant la marche de l'armée française ne fut plus arrêtée. Macdonald et Rey furent en douze jours sous les murs de Capoue : le premier, après avoir conduit son artillerie dans des défilés presque impraticables par la dégradation absolue des routes et les pluies continuelles; le second, après s'être emparé d'un grand nombre de redoutes escarpées et de la forteresse de Gaëte, dont il surprit la garnison par une audace à laquelle elle ne put résister.

L'armée française trouva dans Gaëte une grande quantité de munitions et environ trente mille médailles d'argent, que le roi de Naples avait fait frapper pour ses troupes. Ces médailles offraient d'un côté l'effigie du roi coiffé d'un casque à la romaine, et de l'autre la Victoire couronnant un guerrier, avec cette légende : *Aux militaires qui ont bien mérité du roi et de leur patrie.*

Terracine était évacuée, Fondi était envahie, et les rives de Garigliano voyaient déjà les patrouilles françaises. Championnet donna à Lemoine l'ordre de marcher sur Aquila et de prendre cette ville pleine de ressources, et l'une des clefs du royaume de Naples. Duhesme fut invité à marcher sur le bord de l'Adriatique, à chercher l'ennemi, à le combattre pour arriver à Pescara.

Lemoine, avec trois bataillons de ligne, traversa les montagnes couvertes de neige, et par un temps horrible, obligé souvent de monter et de descendre son artillerie à force de bras, et de la démonter de ses affûts. Il eut à surmonter les plus grands obstacles. Il ne put faire un pas sans être forcé de livrer combat à des bandes de fanatiques conduits au carnage par des prêtres furieux. Nul soldat ne pouvait s'éloigner un moment sans être sûr d'être assassiné. Claye, l'un des aides de camp du général en chef, qu'il avait envoyé à Lemoine avec des dépêches très-importantes, périt égorgé par ses propres guides ; les monstres l'attachèrent par les pieds à une poutre, et, à coups de hache, ils le coupèrent membre par membre. Ses dépêches furent remises à Mack. Lemoine ne se rendit pas moins maître d'Aquila de vive force, et consomma son opération.

Duhesme, avec sa division forte de quatre mille cinq

cents hommes, dispersa le corps entier de Micheroux, resté derrière le Tronto, prit les forteresses de Civitella et Pescara, défendues par de nombreuses garnisons et par toutes les ressources de l'art. La prise de ces deux villes fit autant d'honneur aux talents militaires qu'à l'audace de Duhesme; elle retarda de peu de jours sa jonction, qu'il n'opéra qu'après une marche de plus de soixante lieues, hérissée d'obstacles sans cessse renaissants. Duhesme reçut deux coups de feu et un coup de hache dans les combats continuels qu'il fallut livrer aux hordes d'assassins organisées par la cour de Naples pour remplacer son armée, et qui remplissaient complétement les intentions de leurs chefs. Il n'y eut pas une ville sur toute cette longue route qui ne fût le théâtre d'une rencontre sanglante. Plusieurs garnisons furent égorgées, et l'insurrection se propagea dans une telle étendue, qu'il ne fut plus possible à Duhesme de communiquer avec les autres divisions de l'armée pour combiner ses mouvements.

Ayant à traverser tant de provinces, le général Championnet eût peut-être politiquement bien agi en y organisant d'abord un gouvernement fort et fidèle. Les deux Abruzzes (autrefois terre des Samnites) et les pays bornés par l'Iri et le Garigliano, ne seraient pas tombés dans l'anarchie complète qui suivit le passage de l'armée. De faibles garnisons dans deux ou trois forts au milieu de vastes provinces, dont les habitants fanatisés étaient tous armés, ne suffisaient pas pour les contenir.

L'armée française chassa ainsi devant elle, sur tous les points, les troupes napolitaines qui étaient en pleine déroute, et s'avança à grands pas vers la capitale du royaume. Championnet devint maître des deux Abruzzes. Dans son plan, le Volturno était le point où il voulait faire la jonction de toutes ses forces. Mack s'était précipitamment retiré jusque là.

Mais avant que les deux divisions de droite de l'armée française pussent arriver, quelle était leur affreuse situation !

Une proclamation royale avait ordonné à toutes les communes de se lever en masse et de commencer le massacre aussitôt que les Français toucheraient le territoire napolitain. L'histoire se refuse à croire qu'un monarque qui avait ouvert la campagne avec quatre-vingt mille hommes, et qui pouvait combattre honorablement selon les lois de la guerre, déjà si cruelles par elles-mêmes, ait souillé son nom par cet horrible manifeste. Cependant le carnage ne fut que trop bien exécuté, soit que l'ordre en eût été donné, soit que la rage l'eût inspiré à ce peuple exalté, rendu plus furieux encore par les excès et le brigandage des soldats que l'œil du général en chef ne pouvait pas toujours voir pour les réprimer ou les punir.

Au moment où Championnet avance vers le sol napolitain se manifeste subitement sur ses derrières une insurrection générale : les détachements isolés sont enveloppés et égorgés ; les routes se couvrent d'assassins qui s'embusquent sur les passages pour tuer les Français. Les malades, les blessés, les voyageurs, les femmes, tout tombe sous les coups de ces meurtriers. Ils se portent par bandes de trois à quatre mille jusque dans les villes d'où nous tirions nos subsistances; ils brûlent un pont que Championnet avait établi sur le Garigliano, quoique ce pont fût défendu par une force imposante; ils enlèvent un parc d'artillerie que nous attendions pour culbuter l'ennemi dans ses retranchements, massacrent l'escorte; ils assiégent Gaëte, environnent même le camp de Championnet. Le nombre de ces révoltés s'accroît tellement, dans l'espace de trois jours, que, pour les cerner dans les montagnes, l'armée française est obligée de s'affaiblir de plusieurs bataillons. Trois cents hommes périrent dans un combat qu'il fallut leur livrer près de Sezza ; et les Napolitains (chose horrible à rapporter) se ruèrent avec joie sur les cadavres de ces malheureux.

Championnet voyait sur son front la place de Capoue, et l'armée de Mack couverte par le canon de cette place ; il était en même temps assujetti à soutenir de tous les côtés une guerre d'autant plus inquiétante qu'elle devenait plus générale ; Duhesme et Lemoine n'avaient pas encore fait leur jonction ; tous ces embarras d'une situation excessivement critique pouvaient réveiller l'ennemi et lui donner l'audace de nous attaquer. Chaque jour venait augmenter la disette des vivres et des fourrages ; les munitions étaient devenues si rares, qu'il restait à peine six coups de fusil à tirer pour chaque soldat.

Voilà l'extrémité désolante où les Français se trouvaient réduits. Mais pour les âmes trempées dans les périls les plus sérieux, ils disparaissent devant le courage qui sait les regarder en face ; pour les âmes timides, au contraire, le danger s'exagère et s'agrandit de la seule nécessité d'une résistance. Les gouvernements absolus, comme celui de Ferdinand, sont, à l'instant de la défense, pareils aux hommes faibles et pusillanimes : tout est utile au sage ; tout mène l'insensé à sa ruine. La crainte que la cour de Naples avait eue des Français, au lieu de lui inspirer une prévoyance salutaire, l'avait poussée à une agression ridicule. Cette crainte allait achever de la conduire à des lâchetés funestes, et à force d'appréhender les Français, elle les rendrait plus redoutables qu'ils ne l'étaient réellement. Avant que ceux-ci soient parvenus à Naples, examinons la situation du peuple et la conduite du gouvernement de ce pays.

Un ministre de Ferdinand disait, dans les jours qui avaient précédé l'ouverture de la campagne, « qu'il était prudent de ne pas apprendre aux soldats qu'ils allaient combattre des Français; que c'était dans ce but qu'avait été imaginé le langage équivoque employé dans la proclamation du roi. » On comptait, à l'aide de ce langage, cacher jusqu'au moment de l'attaque, le véritable objet de l'expédition : « Mais quoi !... s'écrièrent les soldats quand ils surent la vérité, ne nous avait-on pas assuré que nous n'avions pas la guerre avec la France? » L'étonnement produit par cette déception ne fut pas une des moindres causes du succès obtenu par la levée en masse et par les troupes régulières. Tandis que celles-ci furent abattues au moindre revers, la levée en masse, au lieu de céder lorsque commencèrent ses défaites, donna l'exemple d'un courage plus prononcé. Ce courage prit même le caractère d'une sorte de furie qui eût suffi pour opérer le triomphe le moins douteux s'il avait été soutenu par d'autres moyens. C'est qu'il y a une différence si grande entre la méthode qui consiste à accoutumer un peuple à mépriser le danger et celle qui s'applique à lui faire croire qu'il n'en existe pas ! Tandis que la première excite l'énergie, la seconde engendre une insouciance qui ressemble plus tard à la stupeur. César, voyant ses soldats effrayés de ce que la renommée publiait des forces de l'ennemi, ne pensa pas que, pour animer les siens, il dût leur peindre cet ennemi comme plus faible : il le représenta, au contraire, comme plus puissant encore. Lorsqu'il crut que Juba approchait, César ayant rassemblé ses cohortes : « Sachez, dit-il, que dans peu de jours le roi arrivera à la tête de dix légions, trente mille hommes de cavalerie, cent mille hommes armés à la légère, et trois cents éléphants. Cessez donc de vous tourmenter davantage... » Voilà comme César accrut le péril réel qui, quelque grand qu'il soit, a des bornes, afin de détruire les périls imaginaires, qui n'en ont point. N'est-ce pas ainsi que les peuples et les armées doivent être conduits ?

Frappée de terreur par ses premiers échecs, la cour de Naples avait, comme nous l'avons dit, pris la résolution de former une levée en masse. On avait, à la suite de l'ordre de massacre, publié une proclamation dans laquelle les peuples étaient invités à s'armer, à défendre contre l'étranger leurs biens, leurs familles, la religion de leurs pères... Pour la première fois on avait entendu rappeler aux Napolitains qu'ils étaient des Samnites, des Campaniens, des Lucaniens et des Grecs. Les prêtres avaient été chargés de réveiller, au nom de Dieu, les sentiments nationaux. Ces moyens ne manquent jamais de produire un grand effet sur une multitude devenue plus fanatique par son ignorance.

Pendant qu'on cherchait à faire périr au loin tous les Français disséminés sur la route de Naples à Rome, une fermentation considérable et qui n'avait pas d'objet indiqué éclata, principalement à Naples, où une populace immense, sans métiers et sans instruction, ne subsistait qu'à la faveur des désordres de l'administration et des superstitions de la plèbe.

Si l'on avait su tirer parti de cette agitation des esprits, elle pouvait sauver le royaume : elle devint, par la faute d'Acton et par les terreurs de la cour, la cause principale de sa ruine. Le peuple courut en foule au palais du roi, s'offrir pour la défense du trône. Un roi qui aurait eu du bon sens et du cœur, dans un moment aussi critique, n'avait qu'à monter à cheval, et, ralliant à sa personne tous ces élans d'enthousiasme, il aurait marché à une victoire assurée. Ferdinand, incapable de prendre un parti, ne voulait ni combattre, ni s'enfuir, ou plutôt il aurait voulu l'un et l'autre à la fois. Ses amis lui représentaient « qu'en partant il perdait sa couronne; qu'on pouvait essayer d'obtenir la paix par des sacrifices ; que, s'il fallait encore décider le sort de son pays par la force des armes, ses soldats et ses peuples, encouragés par sa présence, tenteraient les efforts les plus hardis ; qu'enfin il avait toujours le temps de se relever avec l'escadre qui était à sa disposition... »

Ces sages représentations étaient près de toucher Ferdinand, et il allait se résigner à saisir le commandement; Acton, tout-puissant sur son âme timide, se jeta au devant et le retint. Le peuple demanda à voir le roi; on l'empêcha de se montrer; on fit sortir à sa place le général Pignatelli et le comte Dell'Acerra.

Entre autres discours répandus en cette occasion parmi les groupes dans les rues, on entendit un homme du peuple s'écriant à voix haute au-dessus de la foule : « Tous les malheurs du royaume sont l'ouvrage des étrangers placés dans le ministère. Avant leur arrivée, on jouissait d'une paix profonde et d'une abondance générale ; c'est depuis quinze ans que tout est changé : les étrangers sont tous des traîtres... » (On sait qu'Acton n'était point originaire Napolitain). Puis, soit par un sentiment de patriotisme qui n'est point aussi en dehors qu'on le croirait de la nation napolitaine, soit dans l'intention de flatter la multitude en citant deux de ses favoris : « Pourquoi, ajouta l'homme du peuple, le roi ne fait-il pas le général Pignatelli premier ministre, et le comte Dell'Acerra ministre de la guerre ? »

Ces paroles, recueillies et rapportées à Acton par ses

créatures, ne pouvaient manquer de produire une violente irritation sur un esprit rendu plus soupçonneux par le trouble d'une mauvaise conscience. Il prit dès lors le parti de hâter dans la plus grande diligence le départ de la cour. A quoi tient le sort d'un Etat? et combien est vicieuse une organisation politique où le caprice d'un courtisan corrompu peut aussi fatalement faire prévaloir son intérêt personnel contre celui d'une nation entière, et contre toutes les lumières de ses conseils!

La reine était assez accoutumée à partager d'avance toutes les volontés d'Acton, pour qu'il ne fût pas difficile de la déterminer au départ. Le roi l'était encore fort peu. Pour l'y faire consentir, il fallut même déployer de nouveaux stratagèmes.

On répandit, et l'on justifia par de fausses dépositions, « qu'on venait de découvrir une mine sous l'Arsenal qui était à côté du Palais. » On fit croire au roi que le peuple était en révolte ouverte. Les agents d'Acton, dans un but analogue, poussèrent, le jour suivant, la populace à s'emparer d'un courrier du cabinet, Alexandre Ferreri, porteur d'une dépêche à l'amiral Nelson. Probablement ce courrier, initié au secret de l'altération des lettres envoyées de Vienne, à l'occasion de la guerre, était un témoin importun dont la reine devait chercher à se délivrer. Ferreri était celui qui avait remis la dernière lettre de l'empereur au roi, lettre que, disait-on, la reine avait déchirée de ses propres mains pour forcer le roi à continuer les hostilités. Par toutes ces raisons, Ferreri devait mourir... Tel est souvent le salaire des instruments du despotisme! Ici la victime était doublement nécessaire à la politique. Au moment où Ferreri s'embarquait pour passer sur la flotte de Nelson, il fut arrêté, assassiné, et son corps traîné jusque sous les croisées du palais, offert aux yeux du monarque, au milieu des cris de : « Périssent les traîtres ! vive la sainte foi ! vive le roi ! » Le roi, appelé à sa fenêtre par l'éclat de cette scène, vit l'imposante masse du peuple levé, disait-on, contre sa personne sacrée ; doutant du pouvoir de le contenir, il ne sut plus que le redouter. Il s'imagina reconnaître, parmi ce peuple, tous les jacobins qu'il avait cru voir à Rome ; il fut convaincu qu'ils en voulaient à sa vie ; renonçant avec autant de résignation à son honneur qu'à son royaume, il se détermina à fuir en Sicile avec sa famille, le plus secrètement et le plus promptement possible.

Le départ résolu, on jeta sur les vaisseaux anglais et portugais les meubles les plus riches du palais de Caserta et de Naples, les curiosités les plus rares des musées de Portici et de Capo-di-Monte, les bijoux et les ornements de la couronne, vingt millions et peut-être plus, tant en argent qu'en métaux précieux non encore monnayés, dépouilles d'une nation qu'on laissait dans la plus profonde misère. La cour de Naples possédait tous ces trésors, et cependant elle avait ruiné le pays par un désordre général dans l'administration, le vide dans les finances, le déficit dans les banques ; elle avait ruiné le pays, tandis qu'elle pouvait le rendre heureux et accroître sa propre puissance ; la cour de Naples n'avait donc jamais pensé qu'à la fuite.

On s'embarqua de nuit, comme si l'ennemi eût été déjà aux portes de la ville. Le ministre Ariola, nouvelle Cassandre de Naples, et non moins infortuné, reçut la cruelle punition de la vérité accomplie ; celui dont les conseils, s'ils avaient été suivis, auraient sauvé l'Etat, fut traîné et enchaîné sur le vaisseau qui allait porter Acton et ses rapines. Le lendemain matin un avis fut affiché sur les places, par lequel on faisait savoir que le roi se rendait, pour quelques jours seulement, en Sicile, dans l'intention d'en revenir avec de puissants secours. Sa Majesté laissait cependant Pignatelli, son lieutenant-général, vice-roi jusqu'à son retour.

En présence du départ de Ferdinand, le peuple napolitain montra cette consternation muette qui tient moins à la crainte qu'à la surprise d'un événement inattendu. Le roi, retenu par les vents contraires, ne put d'abord quitter la rade. Tout le monde courut vers lui et le supplia de rester; mais les Anglais, qui déjà considéraient le roi comme leur prisonnier, éloignèrent les Napolitains en les accablant des noms injurieux de lâches, de traîtres. Ferdinand n'eut plus le courage ou n'eut plus la permission même de s'offrir à la curiosité de son peuple, alors qu'elle était encore de l'intérêt. Ce mépris volontaire ou obligé était aussi outrageant que non mérité; le souvenir du passé, la perte des richesses nationales, les maux présents, et ceux que présentait l'avenir, devaient donner lieu à des réflexions sinistres, et affaiblir tous les sentiments des sujets au monarque.

Le peuple vit partir le roi le 23 septembre, sans témoigner ni peine, ni joie. Ce fut avec la même indifférence qu'on apprit, à Naples, quelques jours après, que durant la traversée le vaisseau royal avait été assailli par une violente tempête, et qu'un de ses fils était mort.

La reine fut étrangement blessée de ce qu'elle appelait l'ingratitude du peuple, bien faible châtiment des malheurs qu'elle avait accumulés sur lui! Serait-elle partie avec trop de regrets, si elle avait supposé laisser Naples paisible? voulut-elle ajouter à la triste situation de cette ville des misères et des désordres qui parussent naître de son absence? Toujours, assure-t-on, qu'en s'éloignant la reine donna au vice-roi des ordres secrets de soulever, d'armer les habitants, d'exciter l'anarchie, de faire mettre, s'il le fallait, le feu à la ville, pour punir cette odieuse cité!

L'indignation publique croyait découvrir dans le départ de la reine la combinaison d'une vengeance atroce; on répétait partout ces bruits affreux. Or, dans une révolution, les bruits faux ou vrais ne méritent pas moins d'attention, parce qu'à la différence des temps tranquilles, l'opinion du peuple étant la cause majeure des événements, ce qui est réel, ou ce qu'il croit l'être, devient d'une égale importance au milieu des incidents qui se produisent.

Il aurait été difficile de ne pas reconnaître l'effet des ordres implacables de la reine dans les premières catastrophes qui suivirent. On ne tarda pas à voir organiser et exécuter l'incendie des vaisseaux et des barques canonnières que la précipitation du départ avait empêché d'emmener en Sicile. Un moment suffit pour consumer ce qui avait coûté tant d'années de travaux et tant de trésors à la nation. C'est le comte de Thurn qui, à bord d'un vaisseau portugais, dirigea et contempla tranquillement cette lugubre scène; et il sembla qu'à la lueur funeste des flammes, le peuple napolitain découvrait en même temps toutes les erreurs de son gouvernement et toute l'étendue de ses maux.

Ainsi, dans l'espace de moins d'un mois, on avait vu Ferdinand partir, courir, arriver, conquérir un royaume, perdre l'un des siens, et, lorsqu'il aura trouvé un asile dans le second, peut-être le perdant encore, sera-t-il obligé d'aller chercher un autre refuge dans sa troisième possession de Jérusalem?

Le peuple napolitain, n'aimant plus un roi dont l'incapacité et la trahison venaient de lui apparaître sous des formes aussi déplorables, ne pouvait plus entendre prononcer le nom de ce roi; mais il affectionnait encore sa religion, sa patrie, et surtout il avait une grande constance dans sa haine contre les Français ; il applaudissait à la résistance de Capoue, et offrait de s'y joindre.

Pendant que les choses se passaient ainsi à Naples, que devenaient l'armée française et son général ?

Pour soumettre les paysans des environs de Fondi, dont le soulèvement interceptait ses communications avec Rome, et qui avaient rompu les ponts du Garigliano, Championnet avait été forcé de brûler leur village.

Pescara avait été confiée à la garde du général Monnier; Gaëte, également en notre pouvoir, était la seule place forte qui, avec Capoue, se trouve sur la route de Naples à Rome, en passant par les marais Pontins et Terracine. L'armée française, après avoir franchi en trois marches le Garigliano et s'être emparée du reste des belles positions que le général Mack avait abandonnées sans combattre, se présentait devant Capoue; cette place était défendue par une forte garnison, et le général Mack en personne la soutenait par son camp retranché de Caserte. L'ardeur des Français s'animait de cette résistance; ils voyaient derrière Capoue le but de leurs glorieux travaux. Encore une victoire, Naples devenait le prix du vainqueur, et la guerre était terminée !

Le général napolitain, pressé vivement par l'armée française, ne la jugea que sur son courage et non sur sa position presque désespérée. Il fallait qu'il l'ignorât bien complétement et se rendît peu compte de la supériorité réelle de ses forces, pour se croire réduit à faire lui-même les avances de la demande d'une suspension d'armes. Mack sollicita un armistice limité ou illimité, pour ménager, disait-il, quelque repos aux deux armées, fatiguées par de longues marches, par des pluies et des neiges continuelles. Championnet répondit au général Mack :

« San-Germano, 12 nivôse an VII».

» J'ai reçu, monsieur le général, vos propositions d'armistice. L'humanité seule en fait les frais. Les mauvais chemins, les pluies, les neiges, voilà vos motifs; mais l'armée républicaine, avec sa patience ordinaire, a tout franchi. Il ne lui reste plus à faire que quatre journées, pour être maîtresse de Naples. Je marche pour remplir son vœu, et répondre aux ordres de mon gouvernement, qui, d'après votre déclaration de guerre à coups de canon, m'a chargé de punir cette insulte. Je suis fâché, pour mon compte, que mes instructions me portent à refuser vos propositions...

» Signé, CHAMPIONNET. »

Malgré le ton de confiance qui paraissait avoir dicté cette lettre, la pensée de Championnet était au fond qu'il ne pouvait se tirer de ce mauvais pas que par une bataille rangée. Harcelé par les insurgés armés, par les troupes réglées, il voyait Rome menacée des restes de la colonne du général Damas, Civita-Vecchia en révolte et ayant ouvert son port à l'ennemi, cet ennemi encore renforcé par la rentrée des troupes précédemment détachées pour Livourne, une partie de ces renforts prête à opérer une descente et à se joindre aux insurgés; le général prit alors intrépidement la résolution de quitter un moment l'investissement de Capoue, de faire passer le Volturno à toute l'armée et d'arriver, par la rive gauche, sur Naples. Pour réaliser ce plan, il n'attendait plus qu'un signe de Duhesme, lorsque, effrayée des chances d'une bataille, la ville de Naples elle-même envoya deux fois à Championnet pour lui renouveler les propositions faites par Mack. Deux fois Championnet refusa. Les députés napolitains revinrent une troisième fois solliciter cette suspension d'armes, et Championnet, qui avait toujours vainement compté sur des secours si nécessaires, crut ne devoir plus résister à de telles instances, et il signa l'armistice, qu'il conclut avec le vice-roi Pignatelli.

Il est sans doute des circonstances où un général servirait moins bien son pays par une victoire que par un traité. Celui-ci donnait des avantages plus grands que n'en aurait procurés le combat le plus décisif : Capoue avec tous ses magasins, son artillerie, l'entrée de tous les ports aussitôt fermés aux Anglais ; une somme de dix millions versée dans la caisse de l'armée française ; sa ligne reconnue depuis Salerne jusqu'aux extrémités de la Pouille ; tout enfin, pour ainsi dire, excepté la ville même de Naples. La violation d'une seule des conditions entraînait l'annulation du traité, qui devait être sanctionné par les deux gouvernements... Par ce traité, Championnet sauvait l'armée ; en suivant au contraire la première inspiration de son courage, il s'exposait à périr inutilement et sans honneur. Mais les avantages actuels n'étaient pas les seuls qu'il se fût proposé de retirer en concluant l'armistice : il s'était encore préparé les heureux moyens de terminer avec promptitude la campagne de Naples. En occupant Capoue, la clef du royaume, il était réellement maître de la capitale. A Capoue, il trouvait des munitions de tout genre ; il réorganisait l'armée, qui manquait de tout, après sa marche dans les montagnes ; il employait les produits des ateliers de Gaëte ; il apaisait l'insurrection, désarmait le pays ; de Capoue, il combinait contre Naples ses mesures militaires et révolutionnaires ; au lieu que si Championnet fût arrivé sur Naples à la suite d'une bataille, il lui était impossible d'occuper immédiatement cette ville qui aurait exigé dix mille hommes de garnison. Avec quelles troupes aurait-il poursuivi les restes de l'armée napolitaine? avec quelles troupes aurait-il fait face aux insurgés qui harcelaient les flancs et les derrières de l'armée? quelle garnison aurait-il pu mettre dans Capoue? quels détachements auraient assuré ses communications?

On voit par les détails que nous venons d'exposer, que cet armistice était assez clairement dans les intérêts de l'armée et de la République française pour pouvoir déplaire à la cour de Naples, lors même qu'elle eût été moins insensée; mais, par cette raison aussi, ne semble-t-il pas qu'une telle mesure ne pouvait que satisfaire le Directoire?.. Les deux gouvernements s'accordèrent à être mécontents et à refuser leur ratification réciproque. Prévenu, et trompé sans doute par les envieux de Championnet, le Directoire lui reprocha amèrement d'avoir excédé ses pouvoirs en osant conclure l'armistice, et d'avoir violé la Constitution.

Cette censure étrange était à peine sortie des bureaux ministériels de Scherer, que les dépêches de Championnet vinrent apprendre au Directoire les puissants motifs qui avaient déterminé le général français à la suspension des hostilités. L'autorité composée de plusieurs est quelquefois moins sûre de l'infaillibilité que l'autorité d'un seul. Le nombre de plusieurs semble une facile ressource pour affaiblir aux yeux de chacun la portion d'un tort mutuel, et fournir le moyen de le dissimuler pour tous. Le Directoire, noblement honteux de sa prompte injustice, avoua qu'il avait ignoré la situation critique de l'armée, se désapprouva lui-même de la légèreté avec laquelle il avait condamné l'armistice, conjura Championnet de marcher en avant, d'abolir la monarchie dans les Deux-Siciles, et d'établir les communications françaises avec Malte, Corfou et l'Egypte.

Championnet se disait qu'une pareille vacillation, malgré ce qu'elle offrait de consolations à celui qui venait d'être victime de l'irréflexion, n'en était pas moins fort peu favorable à la dignité d'un gouvernement. « Quelles étaient donc, se demandait-il, les limites où le Directoire prétendait renfermer l'autorité d'un général en chef commandant à quatre cents lieues, et maîtrisé par des événements qui variaient à chaque pas qu'il faisait sur une terre ennemie ? Fallait-il que chaque opération passât par la critique de son gouvernement avant qu'il pût la terminer ? Avec ce système, que serait devenue l'armée de Naples ? »

Mais si la connaissance certaine de sa situation donnait à Championnet le droit de tenir à part lui ce langage intime, il était trop accoutumé à remplir son devoir pour ne pas présenter avec respect au Directoire les explications qui justifiaient sa conduite.

« Malgré la signature de l'armistice, écrivait-il au Directoire, je ne puis tenir en ligne que six bataillons, et je suis forcé d'employer les divisions Rey, Duhesme et Lemoine contre les insurgés... Mais l'ennemi a mille conditions à subir ; aucune n'est imposée à l'armée française. Je chasse les Anglais, les Portugais des ports de la Sicile. L'armée sera réunie aussitôt l'insurrection calmée ; elle est à cheval sur les routes qui mènent à Naples. Dites un mot, cette ville sera envahie ; peut-être le sera-t-elle avant que je reçoive votre réponse. »

Le mot était dit par la réponse même du Directoire, qui avait croisé le courrier de Championnet. Trois jours ne se passèrent pas sans que sa prophétie, ou plutôt sa combinaison ne fût entièrement réalisée. Championnet avait, le 24 nivôse, annoncé que de Capoue, sans compromettre le salut de l'armée, il révolutionnerait Naples et l'armée napolitaine ; et, dès le 25, les Napolitains, officiers et soldats, désertant en foule, inondaient son quartier-général. Toujours prévoyant au sein des succès, il utilisait ceux qui venaient lui offrir leurs services ; il en formait aussitôt des compagnies franches sous le nom de *compagnies campaniennes,* et créait dans son camp un comité composé de patriotes éclairés et fidèles pour correspondre avec ceux de Naples.

Cependant, lorsque le vice-roi Pignatelli avait fait part de l'armistice au prince réfugié à Palerme, il en avait reçu une réponse exprimant l'indignation de ce qu'on avait conclu un traité au moment où les dispositions de son peuple annonçaient la ferme résolution de défendre la capitale. Pour sauver celle-ci, disait l'illustre réfugié, on abandonnait la plus grande partie du royaume, qui pourtant n'était pas conquise, et une telle concession devait entraîner la perte du reste. Ce qui, dans la conduite du vice-roi, excitait le plus la surprise de la cour, c'était qu'il eût agi, non-seulement sans autorisation de traiter, mais même en ayant des instructions toutes contraires aux articles de l'armistice.

De sa résidence de Palerme, le monarque sicilien adressait encore aux habitants des provinces du royaume de Naples une nouvelle proclamation, par laquelle il déclarait nulle et non avenue la convention faite entre le vice-roi napolitain et le général Championnet. Par le même acte, Sa Majesté se déifiait, et appelait les Français traîtres ; et elle invitait ses peuples à défendre leur religion et leurs propriétés, en leur promettant de les secourir de tout son pouvoir.

La conduite si indigne de la cour de Naples était trop présente à l'imagination du peuple napolitain pour que les promesses du fugitif obtinssent la moindre confiance ;

elles produisirent un effet tout contraire. Son refus de signer l'armistice, et cette orgueilleuse manière d'imposer à un peuple qu'il avait abandonné des périls qu'il ne partageait pas, révoltèrent encore davantage les esprits déjà naturellement aigris.

CHAPITRE VII

Diversité des opinions. — Défiances mutuelles. — Agitation de Naples. — Pignatelli arme les lazzaroni et leur livre la ville. — Excès des lazzaroni. — L'armée napolitaine se débande. — Mack se réfugie au camp de Championnet. — Nobles procédés de celui-ci. — Championnet appelé par les habitants de Naples eux-mêmes. — Les lazzaroni refusent de rendre la ville. — Combats héroïques de l'armée française. — Naples enfin occupé. — Miracle de saint Janvier. — L'armée de Rome proclamée armée de Naples. — Manifeste de Championnet. — Discours de Garat au Conseil des Anciens.

L'influence des patriotes ne pouvait que s'accroître de la comparaison de tout ce qu'avait fait la cour. La ville (la Città) qui, par ses anciens droits, représentait la municipalité de Naples et le royaume, avait repris la prépondérance dans la circonstance présente. La puissance des souvenirs et des mots est grande dans les révolutions. La Cité, procédant avec les pouvoirs qui n'existaient plus sous Ferdinand IV, mais qu'elle puisait dans son origine, se trouvait aidée de toute la force du peuple pour entrer en lutte avec le vice-roi ; déjà cette lutte était engagée. Le vice-roi voulait usurper certaines prérogatives, alors qu'il se fût montré aussi honorable qu'habile en cédant celles qu'il avait réellement. La Cité rappelait, entr'autres privilèges, ceux qu'elle avait eus de tout temps de n'être jamais gouvernée par des vice-rois, et appuyait cette prétention avec toute l'énergie qui se sentait secondée par l'opinion.

A la suite de cette opinion, quelques hommes éclairés, qu'on peut dire des républicains (et dans ce moment tout ce qui avait de la fortune et des mœurs, à Naples, était pour la république), donnaient de très-bonnes raisons pour remonter sur-le-champ au principe des choses ; ils voulaient, délivrant l'Etat du fardeau de la royauté, comme il l'était déjà du roi même, renoncer à jamais à cette institution et fonder une république. Ces hommes avancés étaient loin de haïr les Français ; mais ils croyaient que, sans se servir de leur arrivée, il était possible et facile d'organiser sur-le-champ un gouvernement républicain, et de faire ses affaires tout seul.

D'autres Napolitains penchaient pour l'oligarchie, appelant à tort une forme politique qui ne pouvait se soutenir contre les provinces où le trait caractéristique de toute la population était la haine contre les nobles, et où l'état des esprits commandait avant tout de renoncer à la féodalité. D'autres, proposant un changement de dynastie, voulaient offrir le trône à un des infants d'Espagne, comme s'il y avait eu quelque chose d'avantageux et d'exécutable dans ce projet. Dans un moment de grand trouble, au milieu des prétentions des partis opposés, nés les uns de l'attachement aux intérêts anciens, les autres de l'espérance des nouveaux, il est difficile de conserver le juste terme de la modération, et cette difficulté était plus grande à Naples qu'ailleurs. Un peuple lancé dans l'action se croit sans peine admis à la délibération ; et ses passions sont d'autant plus violemment excitées que, n'étant dirigées par aucune lumière, elles ne sont ordinairement retenues par aucun frein.

L'intervalle que le vice-roi avait mis entre la cession et la prise de possession de la ville à Championnet, n'avait fait qu'ajouter à la fermentation, en donnant un plus libre essor à la répulsion contre les Français, déjà assez approchés de la ville pour exaspérer la population, et pas assez pour la réprimer. Le peuple se voyait trahi par le vice-roi, et commençait à croire qu'il l'était aussi par la ville, par les soldats, par tout le monde. L'arrivée du commissaire français Arcambal, envoyé pour exiger les sommes promises par l'armistice, accrut les soupçons et l'exaltation. Les autorités civiles et militaires, brouillées entre elles, devenaient impuissantes pour rétablir l'ordre. Ainsi s'accomplissait la combinaison politique de Championnet, que l'armistice multiplierait les défiances et les divisions, et faciliterait d'autant plus son entrée à Naples qu'elle la rendrait indispensable, et conséquemment légitime.

Ce n'était plus seulement le peuple et même la populace aux mains de qui se trouvaient en ce moment remises les destinées de Naples : elles étaient au pouvoir de cette tourbe ignoble qu'on ne peut mieux peindre que par le mot même dont se sert l'Arioste lorsqu'il dit : *Horrida canaglia*. La malheureuse Naples était à la merci des lazzaroni. Au moment où cette canaille déchaînée va jouer un rôle trop actif dans les événements qui vont s'accomplir, faisons brièvement connaître les éléments qui la composent.

Il existe dans la plupart des villes d'Italie une multitude de vagabonds dont la paresse augmente la misère et la malfaisance, en les mettant à la disposition des circonstances qui peuvent les faire surgir comme instruments. On les appelle lazzaroni (1), dénomination assez

(1) Aujourd'hui il n'y a plus, à vrai dire, de *lazzaroni* à Naples, bien que les

juste si elle a pour étymologie le mot latin *latro*, dont elle serait le diminutif. La ville de Naples surtout fourmille de lazzaroni; et depuis la révolte de Masaniello, ils y forment un corps régulier, qui a ses capitaines, par l'organe desquels il peut, lorsqu'il lui plaît, dicter ses lois à la cour. Cependant le roi Ferdinand était fort aimé des lazzaroni, avec lesquels il vivait dans la plus grande familiarité. Il était obligé de puiser continuellement dans son trésor pour satisfaire à la rapacité de ces misérables; et telle était leur audace, que lorsque Sabatiello, leur chef, demandait une audience à son souverain, il était admis à l'instant. On n'est pas précisément d'accord sur le nombre de ces lazzaroni: il fut toujours hors de recensement; on l'a évalué à soixante mille; il est certain qu'il n'était pas au-dessous de cinquante mille.

Avec de pareils éléments de désordre laissés derrière elle par la cour de Naples, on voit combien il était facile à ses agents d'organiser dans la ville les troubles les plus affreux, et de fomenter des fureurs impitoyables préparées, élaborées dans le foyer même d'où s'échappaient les éruptions de voleurs qui environnaient la ville. A l'esprit de rapine commun à toutes les populaces, surtout à celles qui sont le plus dégradées par la misère et l'ignorance, se joignait chez les lazzaroni le fanatisme excité par les prêtres et les moines. Ces ministres infidèles d'un Dieu de paix et de miséricorde ne se contentaient pas de parler au nom du Dieu des armées, ils étaient les auxiliaires de la terreur et de la violence. Leurs bénédictions inspiraient à la fois l'espérance et l'audace. La Ville, qui jusqu'alors avait continué ses séances, fut forcée de les

pauvres y soient nombreux; mais ils n'ont plus ce caractère bizarre qui distinguait jadis les lazzaroni, et qui en faisait comme une société sauvage au milieu de la civilisation.

interrompre. Le peuple se crut abandonné et n'obéit plus qu'à lui-même.

Championnet ne s'était pas trompé dans ses prévisions, et, comme il l'avait annoncé, le vice-roi Pignatelli se trouva hors d'état de tenir toutes les conditions de l'armistice. Le général français, maître de Capoue, ne peut plus être retardé dans sa marche sur Naples; le vice-roi, pour essayer de la ralentir, s'empresse d'exécuter les ordres de la cour : il arme les lazzaroni, qui s'emparent des forts et pillent la caisse de l'armée. Pignatelli, poursuivi à son tour lui-même par l'anarchie où il vient de plonger la ville, n'a que le temps de mettre son canot à la mer et de gagner la Sicile. Il est blâmé, désavoué par la cour pour n'avoir exécuté qu'une partie de ses ordres, en n'ayant pas fait mettre le feu aux magasins de vivres et tirer les canons du fort Saint-Elme sur la ville.

Le général Mack, de son côté, n'ayant plus d'argent pour payer l'armée, la voit se débander sous ses yeux; et, pendant que, lui aussi, se croit environné de tous côtés par les jacobins, les lazzaroni le signalent lui-même, et les débris de son armée, comme des jacobins vendus aux Français. Ils le cherchent pour le tuer, et déjà ils ont blessé sur la route de Caserta le duc de Salandra, qu'ils prenaient pour Mack. Sa perte était jurée. Il ne croit plus pouvoir échapper à la rage des assassins qu'en demandant asile au général Championnet. Trop pressé par le danger pour attendre la réponse, il arriva au quartier-général presque aussitôt que l'officier, le comte de Dietrichstein, son aide-de-camp, qu'il avait envoyé devant lui.

En approchant du vainqueur dont il implorait la clémence, Mack était loin d'être tranquille. Il avait, depuis le commencement de la guerre, offensé le général français par des lettres dures et menaçantes ; on le lui avait peint comme un conquérant inexorable , et il s'attendait à le trouver dans des idées de légitime vengeance.

Mais le caractère magnanime de Championnet est trop connu par les commencements de sa vie, pour qu'on ne sache pas d'avance comment il doit accueillir un ennemi malheureux qui vient lui demander grâce et merci.

Apercevant à l'entrée de sa tente le général Mack qui paraissait hésiter à se présenter, suspendu entre l'espoir et la crainte, Championnet va vers lui avec la douce sérénité d'un visage rassurant. Le général Mack, éperdu, veut lui remettre son épée. Son vainqueur la refuse, et lui dit avec un sourire fin et aimable : « Général, gardez-la, mon gouvernement m'a défendu de recevoir les présents de fabrique anglaise. » Mack avait eu la précaution de quitter l'uniforme de général napolitain ; et, vêtu de l'uniforme autrichien, il prétendait, à la faveur de ce déguisement, appartenir à une puissance qui n'était pas en guerre avec la France, et, en cette qualité, ne devoir pas être considéré comme prisonnier de guerre. Championnet ne fit pas même attention à ce misérable subterfuge. Mack longtemps muet, avait passé de la surprise à la confiance ; il osa demander la permission de se retirer librement, et Championnet lui donna non-seulement des passeports, mais encore une escorte pour l'accompagner jusqu'à Milan ; c'est là que Mack fut arrêté par ordre spécial du Directoire. Est-il nécessaire d'affirmer que Championnet fut tout-à-fait étranger à une pareille mesure.

Ainsi l'on vit tomber sans fracas, aux pieds de Championnet, le grand cheval de bataille de toutes les coalitions ; ainsi finit celui dont les gazettes royales colportaient et célébraient depuis dix années la prodigieuse renommée, ce Mack dont on a dit avec assez de raison qu'il ne lui manquait, pour être le plus grand général des généraux de l'Europe, que de n'avoir jamais commandé d'armée ! Sans doute les malheurs qui lui sont arrivés ont tenu en partie aux circonstances, et nous ne pensons pas qu'il ait été dépourvu de tous talents ; mais plusieurs des fautes toutes personnelles que nous avons rapportées dans le cours de cette histoire ont été relevées par les militaires les plus instruits.

Mack avait débuté par avoir la plus grande confiance dans l'armée napolitaine ; il finit par en dire beaucoup de mal. Ces deux jugements lui font également tort. Après avoir mal connu, ou n'ayant point connu d'abord les Napolitains, il eut besoin ensuite de se justifier du reproche de les avoir fait battre.

Peut-on discuter la conduite militaire de Mack sans rappeler avant tout qu'il avait à disposer de 80,000 hommes contre 15,000 ? Dira-t-on que, soldats sans discipline et n'ayant jamais fait la guerre, ils ont assumé la responsabilité de ses revers ? Mais il faut demander à ses troupes le genre de services qu'elles peuvent rendre. La supériorité du nombre est déjà, pour qui sait l'employer, un avantage certain, et Mack, ayant autour de lui comme un monde d'hommes armés, devait raisonner en conséquence ; il devait agir avec des masses compactes pour écraser, envelopper ou effrayer son ennemi. Huit hommes opposés à un seul sont fort embarrassants, n'eussent-ils dans leurs mains que des piques ou des bâtons, quand ils les dirigent avec intelligence. Point de doute qu'en procédant comme nous venons de le dire, et en personne, Mack eût pu triompher sur quelques points ; s'il avait, dès les premières affaires, récompensé le courage, puni la timidité, en un mot, créé, formé des soldats, sa fortune aurait probablement changé de face. Au lieu de cela, Mack voulut faire manœuvrer la masse napolitaine comme une armée autrichienne pliée à la régularité et accoutumée aux privations. Il ne connaissait point son moral. Un général en chef périt infailliblement s'il n'a ou s'il n'acquiert cette science, la première de toutes. Mack, étranger par la langue et par les mœurs à ceux qu'il allait commander, avait peut-être plus de difficultés à surmonter; mais alors, quand il dépendait de lui de décider et de fixer le moment des hostilités, pourquoi eut-il la présomption de conseiller de les hâter?

Il dépendait encore absolument de lui d'amener d'Allemagne des officiers de talent et de ressource, tels qu'ils sont nécessaires à la tête d'une armée de recrues qui allait combattre les premiers soldats de la terre. Pourquoi Mack ne choisit-il, pour être près de lui, que de jeunes étourdis? ou pourquoi eut-il assez peu de tact pour en être réduit à chercher d'autres officiers, capables sans doute, mais qui avaient plus de civisme et qui soutenaient à regret une cause ingrate?

Ainsi, après avoir fait la part de l'homme et celle de la fortune dans la campagne de Naples, il résultera certainement que Mack a montré moins de génie que de connaissances. Il a pu être l'un des militaires qui ont le mieux raisonné la guerre d'après Lloyd; il n'est pas, à coup sûr, un de ceux qui l'ont le mieux faite. Peut-être ne serait-on pas fort injuste à son égard en avançant qu'il a manqué d'esprit et d'intelligence, c'est-à-dire de cette faculté qui applique aux temps, aux lieux, aux hommes et aux choses les ressources dont elle a, pour ainsi dire, fait provision. Lorsqu'il s'agit de faire preuve de savoir, si on le cache comme un trésor ou comme un secret, en quoi le savoir diffère-t-il de l'ignorance?

Si l'on examine ensuite le général des Napolitains sous

cet autre rapport, si décisif dans l'homme public, le caractère, on craint de surprendre Mack dans un état de pauvreté bien plus affligeant encore. Il se présente d'abord comme un ridicule fanfaron, lance des menaces vraiment dignes d'un empereur ottoman, et qui répugnaient à toute civilisation; bientôt il est heureux de trouver un asile chez les ennemis qu'il a tant méprisés tout à l'heure; il se sert d'une ruse de procureur pour obtenir un passeport comme Autrichien, lorsqu'il vient de commander comme Napolitain; il achève de se dégrader quand il ne peut pas supporter une faible adversité, et se sauve misérablement pour échapper à quelques jours de la captivité la moins dure. Mais on ne sait plus dans quelle espèce classer Mack, lorsqu'on le voit, en partant de France, s'associer aussi tendrement à la destinée de ses animaux, et ne plus rien apercevoir sur l'horizon politique au-delà de ses petits chiens et de ses petits oiseaux.

Revenons à la triste situation dans laquelle était Naples après les défaites de son généralissime.

Toute communication entre les débris de l'armée napolitaine et Naples était interceptée. La ville manquait de subsistances, et ne pouvait en tirer que de la Pouille, dont les Français occupaient les principales routes. La désorganisation de l'armée napolitaine continuait; les excès commis par les lazzaronis rendaient la présence de l'armée républicaine nécessaire à tout ce qui possédait quelque propriété. C'était le moment qu'attendait Championnet pour marcher sur Naples. Qu'il serait heureux de ne pas verser de sang, et de parvenir à remplacer une vieille monarchie dégouttante de meurtres par une jeune république pure de tous excès! mais il n'est plus possible qu'à la force des armes de vaincre et de sauver Naples.

Ayant vu échapper le vice-roi et Mack, les lazzaroni furieux d'avoir perdu la double proie qu'espérait leur rage, et dirigés par les agents secrets de la cour, de l'Eglise et de l'aristocratie, se livrent à tous les déportements ; ils fusillent deux hommes recommandables par leurs vertus et leurs talents, le duc de la Torre et son frère Clementi Filomarino, qu'ils soupçonnaient d'avoir entretenu des correspondances avec les Français.

Les corps de ces dignes citoyens sont brûlés ; le pillage de leurs maisons n'apaise pas les lazzaroni ; ils courent en armes dans les places publiques qu'ils remplissent de leurs hurlements. « Puisque l'armée ne veut pas se battre, nous nous battrons pour elle. Vive le roi ! vive la sainte foi ! vive saint Janvier ! » C'est en invoquant ces noms sacrés qu'ils commettent tant d'horreurs.

On avait fait jurer solennellement aux lazzaroni, devant saint Janvier, de combattre jusqu'à la mort pour la patrie ; et jamais serment ne paraît avoir été prêté avec une telle conviction de fanatisme. Les déroutes éprouvées par l'armée napolitaine ne sauraient les intimider. Les lazzaroni seuls, disent-ils, empêcheront les Français d'entrer dans la ville. Ils nomment pour leur capitaine général le prince Moliterni, qui a gagné leur confiance par la résistance qu'il a montrée à Capoue. Celui-ci tente vainement de réprimer leur violence sanguinaire. Après avoir déclaré ennemis de la patrie tous ceux qui penseraient à l'exécution d'une seule partie de l'armistice, les lazzaroni se rendent maîtres des châteaux, font main-basse sur les prisonniers d'Etat, qu'ils égorgent. Ils se mettent à la recherche de tout ce qu'ils appellent Français ou partisans des Français ; ils brûlent les victimes, ils brûlent leurs habitations mêmes.

Des citoyens qui s'étaient réunis en corps abandonnent

leurs propriétés au pillage, et, ne songeant qu'à leur sûreté personnelle, se réfugient dans le couvent des Célestins, qu'ils avaient converti en forteresse et croyaient pouvoir défendre avec du canon. Les lazzaroni les attaquent avec un indomptable acharnement, et, quoique les décharges d'artillerie éclaircissent leurs rangs, ils forcent le couvent, et passent au fil de l'épée tout ce qu'ils y trouvent.

Apprenant que les Français approchent, les lazzaroni redoublent de colère ; ils avaient imaginé un registre portant le nom des patriotes de la ville par numéros de maisons, et tous les jours ils en égorgeaient comme amis des Français. Quelques-uns des patriotes napolitains, plus avisés, pour anéantir ces registres de proscription, disent qu'il faut les soustraire aux Français qui les tourneraient contre leurs ennemis, et, après avoir brûlé les registres, ils font briser les numéros de toutes les maisons, afin, disent-ils, que l'ennemi ne puisse rien connaître. Ce parti adopté devient un moyen de salut. Les lazzaroni ne peuvent plus, dans cette confusion, donner suite à leur plan odieux.

Cependant, au milieu de ces terribles circonstances, le prince Moliterni, craignant l'incendie général de Naples et l'extermination des habitants, se rend secrètement à Caserte au quartier général de Championnet, et le prie de s'avancer promptement vers la capitale. Championnet s'y engage, et lui permet de s'emparer en hâte du fort Saint-Elme, à son retour.

Comme les lazzaroni avaient annoncé l'intention de passer par le Petit Môle et le quartier de Sainte-Lucie pour aller attaquer les Français à Capoue, il fut convenu que les troupes républicaines s'approcheraient du côté de Capo-di-Chino et de Poggio-Reale. Elles devaient ainsi arriver à Naples avant que les bandits fussent revenus de Capoue, et les empêcher de rentrer dans Naples. Mais les lazzaroni, qui avaient leur plan de campagne, marchent en masse vers Capoue, et parviennent jusque sous les murs de cette ville qu'il prétendent emporter d'assaut. Deux jours consécutifs se passent en tentatives où ces misérables sont criblés par les décharges à mitraille de la place.

L'armée de Championnet, toute faible qu'elle est, se trouve enfin réunie. L'heure des derniers combats est arrivée. Le général fait resserrer la place de Naples, couronner les hauteurs. Pendant que ces masses de lazzaroni se battent avec autant de furie sous les murs de Capoue, ceux restés à Naples s'aperçoivent qu'un gros de Français a réussi à tourner la ville. Ce corps était déjà aux portes des faubourgs lorsque les lazzaroni s'avancent sur trois colonnes contre les Français. Ce trait achève de révéler leur audace : ils savent tous les revers que vient d'éprouver leur roi, à la tête d'une armée nombreuse et comparativement disciplinée ; ils n'en osent pas moins concevoir le dessein de défendre aux vainqueurs l'entrée de leurs murs, et opposent partout une vigoureuse résistance.

Championnet ordonne à Duffresse, remplaçant Lemoine, et à Duhesme, de tout culbuter : Duhesme rencontre les plus grands obstacles ; son aide de camp Ordonan est blessé, le général Monnier aussi. Broussier, Thiébaut se précipitent dans la ville, poursuivent les brigands, ramènent vingt pièces de canon. La situation de Naples devenait affreuse pour les habitants. Championnet voudrait encore que l'appareil de ses forces fît sur cette populace une impression de crainte et d'effroi : il diffère l'attaque jusqu'au lendemain ; mais les infatigables lazzaroni escarmouchent pendant la nuit, font des sorties, secondés de leur artillerie, et se montrent inflexibles à toutes les propositions conciliatrices. Il faut donc avoir recours à la victoire, et la victoire ne peut être qu'un massacre.

Championnet ordonne l'assaut pour le lendemain : les colonnes marcheront munies de torches incendiaires; elles s'avanceront de ruines en ruines, fusilleront tout ce qui porte les armes.

Les patriotes napolitains et Moliterni, fidèles à la convention, se sont emparés du fort Saint-Elme, d'où ils ont inutilement tiré quelques coups de canon, pour tâcher de rétablir l'ordre; mais ils sont bloqués, et il faut les secourir. Le jeune Pignatelli, celui qui commandait les Romains à Cività-Castellana, est détaché par Kellermann de Capo-di-Monte, avec deux bataillons, pour se jeter dans la citadelle et donner le signal à toute l'armée, en mariant les drapeaux français à ceux des patriotes napolitains.

Pignatelli se glisse à travers les collines qui, de Capo-di-Monte, aboutissent à Saint-Elme, en couronnant la ville; il lui faut vaincre les difficultés de la nature, et soutenir pendant quatre heures un combat aussi inégal que meurtrier; traverser cinq milles d'embuscades continuelles et un bourg insurgé. Il arrive enfin pendant la nuit avec ses deux bataillons; ils sont salués par les cris de : Vive la république! A la pointe du jour, le 2 pluviôse, on aperçoit le signal : les drapeaux flottent sur la citadelle !

Le canon de Saint-Elme tonne. Le général français Eblé, commandant de l'artillerie, répond par le feu de toutes ses batteries. L'armée française s'élance dans la ville; elle est reçue par les lazzaroni mêlés aux débris de l'armée royale qui sont renfermés dans Naples.

Une populace mutinée est bien autrement terrible que des troupes réglées. Celles-ci se battent mécaniquement, avec sang-froid, et, si l'on peut ainsi dire, avec le moins de frais possible ; chez l'autre, au contraire, c'est le délire et l'opiniâtreté de ses passions, c'est l'oubli absolu de sa conservation. Le général Kellermann avait commandé l'attaque de droite. Le chef de brigade Calvin était entré par le faubourg de Capo-di-Chino ; le général Duhesme, longeant la mer, avait à réduire le quartier des lazzaroni protégé par le fort del Carmine. Jamais combat ne fut plus à outrance, jamais tableau ne fut plus effroyable. Quand les troupes républicaines parviennent à renverser les obstacles qui leur sont opposés, les lazzaroni font feu sur elles du faîte des maisons, par les croisées et par les soupiraux des caves. Nos soldats indignés promènent partout leurs torches, brûlent les repaires des lazzaroni ou les enlèvent comme des redoutes. Du milieu des torrents de fumée on entend les cris lugubres de ces malheureux. Leur faubourg offre aux yeux effrayés une voûte de feu sur un fleuve de sang. On lutte, on marche de ruines en ruines. Les lazzaroni, maîtres d'une artillerie formidable, défendent l'entrée des rues avec une intelligence et une vigueur que n'avait jamais montrées l'armée de ligne dans ses rencontres avec les Français. Ils sont nombre de fois tour à tour repoussés et victorieux. On les accule dans les rues ; ils ne sont pas réduits. Nos escadrons les refoulent jusque dans leur quartier-général que les flammes dévorent ; ils s'avancent à la charge avec plus d'audace. La baïonnette les enfonce ; leur masse, plus serrée, revient, s'étend, nous enveloppe ; la violence de leur chute nous renverse ; on se prend corps à corps, et les bras des Français sont longtemps comprimés et immobiles. On se dispute le terrain pied à pied.

Dégagé après de longs efforts, chaque Français combattit un peloton de lazzaroni dans le cercle que sa baïonnette avait décrit. Les soldats napolitains, tristes débris de l'armée qui avait fui devant nous, ont repris du courage et deviennent à leur tour des héros. Mêlés aux lazzaroni commandés par des chefs intrépides, ils se battent de place en place, de rue en rue, partout!

D'un autre côté, les lazzaroni qui assiégeaient Capoue, informés des succès obtenus par les Français à Naples, rebroussent chemin et volent au secours de leurs camarades. Alors se livre une action plus meurtrière encore, s'il est possible, que les précédentes.

Les Français ont en tête ces nouveaux et sataniques partisans qu'exalte et transporte le fanatisme. Chaque républicain a vingt ennemis à terrasser, et peut-on les terrasser sans les tuer? Le Volturno et tout le chemin qui conduit à Naples sont couverts de morts. Les lazzaroni venus au secours de leurs frères vaincus, ne veulent pas consentir à l'être eux-mêmes. Foudroyés enfin par le canon du fort Saint-Elme, ils abandonnent, vers la fin du jour, une portion de la ville. La nuit cependant ne sépare point les combattants; les uns s'acharnent encore au carnage, tandis que d'autres, accablés de fatigue, reposent près des cadavres, sur des décombres et des cendres brûlants.

L'armée républicaine, épuisée de victoires, plante l'étendard tricolore au milieu de Naples. Noyées, pour ainsi dire, dans une population immense, les troupes républicaines restent tout armées et gardent leurs positions.

Championnet espérait que la leçon sévère qu'il avait tirée des lazzaroni les aurait forcés à demander quartier; loin de là, ils sont toujours assaillants. Le jour a reparu sans voir cesser l'horrible boucherie. Championnet ordonne une troisième attaque. Les soldats républicains jurent de s'ensevelir avant la fin du jour sous les débris fumants de la ville, ou de s'en rendre maîtres. Championnet veut terminer d'un dernier coup cette lutte épouvantable qui détruit son armée ; il ordonne d'enlever à la baïonnette le Fort Neuf. Broussier et Duhesme escaladent le Carmine. Une colonne incendie le quartier-général des lazzaroni. N'ayant plus que les rues pour asiles, ils en font encore un théâtre de guerre. Ils imaginent de les rendre impraticables en les encombrant de bois, de chaises, d'armoires, de meubles qu'ils prennent dans les maisons. Ils construisent de véritables barricades. Rien ne peut plus arrêter l'élan des Français ; mais quand le drapeau tricolore flotte sur le Château Neuf et sur celui de l'OEuf, la citadelle des Carmélites, où les lazzaroni se sont jetés, oppose encore une longue résistance. Elle est assiégée et emportée; les paysans et toute l'armée des lazzaroni, qui veulent combattre encore de rue en rue, sont repoussés jusqu'au port, où ils se rallient pour la dernière fois; ils finissent par céder, et peut-être n'est-ce pas seulement la force qui vient à bout de leur indomptable courage.

Championnet a cru devoir les diviser pour les affaiblir ; il a détourné leur fureur contre le Château royal ; il en a promis le pillage à plusieurs d'entre eux ; et ce dernier moyen, qui ne retranche rien à l'honneur de la valeur française, n'a pas été sans quelque poids dans le grand événement de l'occupation de Naples. Les lois de la guerre, si tant est qu'on puisse appeler lois ce qui est l'absence de toutes les lois, les lois de la guerre tolèrent quelquefois des excès qu'elles ne peuvent jamais justifier; les lois de la morale la plus rigoureuse peuvent ici, sinon approuver absolument, au moins excuser l'acte en vertu duquel on laisse piller un château royal pour empêcher le sac d'une ville et arrêter l'effusion du sang humain.

Championnet, vainqueur, offrait encore des paroles de paix. Il parcourt la ville où tant d'horreurs ont été commises : les rues sont désertes ; cependant il parle avec aménité aux habitants qu'il voit sortir des maisons épargnées par les flammes. Plus affligé qu'eux-mêmes de ces calamités, il leur prodigue des consolations : il n'est point venu pour leur imposer la tyrannie, il est venu les affranchir.

Mais l'inutilité de ces premières démarches à l'égard des classes populaires ne tarde pas à convaincre bientôt le général qu'il serait aussi impossible d'obtenir le rétablissement de la tranquillité par le langage de la pure raison que par la force des armes.

Ayant affaire à un peuple superstitieux et sans lumières, il faut s'adresser à d'autres moyens. D'après le caractère ouvert et ennemi de toute ruse que l'on connaît à Championnet, on doit comprendre la peine qu'il éprouve d'être obligé de recourir à un stratagème emprunté à la religion. Il sait qu'à Naples saint Janvier jouit d'une grande vénération auprès des lazzaroni, et que le clergé de ce pays, lorsqu'il était chargé par la cour d'intervenir pour quelque cas extraordinaire, annonçait le miracle de la liquéfaction du sang de saint Janvier, qu'il faisait couler aux yeux du peuple.

Il est à remarquer pourtant que le miracle avait été refusé à Ferdinand lui-même la dernière fois qu'il s'était, avant son départ, présenté à l'église pour obtenir l'assistance et la protection du saint. Saint Janvier lui avait même annoncé, dit-on, ses défaites futures et la perte de son royaume. Ce souvenir excitait davantage la curiosité populaire dans la circonstance présente, et les lazzaroni coururent en foule pour juger par l'événement si leur nouveau maître était un bon chrétien, ce qui ne pouvait se prouver que par la grâce particulière du saint à faire pour le vainqueur le miracle qu'il avait précédemment refusé au vaincu.

Championnet se rend en grande cérémonie, avec son état-major, à l'église métropolitaine, de l'air du plus profond recueillement. Il se prosterne respectueusement aux pieds de la statue, demandant au prêtre de faire le miracle. Le prêtre opérateur avait d'abord paru un peu alarmé; un rouleau de cinq cents louis, que Championnet lui met dans la main, pour distribuer à ses ouailles, lève tous les scrupules; et le miracle de la liquéfaction est consommé! L'image du saint fut exposée; Championnet lui fit don d'une mître ornée de diamants, que le saint daigna accepter et se laisser poser sur la tête.

Alexandre VI disait de l'expédition de Charles VIII, que les Français étaient venus prendre Naples avec des éperons de bois et la craie à la main, comme des fourriers. La conquête directoriale a d'autres caractères. Les terribles résistances qu'elle vient de rencontrer ont nécessairement bien affaibli l'armée française. Elle promène ses pas sanglants sur une lave qui a été bouillonnante, et qui est loin d'être refroidie. Il faut toute l'exaltation du courage républicain pour ne pas s'intimider au milieu d'un peuple qu'on a tant de peine à réduire. Quand une armée s'avance à travers les couteaux et les poignards, il est difficile que la subordination ait sur elle un grand empire.

La belle manufacture du Belvédère est saccagée; le château de Caserta voit dévaster son mobilier de fond en comble... Mais il n'y aura ici ni la débauche, ni les exactions des chevaliers de Charles VIII, ni les violences des Provençaux de Charles d'Anjou... Championnet sait que l'ordre, le respect des personnes et des propriétés et celui de la religion doivent faire taire les tocsins qui pourraient armer l'Italie entière; il sent qu'il est sur une terre vésuvienne, et dont les laves ne demandent qu'à s'élever pour couvrir et engloutir son armée.

Championnet voudrait ramener l'ordre par la raison; c'est en son nom qu'il parle. L'archevêque de Naples, vieillard vénérable, croyant de son côté que le véritable emploi des armes de la religion est d'empêcher l'effusion du sang humain, ordonne des prières solennelles pour remercier Dieu de l'arrivée des Français qui viennent régénérer le peuple et travailler à sa félicité. « Saint Janvier, notre protecteur, dit le prélat dans son mandement, s'est réjoui de cet heureux événement, son sang s'est miraculeusement liquéfié à l'instant même de l'entrée des troupes républicaines...» Championnet assiste au *Te Deum*, où l'archevêque officie lui-même. Championnet place ensuite dans l'église, habitée par le saint, une garde d'honneur avec cette consigne : « Respect à saint Janvier. » Il n'avait pas fait cent pas hors de l'église que la nouvelle en était répandue, et les lazzaroni criaient au miracle en faveur des Français.

Championnet leur jette une grande quantité de pièces de monnaie, et ils le couvrent de leurs applaudissements. Il en remarque un qui paraissait jouir d'une grande autorité dans son parti, c'était un Michel-le-Fou, celui qui, avec son camarade Paggio, s'était défendu si vigoureusement derrière les canons qu'ils avaient à la hâte tirés des châteaux, et qui avait si longtemps tenu la victoire en suspens du côté de Saint-Elme; Championnet nomme Michel-le-Fou général des lazzaroni, et lui donne un habit richement galonné. Ce nouveau général se met à la tête de ses terribles soldats, il les harangue, leur ordonne de cesser le feu et de déposer les armes. Il est aussitôt obéi. Le calme se rétablit, et le même peuple, qui paraissait tout à l'heure se battre en désespéré pour la cause d'un roi, revenu de son délire, crie : « Vive la république ! » Le pavillon tricolore flotte sur tous les forts qui reçoivent garnison française.

A l'occasion du miracle de saint Janvier, si habilement mis en œuvre par Championnet, il n'est pas sans intérêt de citer un curieux passage du *Voyage physique et lithologique dans la Campanie,* par Scipion Braislak.

« Cette entrée des Français à Naples à cette époque, dit l'auteur, présente des singularités piquantes. Elle se fit le jour de l'anniversaire de la mort du dernier roi de France, qui devenait celui de la chute du trône d'un prince de la même famille. Le Vésuve l'éclairait par une petite éruption, qui semblait offrir aux Français un spectacle agréable, et plutôt un témoignage de joie qu'un augure de malheur. Elle approchait du jour du miracle de la liquéfaction du sang de saint Janvier, le protecteur du royaume de Naples, qui s'opéra sans difficulté, et offrit aux crédules habitants de ce pays la preuve que leur saint tutélaire approuvait la révolution qui s'opérait chez eux. Cette réunion d'incidents avait frappé les esprits au point que, plus tard, les agents de la contre-révolution royale et de la plus cruelle et de la plus lâche réaction qui puisse jamais souiller les pages de l'histoire, ont cru qu'ils n'en pouvaient trop effacer le souvenir. En conséquence, les barbouilleurs de la rue Catalane, exposèrent un grand tableau, où saint Antoine, armé de verges, donnait le fouet à saint Janvier, fuyant un drapeau tricolore dans une main, et dans l'autre un paquet de cordes destinées aux royalistes.

»Saint Antoine, qui n'était à Naples que le patron des chevaux et des cochons, devint, par décret royal, celui des lazzaroni. Saint Janvier fut dégradé de son emploi de capitaine général de l'armée napolitaine, où le roi n'était que son lieutenant; on le déclara déchu de son protectorat, et le plus ridicule tribunal, s'il n'était en même temps le plus atroce, lui fit sérieusement son procès, le condamna comme jacobin, mit le séquestre sur son trésor et ses biens, dont son ancien lieutenant s'empara sans scrupule au lieu d'en aumôner le pauvre saint Antoine, le nouveau protecteur. C'est à la fin du dix-huitième siècle, dans le plus beau pays du monde, et dans une des plus grandes villes de l'Europe, qu'ont pu avoir lieu ces farces stupides qui déshonoreraient les peuples les plus sauvages...»

Quant à Championnet, il poursuivait sa mission pacificatrice.

Sur les décombres fumants de la ville, il proclama l'armée républicaine *armée de Naples*, surnom bien mérité par ses héroïques exploits. Elle n'était encore, dans la réunion de toutes ses forces, composée que de quinze mille hommes, cette armée qui, attaquée à l'improviste, ne recevant point de renforts, abandonnée à sa seule inspiration, avait défendu l'indépendance de la République romaine, envahi un royaume, battu et détruit quatre-vingt mille Napolitains, refoulé la masse énorme d'une population révoltée, pris trois cents pièces de canon, tous les parcs de l'ennemi, cinq citadelles, cent drapeaux, soumis un peuple acharné, auquel elle venait faire don de la liberté.

Après avoir fait son entrée solennelle dans la ville de Naples ainsi apaisée, après avoir présenté par sa clémence la garantie de ses intentions et de sa loyauté,

Championnet fit publier dans toute l'étendue des Etats napolitains cette proclamation :

« Vous êtes enfin libres : votre liberté est le seul prix que la France veut retirer de sa conquête, et la seule clause du traité de paix que l'armée de la République vient jurer solennellement avec vous dans les murs de votre capitale et sur le trône renversé de votre dernier roi.

» Malheur à qui refusera de signer avec nous ce pacte honorable où tout le fruit de la victoire est pour le vaincu, et qui ne laisse au vainqueur que la gloire d'avoir consolidé votre bonheur ! Il sera traité comme un ennemi public contre lequel nous restons armés.

» S'il y a donc encore parmi vous des cœurs assez ingrats pour rejeter la liberté que nous avons conquise au prix de notre sang, ou des hommes assez insensés pour regretter un roi déchu du droit de les commander par la violation du serment qu'il avait fait de les défendre, qu'ils fuient sous les drapeaux déshonorés du parjure ; la guerre contre eux est à mort, et ils seront exterminés.

» Républicains ! la cause pour laquelle vous avez si longtemps souffert est enfin décidée : ce que n'avaient pu terminer les brillantes victoires de l'armée d'Italie, ce qui avait longtemps retardé les intérêts politiques de l'Europe entière, ce qui avait suspendu les espérances d'une paix générale, ce qu'avaient empêché jusqu'à ce jour la religion des traités et la crainte d'une guerre nouvelle, l'aveuglement du dernier roi l'a opéré.

» Napolitains ! si l'armée française prend aujourd'hui le titre d'armée de Naples, c'est pour remplir l'engagement solennel qu'elle contracte de mourir pour votre cause, et de ne faire usage de ses armes que pour le maintien de votre indépendance et la conservation d'un droit qu'elle vous a conquis.

» Que le peuple se rassure donc sur la liberté de son culte ! que le citoyen cesse de s'alarmer sur les droits de la propriété. Un grand intérêt a soutenu les rois dans les efforts qu'ils ont faits pour calomnier aux yeux des nations les sentiments et la loyauté de la nation française ; mais il faut peu de jours à un peuple généreux pour désabuser les hommes crédules des préventions odieuses dont se sert la tyrannie pour les porter à des excès déplorables.

» L'organisation du brigandage et de l'assassinat, imaginée par votre dernier roi, exécutée par ses agents corrompus comme un moyen de défense, a eu des résultats déplorables et des conséquences bien funestes ; mais en remédiant à la cause du mal, il sera facile d'en arrêter les suites et d'en réparer même les effets.

» Que les autorités républicaines qui vont être créées rétablissent l'ordre et la tranquillité sur les bases d'une administration paternelle ; qu'elles dissipent les frayeurs de l'ignorance et calment les fureurs du fanatisme avec un zèle égal à celui qui a été employé par la perfidie pour les aigrir et les irriter, et bientôt la sévérité de la discipline qui rétablit avec tant de facilité l'ordre dans les troupes d'un peuple libre, ne tardera pas à mettre un terme aux désordres provoqués par la haine, et que les droits de représailles ont à peine permis de réprimer.

» *Le général en chef,*

» CHAMPIONNET. »

« Naples, 5 pluviôse an VII. »

Au moment où la nouvelle de la conquête de Naples fut donnée par le Directoire exécutif à la France, on entendit, au sein du Corps législatif, s'élever une voix que les triomphes et le pouvoir de la liberté n'ont jamais trouvée sans éloquence : c'était celle de l'ancien ambassadeur de Naples, celle de Garat, devenu membre du Conseil des Anciens. Les faits énoncés dans son discours fournissent un complément bien important des justes griefs présentés contre le roi détrôné. Les vues remarquables, les nobles sentiments qu'offre ce discours, caractérisent une époque mémorable où la législation et la guerre s'occupèrent simultanément de l'existence et de la régénération des peuples, et où le canon, qui grondait dans les armées à cinq cents lieues de Paris contre le despotisme, rencontrait au sein de la représentation nationale un écho si puissant et si heureux pour la fondation d'un gouvernement nouveau.

Garat s'exprimait devant ses collègues dans ce langage empreint à la fois de cette haute raison et de cette imagination brillante qui en faisaient un écrivain coloriste et un orateur éminent ; il disait dans le discours que nous rappelons :

« Enfin elle est sous la main protectrice des Français, cette ville où tant de complots ont été tramés contre notre république ! Un autre gouvernement a déjà remplacé dans Naples ce gouvernement envers lequel le nôtre a été si loyal, si généreux.

» Même parmi nos ennemis, personne aujourd'hui, en Europe, ne peut mettre en doute lequel du Directoire ou du ci-devant roi de Naples a respecté tous ses engagements ou les a tous violés : mais, par des faits qui me sont personnels, je puis donner, peut-être, une nouvelle force à cette conviction qui est déjà uniforme et universelle dans l'Europe.

» Envoyé au nom de la République auprès de Ferdinand, dépositaire alors de toutes les intentions, de tous les vœux du Directoire, j'atteste, et avec la foi due à un homme qui n'a jamais plus tremblé dans la Révolution que devant l'idée de fausser sa conscience ; j'atteste devant toutes les nations et devant tous les gouvernements, que mes lettres de créance mises sous les yeux de Ferdinand, et mes instructions les plus intimes et les plus secrètes, ne tenaient, au fond, qu'un seul et même langage. Ce langage était celui de la morale la plus pure, de la fidélité la plus religieuse à entretenir et à cimenter toutes les communications pacifiques. Le Directoire, bien digne en cela de représenter la souveraineté d'une république, traitait de gouvernement à gouvernement, comme le particulier de la probité la plus sévère pourrait traiter avec d'autres particuliers devant l'autorité suprême des lois et de la justice.

» Arrivé à Naples, et pénétré de la dignité d'une mission si pure, j'y conformai mes moindres actions, mes moindres paroles ; mais dans une cour accoutumée à tous les artifices de la diplomatie, on ne pouvait croire à tant de sincérité et de vérité. Je fus entouré d'espions ; et ils ne me quittèrent plus. Quand je marchais à pied, ils marchaient à pied ; quand je montais en voiture, ils montaient en voiture. Je le savais, et j'étais loin d'en être seulement importuné. Il me paraissait impossible que les rapports même de ces hommes si vils fussent autre chose que des témoignages rendus à la sincérité de mes protestations. J'aurais voulu ouvrir aux yeux de cette cour toutes mes dépêches et toute mon âme, pour lui donner quelque idée d'une république et d'un républicain.

» Je lui rendrai même ici une justice au moment où elle vient de recevoir le châtiment de ses perfidies : elle ne resta point toujours insensible, j'ai dû le croire, aux preuves que je lui donnais chaque jour de l'accord parfait de mon langage et de ma conduite. On m'avait vu arriver avec effroi ; on commençait à m'écouter avec confiance.

Au milieu de beaucoup de mécontentements de ma part, et d'une correspondance très-active, dont chaque note et chaque lettre était comme une lutte, on me faisait des concessions et des promesses qui n'étaient pas toutes simulées : j'avais obtenu l'élargissement d'un grand nombre de ces détenus entassés dans les cachots parce qu'ils avaient été soupçonnés d'aimer nos principes révolutionnaires ; déjà les paroles étaient données de part et d'autre pour un traité de commerce fondé sur le principe d'une liberté indéfinie, pour un traité de commerce, par conséquent, infiniment avantageux aux deux peuples, mais surtout à ce peuple napolitain qui laissait périr autour de lui, dans une indolence si stupide, les trésors que veulent lui prodiguer le ciel et la terre.

» Maîtres un instant de l'Italie pour la rendre à jamais indépendante et libre, voyez quels accroissements d'influence et de puissance nous pouvons exercer sur le monde, du haut de cette péninsule ! C'est de là que les Romains devinrent les arbitres de la terre ; et ce n'est pas à leur fortune, dont on a tant parlé, qu'ils furent redevables de leurs succès. L'Italie est comme un vaste plateau élevé autour de l'Europe, de l'Afrique et de l'Asie, qu'elle regarde et qu'elle touche comme pour en observer et en régler les destinées. Les Romains se servirent des avantages de cette situation pour ravager l'univers ; les Français s'en serviront pour en être les bienfaiteurs. Mais tant de prospérités et de vertus que nous avons presque sous la main, elles peuvent toutes nous échapper, si nous refusons ou si nous faisons attendre au gouvernement quelque chose de ce qui lui est nécessaire pour s'en saisir et les éterniser parmi nous. »

CHAPITRE VIII

Naples déclarée république. — Gouvernement provisoire. — Sages conseils de Championnet. — Sa modération. — Sa prudence. — Sa politique libérale. — Opérations de la Commission civile instituée auprès de l'armée par le Directoire. — Pouvoirs de cette Commission. — Ses mesures financières, ses dilapidations. — Irritation des Napolitains. — Championnet indigné contre la Commission. — Il essaie d'annuler son influence. — Irritation des Commissaires civils. — Leur appel à l'autorité supérieure. — Leurs plaintes au Directoire.

Nous avons aimé à citer ces beaux passages du discours de Garat, qui fut notre maître et notre ami, et dans lesquels il rend un si éclatant et si éloquent hommage à la gloire de notre armée de Naples.

Mais ce qui intéresse autant et plus que le bruit et l'éclat de la victoire, plus que les magnifiques paroles qu'elle inspire, plus que les promesses qui l'accompagnent, c'est le résultat de cette victoire, ce sont surtout les suites que lui donne le vainqueur.

Des Napolitains rapportent que, lorsqu'une députation du peuple de Naples avait été envoyée à Championnet à son quartier-général de Caserte, il avait été prescrit à cette députation, pour unique instruction, de ne dire que ces mots au général en chef : « Le peuple napolitain n'est point en guerre avec le peuple français. Pourquoi donc les soldats français voudraient-ils continuer de combattre ceux qui leur offrent volontairement leur amitié ? » La simplicité et la justesse de ce langage ne pouvaient que plaire à un général républicain, toujours et si franchement respectueux pour l'indépendance des nations. On a vu par quel enchaînement de circonstances Championnet avait été appelé dans Naples, et forcé d'y entrer par le vœu même des Napolitains. C'est la nécessité d'être libérateur qui l'avait réduit à devenir vainqueur ; mais Championnet avait trop de grandeur d'âme pour abuser de l'ascendant dont ce rôle venait de l'investir ; il ne s'abstiendra pas des devoirs qui lui sont imposés dans des moments aussi difficiles et aussi impérieux ; mais, ces devoirs, il les remplira pour le bonheur, pour le salut même du peuple napolitain. Il doit éclairer, diriger, modérer des mouvements naturellement fort désordonnés à la suite du tumulte causé par tant de passions diverses. Il ne veut point commander ; mais il doit surveiller la nouvelle organisation politique qui va succéder à la désorganisation de la monarchie qu'il s'agit de remplacer. Naples est déclarée république !

Le premier usage du pouvoir de Championnet est de désigner, pour composer le gouvernement de la république, un nombre choisi de Napolitains probes et éclairés, de ces hommes dont la conscience (tout en ayant puisé à la lettre dans leur éducation et leurs lectures les principes qu'ils conseillent pour la morale) n'a point interdit à leur esprit la connaissance de ces modifications sociales que les temps et les lieux ne peuvent manquer de faire subir à ces mêmes principes, rigoureux seulement dans leurs applications journalières.

Championnet ne nomma et n'introduisit qu'un seul Français parmi tous les membres du nouveau gouvernement Le discours qu'il prononça lors de son installation renferme des idées d'une liberté sage et large à la fois. Il pensait que la liberté la plus étendue, et qui n'exclut personne, est la plus rationnelle, et celle dont l'existence est la plus assurée, parce qu'aucun n'est intéressé à l'attaquer, et que tous sont intéressés à la défendre.

C'est dans cet ordre d'idées qu'il s'adressait, de son quartier-général de Naples, le 5 ventôse an VII, au gouvernement provisoire. Citons ses nobles paroles :

« Je dois vous répéter avec force l'intention prononcée que je vous ai déjà manifestée, et que vous avez vous-mêmes, que le gouvernement provisoire et les différentes autorités publiques n'écoutent jamais ni les haines personnelles, ni les ressentiments et les désirs de vengeance, ni les dénonciations particulières dénuées de faits, ni les soupçons vagues et ombrageux, ni les défiances mal fondées. Inspirez les mêmes principes aux différents magistrats et à tous les citoyens. Vous devez établir partout la concorde et l'harmonie, vous devez diriger surtout dans cet esprit d'union et de fraternité les salles d'instruction publique, qui feraient beaucoup de mal et causeraient des réactions funestes si elles se livraient à des personnalités, à des querelles et à de continuelles accusations. C'est ainsi que la révolution française a été souvent dénaturée. Les haines enfantent les factions et ne tardent pas à détruire une république.

» Vous devez profiter de notre expérience, oublier généreusement les persécutions et les maux que vous avez soufferts, surveiller impartialement et sans aucune prévention personnelle les hommes qui pourraient être dangereux, et marcher grandement et loyalement vers le but de la régénération politique. De petites vues d'intérêt et d'inimitié sont indignes de ceux qui doivent embrasser la vaste pensée de l'organisation d'un gouvernement républicain institué pour le bonheur du peuple ; et, quand je vous rappelle ces principes, je sais qu'ils sont déjà gravés dans vos âmes.

» Votre patriotisme m'est un sûr garant que vous répondrez à ma confiance et que vous affermirez par la sagesse et la modération l'ouvrage commencé par la valeur française ; vous serez bénis, adorés ; vous aurez conquis tous les cœurs : voilà les conquêtes qui conviennent aux vôtres.

» Activez toutes les parties de l'administration publique ; mettez sur pied les forces de terre et de mer ; faites percevoir les contributions dans les départements, terminez enfin l'opération de votre emprunt forcé sur Naples ; présentez-moi, tous les dix jours, à compter du 20 ventôse, un état de situation précis et fidèle de chacun des onze départements de la République napolitaine, considérés sous tous les rapports de l'administration, et pour satisfaire à cette obligation, qui est de rigueur, terminez dans le délai de cinq jours l'organisation générale des administrations de département et des corps électoraux ; obligez les administrateurs et commissaires déjà nommés de se rendre de suite à leurs postes respectifs, et formez en même temps l'administration du département du Vésuve et les six municipalités qui doivent exister dans la commune de Naples.

» Enfin, que, pour le 1er germinal prochain, le projet de Constitution à donner à la République soit terminé ; que les électeurs des différents départements soient réunis dans Naples.

» C'est le 1er germinal, le jour où le peuple français se réunit en assemblées primaires pour l'exercice de sa souveraineté, que seront proclamés, sous les auspices de l'armée française, victorieuse et libératrice, la souveraineté du peuple napolitain, l'acte d'indépendance de votre république et de son code constitutionnel.

» Préparez tout pour cette époque solennelle de la fédération générale qui doit resserrer par des nœuds indissolubles toutes les parties de cet Etat. Secondez mes efforts pour le bien et vous me trouverez toujours prêt à favoriser aussi vos travaux.

» Salut et fraternité.

» CHAMPIONNET. »

Une décharge générale de mousqueterie et d'artillerie annonça à Ferdinand, réfugié à Palerme, l'accablante nouvelle de l'organisation d'un système libéral, et, comme si les phénomènes de la nature ne pouvaient rester muets insensibles au bonheur et à la résurrection d'un grand peuple, on raconte que le Vésuve, tranquille depuis cinq années, sembla se réveiller de son assoupissement et, ce jour-là même, vomit des flammes ardentes et lumineuses.

Mais, en donnant des droits au peuple napolitain, Championnet aurait cru ne lui avoir fait qu'un présent illusoire s'il n'eût étayé ce nouvel ordre de choses d'une bonne administration, véritable fondement de toute liberté. « Conquérir n'est pas difficile pour les Français, disait-il ; ce qu'a fait l'armée républicaine avec moins de douze mille hommes et en deux mois, le prouve avec évidence ; mais conserver une conquête qui se trouve à quatre cents lieues de la France, voilà ce qui est beaucoup moins aisé. »

A Naples, les patriotes les plus énergiques étaient dans la classe des propriétaires. Si l'on n'encourageait pas cette classe par l'espérance d'un régime qui ménageât ses intérêts, il n'y avait pas de coercition qui pût balancer les soulèvements auxquels l'armée se trouverait en butte. Le moyen d'obtenir la confiance, c'était de n'exiger que les sacrifices rigoureusement nécessaires pour l'entretien des forces françaises ; laisser au pays assez de ressources pour son organisation civile et militaire et le rétablissement de sa marine, diriger les autorités constituées sans les dominer, enfin préserver les propriétés publiques et particulières de la gestion d'administrateurs décriés, c'est de cette manière que Naples pouvait devenir une amie sincère et féconde en ressources pour la République française. « Naples, écrivait Championnet au ministre de la République en Toscane, le citoyen Richard, présente en ce moment le spectacle de la France en 1790. L'enthousiasme est à son comble. Si c'est une illusion que je me fais, elle est bien douce ; mais je crois pouvoir rendre le peuple napolitain parfaitement digne du nom de républicain. »

Le Comité de Salut public (de l'an II) avait eu pour principe de gouvernement qu'il n'y avait aucun inconvénient à faire, si l'on peut ainsi dire, *litière de généraux,* et qu'il fallait au moins surveiller de près, par ses proconsuls, ceux qu'il n'était pas indispensable de sacrifier. Le Directoire exécutif, en succédant au Comité de Salut public, n'avait pas cru devoir en accepter toute la morale ; mais il avait tenu à conserver tous ses pouvoirs, et ne croyant pas les exercer assez complétement sur les généraux placés aux grandes distances où les transportait le mouvement des armées, il avait délégué ces pouvoirs, pour la partie financière, à des agents auxquels il donna le nom de *commission civile.*

A peine Championnet avait-il eu le temps de concevoir la généreuse pensée de fonder l'établissement politique de Naples sur la base de bonnes institutions, à peine le canon et la mousqueterie cessaient-ils de se faire entendre, que les nouveaux préposés financiers du Directoire, la commission civile et tous ses agents, vinrent fondre sur Naples, semblables à ces sauterelles dont parle la Bible comme ayant infesté l'Egypte du temps de Pharaon ;

Championnet ne pouvait manquer de se trouver bientôt aux prises avec de tels arrivants.

L'importance que la querelle des généraux avec les commissaires civils avait prise dans l'opinion, et par suite dans les événements, puisqu'avec elle commencèrent tous les revers des Français en Italie, impose de ne pas légèrement passer sur ses véritables causes, et de les éclaircir avec bonne foi; et si la conduite de Championnet ne peut être tout-à-fait justifiée sous le rapport d'une certaine violence inséparable de la situation, au moins ne lui contestera-t-on pas une noble origine.

Au moment où Championnet avait pris le commandement de l'armée de Rome, il avait vu le malheureux état de cette ville exténuée par les contributions et les vexations de tout genre. Il avait appris en même temps que la faute en était aux agents directoriaux siégeant encore dans la ville sous différents noms; la Commission civile, entre autres, ne se servait de ce titre imposant que pour commettre les plus graves abus et ne se refuser aucune des jouissances d'un luxe insolent, tandis que l'armée qui avait conquis tant de gloire et tant de richesses à la République, et qui allait braver encore les fatigues et faire preuve d'une nouvelle abnégation, gémissait dans le plus affreux dénuement, sans subsistances, sans habillements, sans solde!

Championnet s'était hâté d'écrire au Directoire pour lui signaler le mal et sa profondeur; une de ses lettres était terminée par ces mots échappés d'une âme vertueuse et indignée: « Les ressources de la République romaine sont déjà épuisées. Des essaims de fripons ont tout englouti. Ils veillent avec des yeux avides pour s'emparer du peu qui reste. Ces sangsues de la patrie se cachent sous toutes les formes; mais, certain d'être avoué par vous, je ne souffrirai pas que ces spoliateurs impunis envahissent les ressources de l'armée ; je ferai disparaître les horribles harpies qui dévorent le sol conquis par nos sacrifices... »

Ce n'avait pas été assez pour Championnet d'éveiller par des lettres brûlantes l'attention du Directoire et du ministère de la guerre sur les dilapidations ; il avait dû s'occuper de consoler l'armée destinée à de nouvelles et pénibles épreuves, et de ranimer les courages abattus. Il avait rassemblé ses soldats, et leur avait dit : « Braves camarades, vous ressentez de grands besoins, je le sais. Attendez quelques jours encore, et le règne des dilapidateurs sera fini. Les vainqueurs de l'Europe ne seront plus exposés à ce triste abaissement de la misère, qui humilie des fronts que la gloire environne. »

La correspondance de Championnet avec le Directoire et ses proclamations à l'armée n'accusaient ni ne désignaient personne; mais il ignorait qu'en parlant de poursuivre les dilapidateurs, il armait contre lui plus d'un membre de ce gouvernement, qu'il courait à sa perte.

La commission civile était investie de l'administration suprême, de la distribution générale de tous les fonds, de tous les produits résultant de la possesion ; elle n'était comptable de ses opérations qu'au Directoire, qui avait établi comme premier point : « Que, dans les pays conquis, lui seul avait le droit de connaître de la conduite de ses agents et de l'emploi des deniers... »

L'institution de cette agence et les attributions qui lui étaient données étaient autant de violations des lois constitutionnelles. Suivant ces lois, l'armée ne devait avoir qu'une seule caisse, un seul contrôle, un seul ordonnateur. En fait d'administration, tout ce qui n'est pas nécessaire est nuisible. D'ailleurs, l'institution nouvelle chargeait l'armée de dépenses excessives, et créait une sorte d'employés d'autant plus avides que leurs fonctions temporaires les poussaient à faire fortune rapidement ; ils ne présentaient pas même, à l'instar des commissaires des guerres, la garantie de la durée. Le Directoire avait encore conféré au caissier-percepteur un droit de trois centimes par franc sur les contributions. Ce droit, qui pouvait n'être qu'un moyen d'aiguillonner le zèle d'un préposé, était exorbitant, puisque, sur soixante millions, par exemple, un fonctionnaire tout-à-fait étranger aux périls de la guerre, se trouvait prélever à l'instant une somme de dix-huit cent mille francs à son profit !!

Les ennemis du Directoire, supposant des motifs moins honorables, avaient cru découvrir dans cette concession la fraude adroite de certains individus pour partager les bénéfices. Ceux qui furent les plus vils flatteurs du Directoire pendant sa puissance devaient en être les plus furieux dénonciateurs depuis sa destruction ; cela est conséquent. Ils étaient, en quelque sorte, les accessoires et le mobilier de l'autorité ; ils passèrent dans les palais où l'autorité elle-même avait passé.

Nous ne viendrons pas, à la suite de ces caméléons, accuser dans ses plus secrètes intentions un pouvoir qui fut républicain en totalité, probe en majorité, et dont l'existence, inséparable des fautes dont aucun gouvernement n'est exempt, laissera toujours, quoi qu'il arrive, le souvenir d'une institution libérale. Le Directoire, dont la plupart des membres avaient plus vécu dans les lois que dans les armes, paraissait craindre singulièrement l'ascendant que prend, à la suite d'une longue guerre, le pouvoir militaire entouré de l'éclat d'une grande gloire ; il paraissait craindre surtout que ce pouvoir ne s'agrandît encore de tous les moyens que donnent des richesses considérables chez un peuple corrompu ; il pouvait avoir d'autres idées, d'autres inquiétudes fort naturelles dans une autorité dépositaire de la liberté de la France et environnée d'une coalition de rois. Sans doute il devait penser, avant tout, que le moyen le plus sûr de n'avoir pas à redouter les tentatives et les complots extérieurs, c'était de ne point improviser de nouvelles fonctions qui fussent déjà des actes d'usurpation, qu'il fallait accorder à chacun la plénitude de ses justes attributions si l'on voulait contenir chacun dans de justes limites : ainsi ne point disputer à un général en chef le complet exercice de son commandement, ne point le soumettre à une puissance prétendue civile, sans contrôle de la loi. Le Directoire devait penser enfin que, pour avoir le droit de faire tout rentrer dans la Constitution, il n'en fallait jamais sortir soi-même...

Mais en raisonnant dans le système que le Directoire venait d'imaginer, il faut reconnaître qu'il avait, sous ce rapport et à son point de vue, commis une faute essentielle. S'il n'avait laissé au général en chef ni la faculté de percevoir, ni celle d'administrer, il lui avait cependant octroyé celle de fixer les contributions. Cette faculté permit à Championnet de se dérober à l'influence de la commission civile. Convertir toutes les contributions militaires en argent comptant, remettre au gouvernement et aux administrations du pays la gestion, la vente des biens nationaux mobiliers et immobiliers, n'était-ce pas la meilleure voie à prendre pour forcer la commission à n'être plus chargée que d'une simple recette qui pourrait se faire par un petit nombre de personnes et sans désordre. Cette combinaison réduisait les profits de la commission à un droit de perception qui, à la vérité, était encore énorme, mais lui retirait le casuel de tous ces trafics qu'entraînent les ventes de biens, les réquisitions de denrées et de subsistances : 1° par les dépenses que l'on concède ; 2° par les ventes frauduleuses ; 3° par les comptes simulés et fictifs lorsqu'une révolte ou une évacuation en donne le prétexte ; 4° par les pertes, déprédations ou dégradations qu'on suppose.

Ce système de Championnet contrariait la commission dans tous ses desseins. Tranquille témoin des efforts des belligérants, cette commission arrivait au moment où la victoire était encore disputée par tant d'efforts prolongés depuis soixante-sept heures, et convoitait déjà les richesses immenses de Naples, dont elle voyait les coffres s'ouvrir quand ses portes étaient encore fermées. L'armée financière (c'était le nom que lui attribuait Championnet) n'attendait l'issue définitive de la bataille que pour saisir de ses mains avides la conquête encore incertaine ; que pour diffamer le soldat qui assurait la vie des commissaires au prix de la sienne. On voulait aussitôt se mettre en possession de tous les musées, des bibliothèques, des maisons, des manufactures royales, des églises, des sacristies, des domaines. Championnet s'y opposait fortement et mettait même une certaine dureté dans l'expression de ses refus, et réellement il accomplissait ainsi et ses devoirs et ses serments.

Après avoir proclamé la République napolitaine, sur le vœu de la plus grande partie du peuple, il avait déclaré renoncer solennellement à tout droit de conquête ; il s'était borné à demander une contribution fixe de soixante-cinq millions de francs et l'entretien de l'armée libératrice.

Cette imposition, qu'un vainqueur avait le droit de mettre sur une ville prise d'assaut, ne s'élevait pas au-dessus de ses ressources ; en la fixant à cette somme,

Championnet avait consulté l'honneur et la loyauté de la nation pour laquelle il combattait ; il avait pensé qu'il n'avait pas brisé les fers des Napolitains pour en faire des contribuables esclaves de la République française ; qu'il n'y avait qu'un barbare qui pût déshonorer sa conquête en usurpant à force armée les biens et les propriétés du peuple auquel il promettait le bonheur....

Or, la contribution imposée par le général en chef commençait à se payer régulièrement, et la République parthénopéenne commençait à s'organiser quand le commissaire civil, dont nous n'accuserons pas la probité privée, mais qui croyait remplir sa mission en s'emparant de tous les pouvoirs, et dont la présence était, à coup sûr, fort peu opportune, voulut exercer ce qu'il appelait son ministère, dans toute la rigueur du mot.

Le commissaire civil ne considérait Naples qu'avec les yeux d'un financier. A la contribution de quinze cent mille ducats frappée par Championnet, il voulut ajouter un supplément tellement élevé qu'il valait plus que tout le royaume. S'annonçant hautement comme la seule autorité représentant le gouvernement français, le commissaire civil s'attribua l'initiative de toutes les lois, se constitua le régulateur suprême des finances, des affaires intérieures, des tribunaux.

Il proclama ses droits sur tous les biens, prononça des confiscations, des séquestres sur les émigrés, dans un pays où il ne devait pas y avoir d'émigrés, et où la politique habile de Championnet avait jusqu'alors consisté à tout rappeler, à tout rapprocher. Le commissaire civil déclarait que la Constitution napolitaine, acceptée et voulue par le peuple, ne devait avoir d'existence qu'après la sanction du gouvernement français, qui semblait ainsi ne protéger les citoyens de Naples qu'à la condition qu'ils ne se gouverneraient que par sa volonté. Le commissaire civil, pour l'exécution de ces mesures despotiques, consentait à associer à son autorité prépondérante le général en chef. Ces mesures parurent à Championnet constituer des excès, des usurpations contraires aux principes d'une nation qui ne devait vendre à aucun peuple ni la liberté, ni la protection qu'elle lui accordait. Son refus empêcha de verser des millions dans la caisse, dont le beau-père du commissaire civil était le receveur, et il entreprit de réduire le produit net des trois centimes par franc.

N'obtenant pas l'appui sur lequel il comptait, le commissaire civil tenta d'aller plus loin. Il essaya de circonscrire les attributions du général en chef dans l'élément militaire et dans l'action du combat. Cette limite était un véritable anéantissement ; un général en chef ne peut assurer les fruits de ses victoires qu'autant qu'il lui est permis d'en régler les résultats, de les concilier avec les intérêts de l'armée qu'il commande et ceux du peuple qu'il vient de soumettre. Les mobiles d'un général sont dans la contrainte ou dans la clémence ; il les varie ou les unit suivant les circonstances, les mœurs, le caractère des populations chez lesquelles il a porté ses armes. Ne faut-il pas qu'il soit à même de récompenser celui qui lui livrera une forteresse, ou d'encourager le soldat qu'il veut faire monter à l'assaut?

A Naples, qui renfermait dans son sein de nombreux amis des Français et de la liberté, mais encore plus d'esclaves et d'aveugles fanatiques, les moyens moraux et de persuasion étaient les premiers qui pussent conserver la conquête. Un grand nombre d'hommes riches et influents par leurs noms, s'étaient montrés empressés à seconder Championnet, dont la conduite franche et loyale ne le servait pas moins que les victoires de ses compagnons d'armes. Par l'établissement d'une contribution fixe en numéraire, il trouvait l'avantage de prévenir les fraudes dans les ventes et de tromper l'agiotage des spéculateurs que la soif de faire fortune avait amenés de Paris à Rome, et de Rome à Naples.

Ce mode si simple, et qui aurait été facilement accepté, ne convenait pas à la commission civile.

Malgré l'opposition du général en chef, et sans l'en avertir, sans reconnaître non plus la République napolitaine, elle publia et afficha un édit qu'on aurait pu, sans injustice, appeler plus que royal, et qui était basé tout entier sur le prétendu droit de conquête, auquel on avait renoncé. La commission comprenait dans ses confiscations, sous le nom de *biens du roi,* tous ceux de la nation, des particuliers, jusqu'aux banques dépositaires des deniers des citoyens, jusqu'aux restes de Pompéia, encore cachés dans les entrailles de la terre. Elle voulut encore les étendre aux biens des riches Siciliens avec lesquels Championnet avait formé des intelligences patriotiques.

Qu'on juge de l'effet de cet édit. Déjà, nous le répétons, la contribution se versait sans difficultés dans la caisse du trésorier de l'armée ; déjà elle suffisait à ses besoins les plus urgents ; déjà il était possible d'aligner la solde arriérée. L'édit du commissaire portait que toute contribution qui n'était pas directement remise au caissier de la commission était nulle.

A l'instant l'inquiétude se répand parmi ceux qui n'avaient pas payé ; ceux qui étaient prêts à s'acquitter ne le veulent plus : clergé, noblesse, bourgeoisie, classe intermédiaire, pauvres, capitale, provinces, tout est révolté. Des rassemblements de lazzaroni se forment ; les groupes qui lisent l'édit de la commission civile, l'arrachent, le déchirent en frémissant. Naples, s'écrie-t-on de toutes parts, n'a donc point des amis, mais des conquérants, des dévastateurs dans ses murs. De ces réflexions on passe aux invectives contre les Français; des soldats français sont assassinés.. les vociférations continuelles du peuple soulevé les vouent à la mort : *Morte ai traditori Francesi !*

Les Napolitains exigent l'exécution des promesses qui leur ont été faites, avec toute la fureur qui naît du sentiment de la confiance trahie. Naples va-t-elle redevenir un théâtre de massacres? On fait avancer des cavaliers avec de l'artillerie. La précision des manœuvres étonne et fait fuir un instant les attroupements, mais ne les dissipe pas. En même temps, l'armée française ne reçoit plus de solde. Quand les soldats français réclament contre une situation qui les met aux prises avec le besoin et les force à rentrer en guerre avec le peuple de Naples, les agents de la commission civile appellent Napolitains ceux des Français qui, jaloux de l'honneur de leur nation, et pour assurer le bonheur de la nouvelle république, voulaient s'opposer à ce régime d'exaction.

Ces débats se passaient au milieu d'une ville où l'on venait de lutter avec acharnement pendant deux jours, et où l'on était encore sous les armes. Beaucoup de mécontents demandaient que le commissaire civil, qui faisait évidemment la contre-révolution, fût jugé et puni. « Eh quoi ! dit Championnet, le Directoire nous confie le sort de plusieurs milliers de Français, les destinées d'un Etat, et il suspecte notre probité ! et il suppose que nous nous abaisserions à nous déshonorer pour de l'or ! Où le gouvernement trouvera-t-il des serviteurs plus ardents et et plus purs? Je suis un soldat sans ambition, mais cruellement aigri par les hommes qui trompent le Directoire. Je leur ai juré une guerre à mort. Ils pourront réussir à me perdre ; ils ne m'arracheront pas ma propre estime et celle des amis de ma patrie. » Championnet était indigné, exaspéré, en voyant l'influence fatale des premiers actes de la commission civile, et, comprenant la réaction qui allait en résulter contre l'armée, il voulut en arrêter le cours.

La commission civile persistant à se regarder à la fois comme organe et comme seule émanation du Directoire, n'entendait rien rabattre de ses prétentions, et, pour les soutenir, elle faisait des appels redoublés à l'autorité supérieure. « On ne peut braver vos ordres avec plus d'audace, écrivait au Directoire le chef de la commission civile. Il est bien triste que les généraux ne veuillent pas se ranger à leur devoir. Un peu de cet esprit se laissait apercevoir à l'armée d'Italie... il est poussé bien plus loin à l'armée de Rome. Chaque général est tout dans sa division : il gouverne, impose, administre, établit des percepteurs, des agents à lui, et ne rend compte à personne. L'un d'eux disait dernièrement qu'il était roi à Gaëte. Le général en chef disait hier : C'est moi qui ai conquis le pays, il est sous ma domination. Ces mots expliquent son plan... Tout pouvoir m'est interdit par la force armée, continuait le commissaire civil ; je ne puis rien contre celui à qui tout le monde obéit. L'escorte, les ordonnances, la garde accordés au prisonnier Mack, on les refuse à votre agent ; il ne peut que devenir un objet de mépris par la comparaison qu'on doit faire du faste militaire, de l'état, de la suite des généraux avec l'obscurité et le néant où l'on ma réduit. » Plusieurs de ces plaintes n'étaient pas sans quelque fondement ; mais pourquoi le Directoire voulait-il réunir deux pouvoirs étonnés de se trouver ensemble ?

CHAPITRE IX

Championnet casse la commission civile. — Justification de cette mesure. — Ressources et charges du royaume de Naples à cette époque. — Dispositions financières et administratives. — Défense des côtes. — Recouvrement des impôts. — Armée, marine, police, justice, beaux-arts, etc. — Tranquillité et satisfaction des habitants. — Expédition préparée contre la Sicile. — Championnet reçoit l'ordre de se rendre à Paris. — Il quitte Naples à pied. — Estime et regrets des Napolitains et de toute l'Italie. — Championnet arrêté par ordre du Directoire à Milan.

De plus en plus irrité de se voir calomnié en même temps qu'entravé, désirant échapper au danger de ce conflit public, si compromettant pour le salut de l'armée, Championnet crut devoir prendre le parti de casser la commission civile, et de l'expulser de Naples avec tous ses agents. Si cependant l'on retranchait de cette institution deux grands vices : 1° la mauvaise composition des agents, tels que les réquisitionnaires, déjà décriés par leurs vexations dans les républiques voisines ; 2° le droit de trois centimes par franc donné au caissier, privilége bien suffisant pour révolter l'armée, arriérée de plus de cinq mois de solde, alors Championnet se soumettrait au joug qu'on lui imposait ; autrement il donnerait sa démission.

Un général en chef ne pouvait ainsi être mis hors d'état de faire le bien ; il ne pouvait tolérer à côté de lui une autorité rivale, et bien plus réelle que la sienne, opprimant et humiliant les autorités établies, rendant les sacrifices plus pesants et plus insupportables, privant le général des moyens de les diminuer, fatiguant encore plus les citoyens par la manière d'administrer que par la nature des exigences. Si un tel état de choses subsistait, tout était perdu, malgré les efforts du gouvernement et le courage des soldats; car, telle était l'idée dominante à laquelle Championnet rattachait toute sa conduite : mériter l'amour et la confiance des peuples; et cette idée il la reproduisait sous toutes les formes; il la représentait encore au Directoire en lui envoyant les ambassadeurs napolitains Moliterni, Angri, Chaia et Pauchini, pour en obtenir la reconnaissance solennelle de l'indépendance de leur pays. Cette reconnaissance devait consolider l'organisation du gouvernement, et cette organisation lui paraissait seule capable de comprimer les mouvements nouveaux, et de rallier les bons citoyens, d'éclairer et de diriger le parti patriote, plus ardent à Naples qu'ailleurs, de rassurer le parti de la propriété, de garantir les approvisionnements de l'armée et le recouvrement des contributions. Les ressources qu'offrait Naples étaient immenses, tant par la fertilité de son territoire que par l'étendue de sa population.

La conduite de Championnet après l'expulsion de la commission civile prouva combien toute ambition de sa part était étrangère à la mesure qui lui avait été commandée par la nécessité de conserver un ascendant aussi légitime que tutélaire. Adoré des vainqueurs comme des vaincus, il lui eût été facile de prendre ou de se laisser offrir l'omnipotence dont il aurait tenu à ne pas se dépouiller; la puissance dont il était déjà investi fut loin de lui tourner la tête et de lui faire abdiquer son caractère : aucune pensée personnelle ne vint peser sur sa nouvelle position.

Aussitôt qu'il fut débarrassé des entraves de la commission civile, Championnet s'occupa de régler ses dépenses dans une proportion raisonnable et en rapport avec la situation réelle de Naples; l'aperçu des calculs qu'il avait établis, fera juger de l'étendue et de la justesse de ses vues administratives.

Il supposait d'abord la nécessité d'une force militaire de 40,000 Français et de 20,000 hommes de troupes indigènes. En bornant les dépenses, et surveillant les abus, il ne croyait pouvoir entretenir et solder chaque homme à moins de 2 francs par jour; cela faisait 120,000 francs par jour et 43 millions par an.

Pour restaurer la marine, entièrement ruinée par l'incendie des vaisseaux abandonnés au départ du roi, pour réorganiser tous les marins, il ne fallait pas moins de 10 millions;

Pour la formation et l'établissement du nouveau gouvernement, 3 millions;

Pour subvenir à l'intention de l'administration publique pendant le cours de l'année, 12 millions;

Pour la réorganisation des troupes de terre, entièrement dispersées, 4 millions;

Ainsi, le budget annuel des dépenses de la nouvelle république s'élevait à 76 millions.

La dette publique n'était point comprise dans ces chiffres; mais, considérant tout avec les yeux de la justice, qui ne repousse jamais l'humanité, Championnet ne croyait pas qu'aucune conquête permît de réduire à la plus affreuse misère les créanciers légitimes de l'Etat. Ainsi, l'intérêt annuel de cette dette étant de 10 millions tournois, portait la totalité de la dépense de la République napolitaine à 86 millions.

Examinant ensuite la nature des ressources de la nouvelle république, Championnet voyait qu'elles étaient presque toutes territoriales, puisqu'à l'exception de quelques manufactures royales, où il se fabriquait des objets d'exportation, tout ce qui se confectionnait dans le pays y suffisait à peine à la consommation, sans excepter même la soie, dont la culture était négligée depuis plus de trois ans.

Les cadastres de toutes les communes fixaient le revenu territorial à 60 millions de ducats, c'est-à-dire 240 millions de livres de France. Mais plusieurs faits autorisaient à ne point douter que la vérité ne fût diminuée par les cadastres :

1° La population du continent s'élevait à plus de cinq millions d'habitants ; 2° elle se nourrissait et s'habillait des produits mêmes de son territoire, sans rien tirer de l'étranger ; 3° l'Etat exportait encore tous les ans, de l'excédant de ces consommations, pour plus de quatre millions de ducats de denrées. Or, en supposant qu'une population de cinq millions d'habitants ne consommât par tête que 90 fr. par an, ce qui fait par chaque individu cinq sous par jour pour toute dépense de vivres, boissons, habillement, lumières, chauffage, il en résultait évidemment que la dépense annuelle, consistant en productions indigènes, aurait égalé la somme de 450 millions. Si on y ajoutait les consommations des animaux de transport, de luxe ou de labourage qu'on ne pouvait évaluer à un nombre moindre de 500,000, ni à une dépense moindre de cinq sous par jour par chacun, ce qui faisait une somme de 45 millions par an, il était manifeste que le revenu territorial s'élevait au moins à la somme de 490 millions qui, joints au 12 millions provenant de l'exportation des denrées, formaient une somme totale de 502 millions.

Ce calcul paraissait à Championnet la mesure la plus exacte des facultés du pays, parce que, si les consommations de luxe n'avaient pas été comptées, il pouvait, d'un autre côté, y avoir un peu d'exagération sur les consommations du pauvre et des enfants napolitains qui, surtout dans les montagnes, vivent avec une extrême frugalité; et, en raisonnant d'après ces bases, la population était capable de supporter l'état des dépenses fixées plus haut.

Mais Championnet croyait en même temps qu'il eût été aussi impolitique que dangereux de les outrepasser, attendu que le produit des contributions directes étant presque nul dans une contrée agricole et dénuée de tous moyens d'exportation, il aurait fallu porter la contribution directe jusqu'au cinquième de tous les revenus territoriaux, pour mettre les recettes au niveau de la dépense. Il croyait encore que la première des erreurs eût été de regarder comme entières les ressources mêmes fondées sur les calculs précédents. Aucune région n'avait été, depuis trois ans, victime de plus de dilapidations que celle de Naples. Quarante millions de ducats avaient été enlevés des banques publiques pour l'ancienne cour, et en très-grande partie exportés à l'étranger. Une réquisition générale de presque toutes les matières d'or et d'argent avait frappé toutes les églises, tous les particuliers, et le produit immense qui en était résulté était encore sorti du royaume. Depuis deux ans et demi, une contribution militaire de près de 42 °/o, applicable à toutes les rentes territoriales, pesait sur toutes les familles; une armée de quatre-vingt-cinq mille hommes, équipée et habillée avec somptuosité, avait, depuis la même époque, été successivement formée là où l'on ne pouvait guère entretenir annuellement plus de quarante mille hommes. Qu'on suppute ce qu'avait coûté une cavalerie de quinze mille chevaux, une artillerie de deux cents pièces ! Les frais d'armement et d'équipement de cette armée ne pouvaient être comparés qu'aux dégâts affreux et déplorables qu'elle avait faits dans toutes les provinces au moment de sa fuite et de sa dispersion.

Les mêmes terres foulées par les Napolitains venaient d'être également ravagées par les Français. La guerre avait ruiné toutes les campagnes, tous les hameaux. Les désordres provoqués par les habitants avaient causé le malheur d'un grand nombre. La fortune des particuliers avait encore éprouvé d'autres dommages. Depuis plusieurs années le pays n'avait presque pas d'autre signe représentatif qu'un papier assez accrédité, en raison des capitaux qui lui servaient d'hypothèques.

Les capitaux avaient été enlevés par la cour pour l'armement général et le contingent de la coalition. La cour ayant disparu, les négociants, qui n'avaient reçu que ce papier en échange de leurs marchandises ou de leurs denrées, se trouvaient entièrement sans crédit. Championnet, d'accord avec le gouvernement provisoire, avait fait beaucoup d'efforts pour rendre quelque valeur à ce papier. Ils n'avait pas réussi.

La République parthénopéenne était frappée de 69 millions en argent, sans compter la solde d'une armée de soixante mille hommes en campagne et en garnison ; et pour l'entretien de cette armée, elle fournissait plus de dix millions d'effets d'équipement et d'habillement ; cela faisait 70 millions.

Ajoutant cet extraordinaire de 70 millions aux 86 de la dépense annuelle, la dépense se trouvait, cette année, de 150 millions effectifs qu'il faudrait faire peser sur un Etat où l'on n'avait d'amis que les propriétaires, où le despotisme avait tout épuisé, et où la difficulté des transports mettait un obstacle presque invincible à des exportations dont le produit aurait en partie remplacé le numéraire immense qui en était sorti.

Le gouvernement provisoire faisait de vives observations à Championnet pour obtenir une diminution.

Championnet, à son tour, les présentant au Directoire, le priait d'éviter les erreurs si funestes jusqu'alors à la gloire des armées dans les pays qu'elles avaient conquis. C'était le trop imposé à la République romaine qui avait été la cause première des insurrections. Le moyen de les prévenir ailleurs était donc de ne pas surcharger au delà de leurs forces les administrés, et de nommer des administrateurs probes.

La passion de la liberté était sans doute grande chez ce peuple, où plus de six mille citoyens gémissant dans les cachots avaient attendu les Français comme leurs libérateurs. Toutes les classes instruites étaient portées vers la Révolution par une haine invincible contre le despotisme; mais cette haine avait elle-même sa source dans la pénurie où les avaient plongées les excessives contributions dont on les avait accablées ; il ne fallait pas s'exposer à exciter les mêmes ressentiments ; avec de sages précautions on n'avait pas à redouter la multitude fanatique, ignorante, vicieuse, désordonnée, meurtrière à laquelle il n'avait manqué pour triompher que d'avoir des chefs habiles qui sussent rallier et diriger son audace. Cette masse énorme de bandits était encore prête à saisir tous les prétextes.

Eclairé par l'expérience de la révolution française, Championnet voulait préserver celle de Naples de tous les maux que nous avaient causés nos fautes intérieures et extérieures ; son idée était celle-ci : faire une révolution sans arrestations ni condamnations ; faire concourir tout le monde à la régénération publique : le clergé, en ménageant l'influence de ses préjugés, chers au peuple ; la noblesse, en l'attirant dans le nouvel ordre de choses, en l'identifiant aux emplois, et donnant une part de la souveraineté à ceux qui n'avaient, sous la monarchie, qu'une part de servitude ; il fallait encourager les classes libérales des avocats, des lettrés, des médecins, des propriétaires, s'appuyer sur elles ; enfin ne pas négliger même les lazzaroni, prendre pitié de leur superstition , soulager leur misère, les civiliser par le goût de l'occupation.

Et, en effet, il semblait dès lors que Championnet avait prévu avec le bon sens d'un esprit avancé que ces lazzaroni, signalés par Montesquieu comme des sauvages couverts d'un morceau de toile et vivant d'herbes, seraient à leur tour régénérés par les progrès de l'humanité ; qu'il arriverait une époque où ces bandits, au lieu de rester une race de *parias* maudite et détestée, deviendraient aussi des hommes utiles à leur pays et à la société. Aujourd'hui, leur état est changé, la féodalité étant abolie, les fidéi-commis supprimés, les propriétés divisées, les distributions de vivre copieuses, mais imprudentes, que faisaient les monastères ayant cessé, le nom de lazzaroni n'a plus l'acception qu'il avait autrefois. D'un autre côté, ils ne peuvent plus se nourrir sans travail ; et ces *prolétaires* ont dû chercher dans le travail leur subsistance. Ils ont commencé à se montrer industrieux, et chaque jour, sous le plus beau ciel, ils sentent davantage qu'ils ont une patrie, puisque les bienfaits de la division des propriétés ont eu le temps de descendre jusqu'à eux.

Voilà les avantages que la haute perspicacité de Championnet entrevoyait dans l'avenir. Aussi employait-il ses efforts et son énergie à tout vivifier, à tout transformer.

On peut à peine suivre par la pensée les résultats que Championnet obtint en moins de quarante jours, et qui n'étaient encore que le prélude du système le plus libéral que jamais chef militaire ait introduit dans un pays soumis par la force des armes.

Le pillage, inévitable dans le premier moment d'une conquête qui avait l'air d'un désastre, avait été arrêté le soir même de l'entrée des troupes. Les propriétés publiques et privées furent protégées par Championnet et mises sous la sauvegarde des lois.

Tous les fonctionnaires de l'ancien régime avaient d'abord reçu l'ordre de rester provisoirement à leurs postes ; ils furent remplacés par des comités de police, de finances, de guerre, de législation, par un comité central d'exécution, chacun avec des attributions dont la démarcation était parfaitement tracée.

La dette publique fut déclarée dette nationale.

Le prix du pain et des macaronis fut diminué.

Une garde nationale fut organisée, composée de citoyens également ennemis de la morgue de l'aristocratie et de l'esprit de licence des lazzaroni ; partout la cocarde tricolore, bleue, rouge et jaune, fut arborée.

Des agents républicains furent envoyés dans toutes les communes pour y développer les principes de la Révolution, et en pénétrer, pour ainsi dire, la nation.

Une trésorerie nationale fut établie, indépendante du pouvoir exécutif ; condition indispensable de toute organisation sociale qui prétend à la moindre liberté.

L'artillerie et la marine furent réparées. Une frégate et des corsaires mirent à la voile. Toutes les batteries des côtes furent enfin en état de repousser les insultes des Anglais.

La République napolitaine fut divisée en onze départements, leurs limites fixées, les administrations centrales et celles de cantons organisées.

L'institution paternelle des juges de paix fut mise en vigueur.

Des corps électoraux s'assemblèrent pour procéder sans délai à la nomination des administrations municipales et des autorités nouvelles. Championnet croyait qu'un peuple tout entier n'est pas dépourvu de l'instinct nécessaire pour juger le mérite de ceux auxquels il va confier ses plus chers intérêts.

Un institut national fut formé. Les talents de tous genres y furent appelés, et invités à ranimer de leurs lumières et de leur zèle toutes les parties de l'administration et de la législation que la Révolution pouvait avoir troublées.

Les armoiries furent abattues : les fidéicommis, la féodalité, les surintendances, les coutumes les plus abusives de l'ancien régime devaient être supprimées successivement.

Une société d'instruction libre fut créée, et compta bientôt plus de sept cents membres, qui, sans intrigues, sans exaltation déplacée, s'encourageaient fraternellement à l'exercice des vertus républicaines, et à la haine du régime déchu.

Ceux qui avaient quitté momentanément Naples reçurent ordre de rentrer sous un délai fixé.

Des ministres furent nommés, auxquels on abandonna exclusivement la partie exécutive. Les comités conservèrent la surveillance et la législation.

Une monnaie nouvelle fut frappée au coin de la République.

Des instructions générales furent données aux nouvelles autorités pour les diriger dans les nouvelles voies de l'administration.

Des secours furent accordés aux veuves des martyrs de la révolution ou des victimes de la guerre.

Plusieurs légions furent formées, et l'armée de ligne rétablie.

Les fouilles d'Herculanum et de Pompeïa furent reprises avec succès. Les chefs-d'œuvre des arts destinés pour Paris furent soigneusement encaissés. On forma, pour la République napolitaine, un musée composé des monuments qui restaient.

Un concours fut ouvert pour élever un monument à Virgile, à l'entrée de la grotte de Pouzzoules, au lieu où l'on dit qu'avaient été déposés les restes mortels de l'Orphée romain.

En même temps les finances, l'administration intérieure, militaire, maritime, la police, l'instruction, les arts, la législation, l'économie publique, tout parut revivifié. Championnet avait consacré les jours et les nuits aux soins de cette régénération, qui était sa joie et son orgueil.

Dans les actes qui émanèrent du général en chef, on en peut remarquer plusieurs qui supposent de ces connaissances préliminaires dont on dira que Championnet n'était pas précisément pourvu par lui-même ; mais au moins ne peut-on lui disputer le mérite de ses intentions ; peu d'hommes en eurent jamais de meilleures que lui, et il a prouvé combien un cœur droit supplée souvent à la science, lorsque, sans rougir de ne pas la posséder infuse, on sait, comme le fit Championnet, mettre son honneur à s'environner de ceux qui l'ont acquise. Il invoquait les lumières avec une déférence pleine de bonté et de modestie ; il avait d'ailleurs un grand amour de la vérité, il la cherchait sur toutes les lèvres, et l'accueillait avec un sentiment de reconnaissance qui est aussi rare qu'il serait nécessaire chez les hommes revêtus d'un grand pouvoir.

Maître paisible de Naples, Championnet ne croyait pas avoir atteint le terme de ses travaux ; ses regards étaient fixés avec sollicitude sur la Sicile, et, tandis que, pour dissiper les insurrections qui recommençaient de toutes parts, il mettait d'un côté en mouvement les colonnes mobiles organisées à Rome par le général Sainte-Suzanne, de l'autre, il chargeait Duhesme de faire sa jonction avec Olivier à la hauteur de Villafranca ; dès que cette jonction aurait été effectuée, Championnet devait marcher en personne avec un corps de troupes sur Reggio, et, de ce point, il se proposait de conduire lui-même une forte colonne pour s'emparer de la Sicile.

Championnet, par une saine politique, avait formellement fait excepter de toute confiscation les biens des notables de la Sicile. Il s'était ménagé des intelligences dans ce royaume en usant de bons procédés ; et, rassuré par sa conduite loyale, plusieurs princes siciliens appelaient eux-mêmes en Sicile la révolution qu'ils voyaient consommée à Naples. Championnet ne pouvait les seconder encore jusqu'à l'arrivée de ses renforts ; car il savait aussi que les agents du roi lui préparaient de grands obstacles en Sicile en égarant le peuple comme ils l'avaient fait à Naples. Ils étaient parvenus à persuader aux habitants les moins éclairés, c'est-à-dire aux plus nombreux, que l'expédition projetée avait pour objet de venger les Vêpres siciliennes. Indépendamment de la résistance du fanatisme, Championnet s'attendait encore à trouver celle d'une armée composée de onze bataillons, de huit escadrons de cavalerie. Il n'avait donc pas besoin de moins de douze mille hommes pour cette expédition. La garnison de Naples en exigeait au moins six mille. Pour conserver Naples et ses provinces, la prévoyance prescrivait d'avoir un corps intermédiaire entre Reggio et Naples, destiné à recueillir les troupes de la Sicile en cas de revers; à marcher sur Naples, s'il y avait une insurrection générale, toujours à craindre dans le pays; à établir des rapports faciles entre Naples et Reggio, et à tenir garnison dans cette ville. Ce corps ne pouvait être moindre de dix mille hommes.

Un deuxième corps de réserve de trois mille hommes aurait protégé les communications de Naples à Rome, avec garnison dans Capoue, Gaëte, Itri et Fondi; on aurait gardé le pont de Garigliano; Rome, Cività-Vecchia Cività-Castellana, et toute la République romaine demandaient environ quatre mille hommes pour les défendre. On devait aussi veiller à la sûreté du pont d'Ancône, puisque les Russes et les Turcs menaçaient d'une descente sur les côtes de l'Adriatique. Il y fallait un contingent de quinze cents soldats. Pescara, Aquila exigeaient six cents hommes pour les deux villes; mille hommes pour garder Otrante, dont le port était si nécessaire à conserver pour les communications avec Corfou. Telles étaient les réflexions qui préoccupaient Championnet : il était forcé d'ajourner l'affranchissement de la Sicile.

Le peuple napolitain, vraiment digne de la liberté par les efforts qu'il avait faits pour la recouvrer, commençait à jouir de l'ouvrage de Championnet. Une Constitution républicaine venait d'être rédigée et allait être mise en activité quand elle aurait reçu la sanction du peuple. Cette Constitution renfermait deux Conseils, un pouvoir exécutif responsable, plusieurs des bases de celle que la République française s'était donnée en l'an III (1795); mais, avertis par les écueils où ils avaient vu la Constitution de l'an III se heurter déjà plusieurs fois, les auteurs de la Constitution napolitaine y avaient introduit des principes plus complets de liberté, tels que le droit de pétition et quelques autres de ces droits que les peuples affranchis sont dans l'usage de réclamer avec jalousie. Tant de travaux allaient être couronnés le 1er germinal par une fédération générale.

Championnet recueillait les bénédictions du peuple tout entier ; il lui apprenait à associer l'idée du bonheur à celle d'une république sage et honnête, et il semblait que ce bonheur datait du jour où la commission civile n'était plus dans Naples...

En éloignant le commissaire Faypoult et ses préposés, Championnet n'avait gardé pour lui aucun des pouvoirs qu'il avait condamnés dans la main des autres ; mais, sans s'être arrogé aucune partie de ces pouvoirs, il avait donné, sinon le droit, au moins le prétexte de dire que c'était le Directoire qu'on avait chassé dans la personne de ses agents ; et, de même que la Fable avait créé l'Achéron pour effrayer les âmes timides, de même les ennemis du pouvoir militaire de Championnet faisaient sans cesse couler devant les yeux du Directoire un nouveau Rubicon. Craignez, lui disait-on, ou César, ou Cromwell. Si vous êtes faibles envers Championnet, un général de la 17e division militaire s'enhardira de votre faiblesse, et vous ordonnera bientôt de sortir du Luxembourg. Lancez la foudre sur les Titans rebelles, ou les Titans vont escalader le ciel...

Ces conseils étaient en harmonie avec l'opinion et la pratique de plusieurs membres du Directoire, déjà disposés par caractère à penser que l'art de gouverner était celui de ne point reculer, même en ayant tort, et poussés davantage à cette fausse idée par la terreur que leur inspiraient les généraux en chef jouissant d'une grande renommée. Au lieu de voir dans la mesure adoptée par Championnet à l'égard de la commission civile la suite naturelle de la lutte engagée entre les hommes de bien et d'audacieux concussionnaires, au lieu d'y voir l'enchaînement de plusieurs effets résultant de causes fort simples à comprendre et à expliquer, on aimait mieux rapprocher de la conduite présente de Championnet toutes les paroles et les actions qui avaient précédé, pour en faire un système de conspiration bien lié. Dès le 28 frimaire, à Rome, Championnet destinant au gouvernement français les magasins précieux des monuments des arts et des sciences que les Napolitains avaient laissés en fuyant : « C'est la propriété de l'armée, avait-il dit dans sa proclamation ; mais je crois remplir votre vœu en offrant à notre gouvernement ces témoignages de votre gloire et de votre valeur. Chacun de vous, en contemplant de tels chefs-d'œuvre dans les musées de France, pourra s'écrier avec orgueil : Et moi aussi j'ai contribué à embellir ma patrie. » En applaudissant à cette manière d'honorer et d'encourager l'armée par l'offrande de ses triomphes, des observateurs qui n'étaient pas même des ennemis de Championnet, avaient demandé si ce n'était pas élever des prétentions extraordinaires que de considérer comme propriété d'une armée les fruits de ses conquêtes. Les soldats d'une république sont des citoyens qui remplissent une mission ; ce sont seulement des salariés. Le jour où les généraux se permettent de donner, ne serait-ce pas qu'ils ont déjà usurpé?

Dans la nuit du 8 au 9 ventôse, Championnet reçut l'ordre du Directoire de se rendre à Paris auprès du ministre de la guerre. Ce qu'il fit dans cette circonstance achéva de prouver combien celui qu'on accusait d'ambition et d'empiétement était au fond un citoyen excellent et soumis aux lois. Maître suprême dans Naples, aimé, vénéré de tous au milieu de la puissance qu'il avait créée, et dans laquelle il lui était aisé de se perpétuer, il n'hésita pas un moment, il obéit à l'arrêté du Directoire. « Au moins, dit-il en présence d'un seul aide-de-camp, son ami, je suis parvenu à faire payer aux troupes cinq mois de solde arriérée, et à remplacer les lambeaux de leurs habits par de bons vêtements. »

Championnet remit aussitôt le commandement au plus ancien général de division; et, dès l'après-midi du même jour, le 16 mars 1799, il sortit à pied de Naples, faisant croire qu'il allait se promener, dans la crainte que son départ n'excitât quelque mouvement en sa faveur.

Il y a des hommes dans une sphère supérieure dont la dureté et la hauteur commandent assez impérieusement la flatterie à tout ce qui les environne pour qu'ils puissent se méprendre à ses expressions, et les supposer celles de l'éloge ou de l'admiration qu'ils n'ont point mérités. Il est si commode, même en ne faisant rien qui y donne lieu, d'être l'objet d'un respect et d'une affection que les cœurs n'éprouvent pas! La précaution de Championnet n'était point dictée par l'erreur de cette vanité; il était fondé à la prendre, car le deuil fut général dans Naples quand on y connut le départ du général en chef. Il y aurait été retenu par les prières et les embrassements de tout le peuple s'il ne s'y fût dérobé en trompant même l'amitié. Le gouvernement de Naples exprima les sentiments de la nation entière en écrivant à Championnet cette lettre touchante, qui l'atteignit en route : « Rien ne peut vous peindre la douleur du gouvernement provisoire, lorsqu'il a appris la funeste nouvelle de votre départ. C'est vous qui avez fondé notre République; c'est sur vous que reposaient nos plus douces espérances. Brave général, vous emportez nos regrets, notre amour, notre reconnaissance.

» Nous ignorons quelles seront les intentions de votre successeur à notre égard ; nous espérons qu'il sera assez ami de la gloire et de son devoir pour affermir votre ouvrage. Mais quelle que soit sa conduite, nous ne pourrons jamais oublier la vôtre, cette modération, cette douceur, ce caractère franc et loyal, cette âme grande et généreuse qui vous attiraient tous les cœurs. Ce langage n'est pas celui de la flatterie ; vous êtes parti, et nous n'avons plus à attendre de vous qu'un doux souvenir. »

Les Napolitains, dit un de ses biographes, M. Dourille, pleins d'effusion pour Championnet, en parlèrent longtemps. Le peuple rappelait sans cesse ses vertus et le don qu'il fit à saint Janvier.

Deux ans après, et quand Championnet n'existait plus, le napolitain Cuoco s'exprimait ainsi sur le funeste aveuglement du Directoire et sur son injuste persécution envers un général aussi généreux que brave :

« O Championnet ! tu orà più non esisti ; ma la tua memoria riceve gli omaggi dovuti alla fermezza ed alla giustizia tua. Che t'importa che il Direttorio abbia voluto opprimerti. Egli non ti ha però awilito. Tu diventasti allorà l'idolo della nazione nostra. »

» Il richiamo di Championnet fu un male per la Reppublica napoletana. » (Coletta, *Histoire du royaume de Naples.*)

A peine Championnet fut-il hors du territoire napolitain que les insurrections se renouvelèrent avec plus de violence. Faypoult, le commissaire, revint à Naples ; avec lui rentrèrent aussi ces vampires de second ordre qui se répandirent dans tout le royaume, accablèrent le pays de vexations et continuèrent leurs spoliations effrénées. La réaction était complète, épouvantable ; les émissaires de Caroline se multipliaient partout ; la Calabre se révoltait et prenait les armes ; les hordes du cardinal Ruffo s'organisaient ; l'arbre de la liberté était abattu ; au pied de son tronc renversé, des prêtres, des patriotes reçurent la mort, et sur ces débris tachés de sang la croix des chrétiens fut plantée. Cette anarchie avait pour auxiliaires le pillage et l'incendie ; des crimes de toute espèce étaient commis : ni l'âge, ni le sexe, ni le talent n'étaient respectés par ces bandits. Entre autres traits de cruauté, nous citerons celui-ci :

Par suite de cette première contre-révolution, le célèbre Cocco, l'auteur du *Voyage de Platon en Italie*, et de l'*Histoire de la révolution de Naples*, ayant été traduit devant le commissaire de la restauration chargée d'expédier les victimes, le président de cette commission, après avoir interrogé son accusé, lui demanda ce qu'il était avant la révolution : — *Médecin*. — Et maintenant ? — *Je suis un héros devant un bourreau*. Le bourreau justifia cruellement l'assertion de Cocco, et le héros fut mis à mort.

Cependant l'estime de toute l'Italie, comme les regrets de Naples, suivirent Championnet. Le peuple romain, dont il avait préservé le territoire, lui offrit à son passage une armure complète avec cette inscription : « Au général Championnet, les consuls de la République romaine. » Ces mains, décorées des marques de la reconnaissance publique, devaient être bientôt chargées de fers.

A Bologne, le général Lemoine, revenant de Paris, avait remis à Championnet une lettre du directeur Barras, qui lui donnait le titre de son ami et lui prodiguait des consolations. Ce directeur, qu'on a appelé l'Ulysse de la Révolution, s'isolait quelquefois, et à dessein, des mesures de ses collègues pour en laisser les conséquences à leur charge ; c'était de la politique et de la prévoyance.

Barras disait dans sa lettre s'être vainement opposé à l'ordre de ses collègues ; il ajoutait que, dans sa pensée, ce n'était qu'un simple rappel.

Aussi, quelle dut être la surprise de Championnet, en arrivant à Milan, le 21 ventôse, de s'y voir signifier, à minuit, par le général Scherer, un nouvel arrêté du Directoire, où Championnet était accusé de révolte ouverte contre le gouvernement, et menacé de six années de détention. Le rédacteur de cet arrêté était le fameux jurisconsulte que tous les régimes ont trouvé également ingénieux et habile à créer ou évoquer les lois nécessaires à l'exécution de leurs volontés arbitraires : c'était le directeur Merlin.

CHAPITRE X

Championnet prisonnier à Turin. — Ses études. — Ses regrets. — Désastres de l'armée de l'Italie sous les ordres de Scherer. — La haine des agents civils poursuit Championnet. — Il est conduit à Grenoble, puis à Embrun. — Sa rencontre avec le général Mack. — Sa mise en jugement. — L'opinion publique prend parti pour lui. — Mécontentement général contre le Directoire. — Journée du 30 prairial. — La procédure contre Championnet est annulée. — Revers des Français dans le royaume de Naples et dans le nord de l'Italie. — Championnet nommé commandant en chef de l'armée des Alpes. — Activité qu'il déploie dans l'organisation de cette armée. — Bataille de Novi. — Mort de Joubert. — Championnet général en chef de l'armée d'Italie. — Son plan de campagne. — Bataille malheureuse de Fossano.

L'âme de Championnet fut émue, mais non abattue, en présence de ce triste incident de Milan. Ce qui l'affligeait davantage, c'était de ne plus revoir à la tête de l'armée d'Italie Joubert, qu'il demandait à tous les postes. Succombant aux mêmes dégoûts et aux mêmes injustices que

Championnet, Joubert avait quitté ce grand commandement que peu de généraux étaient capables d'exercer, et que plusieurs des plus capables, notamment le général Bernadotte, avaient su refuser. Madame d'Abrantès, dans ses Mémoires, s'exprime en ces termes au sujet des sentiments de Joubert à cette époque :

« Joubert était l'ami de Championnet ; lors de l'inique arrestation de son frère d'armes, Joubert envoya sa démission au Directoire. Il fut quelque temps à se déterminer à reprendre du service, et, d'après ce que je sais de particulier de son beau caractère, je crois pouvoir affirmer qu'il n'eût jamais accepté un commandement, si Championnet eût été condamné. »

Scherer était le seul qui, dans des circonstances aussi difficiles, eût osé se charger du fardeau ; s'il n'était pas plus digne que capable de le porter, il était en mesure d'exécuter servilement les ordres du Directoire. Championnet, fort de sa conscience, demanda au général Scherer le lieu de sa retraite, c'est-à-dire de sa prison. Répondant en même temps aux prévenances qu'il avait reçues de Barras, il lui écrivit :

« Je vais donc savoir le lieu où je vais être enfermé ! Si mes ennemis ne vous ont pas arraché l'amitié que vous m'avez témoignée tant de fois, je vous demande de presser le ministre de la guerre de nommer le conseil qui doit me juger ; c'est la seule grâce que j'implore. Ma conduite pendant la Révolution, et principalement à l'armée de Naples, a été sans reproche. Je ne crains pas de paraître devant la loi ; elle punit le crime, mais elle protége l'innocence. Eh quoi ! mes ennemis ont attendu ce moment pour répandre des bruits sur mes principes et mon amour pour la liberté ! »

Scherer ne sachant comment exécuter l'arrêté du Directoire, fit, pendant plusieurs mois, voyager Championnet de Milan à Modène, de Modène à Milan. Enfin il l'envoya, et le constitua prisonnier à Turin.

Il était dans la citadelle de cette ville quand, du haut de sa prison, il aperçut un jour toute l'étendue de la route qui conduit d'Italie en France, couverte de voitures, de chariots et de conducteurs égarés dans la marche rapide de ces convois. C'était la retraite, ou plutôt la fuite de cette armée française qui n'était plus commandée par Joubert, mais bien par l'ex-ministre Scherer, et qui venait d'être si malheureusement battue par les Autrichiens. Dans la retraite des armées, l'arrière-garde, c'est-à-dire la portion de troupes qui se trouve rester opposée à l'ennemi, pourrait prendre le nom d'avant-garde. Ici, cette avant-garde, qui accourait en ce moment en France à marches forcées, était composée des fournisseurs, des commissaires civils et autres agents, qui, pressés par le Russe et l'Autrichien victorieux, se hâtaient de mettre à couvert leurs rapines sur le point d'être enlevées par l'ennemi.

Quelques mois auparavant, cette troupe financière, témoin éloigné du combat, avait attendu la fin des dangers pour arriver dans de douces voitures à Naples et spolier cette cité à peine conquise. « Que la marche de ces messieurs était différente, dit Championnet, lorsque les revers commencés par leurs vexations les forcèrent de quitter les villes où ils étaient menacés de les expier ! » L'amour de l'or avait donné à ces financiers des ailes pour arriver ; la terreur semblait en avoir attaché de plus rapides à leurs pieds, pour sauver leurs trésors acquis aux dépens des sueurs, des fatigues, de la subsistance des soldats. Ceux-ci, condamnés encore à escorter leurs propres dépouilles, étaient sans chaussures et sans vêtements.

De misérables haillons laissaient voir leurs blessures exposées à un ciel ardent et au souffle glacé du vent des montagnes.

Les yeux de Championnet se remplirent de larmes à ce lamentable spectacle ; il revoyait dans ce triste état plusieurs de ces hommes héroïques qu'il avait tant de fois conduits à la victoire, et qui, avec lui, du moins, n'avaient jamais été exposés à supporter la famine ; mais son cœur était destiné à une nouvelle et bien poignante épreuve, quand des soldats de la garnison, qui avaient servi sous ses ordres à l'armée de Sambre-et-Meuse, lui demandèrent de se mettre à leur tête et d'aller au devant de l'ennemi : « Je ne puis accepter cet honneur, leur avait d'abord répondu Championnet ; je suis accusé et prisonnier. » Mais à l'aspect des blessés et des mourants, il ne fut pas plus maître de retenir sa colère que sa douleur ; et, maudissant les auteurs de ces désastres : « Je ne puis s'écria Championnet, voir périr mes frères d'armes sans partager leur sort ; je suis né Français, je suis soldat, répétait-il, rien ne peut m'empêcher de me battre pour ma patrie. Je ne veux pas commander ; mais on n'a pas le droit de m'empêcher de porter un fusil sur l'épaule. »

Rien ne pouvait plus dissuader Championnet de suivre cette magnanime résolution, lorsque Blacque, son défenseur officieux, lui dit : « Puisque vous paraissez fermer l'oreille à tout avis, je n'ai plus qu'un mot à vous faire entendre. Que pensera votre ami Joubert lorsqu'il apprendra la démarche que vous allez faire ? Songez qu'elle est hors de tous ses plans, et que vous allez gâter votre affaire et la sienne... »

A ce nom de Joubert, Championnet s'arrête, l'agitation de son âme paraît apaisée ; ses dispositions, déjà faites pour aller se battre aux avant-postes, sont changées ; et il est le premier à faire réfléchir ses camarades, qui cèdent à la voix de la raison.

Pendant une partie du temps que Championnet passa à Turin avec *sa famille* (c'est ainsi qu'il appelait ses aides de camp), sa matinée était employée à relire et à méditer l'histoire du prince Eugène ; on le voyait suivre attentivement sur une grande carte de géographie toutes les marches de cet illustre capitaine.

— Vous paraissez avoir bien du plaisir à causer avec le prince Eugène, lui dit un de ses officiers.

— Il y a je ne sais quelle ressemblance de situation qui me charme, répondit Championnet avec mélancolie.

Il faisait allusion à la disgrâce momentanée que les intrigues de la cour de Vienne avaient suscitée au généralissime des armées impériales après ses plus éclatantes victoires. Le malheur qui cherche des sympathies dans l'histoire n'aurait pas moins d'enseignements à recueillir dans celle des républiques que dans celle des monarchies.

Championnet pouvait trouver une situation plus analogue encore avec la sienne que celle du prince Eugène, c'était celle de Gonzalve, surnommé le *grand capitaine*. Cet illustre guerrier avait, en 1501, fait la conquête de Naples pour Ferdinand-le-Catholique ; et, comme si les conquérants de Naples ne devaient jamais être impunis, il fut rappelé par les intrigues de la cour, en reçut d'odieux traitements, et mourut de chagrin, succombant aux peines qui lui avaient été suscitées par l'envie.

Les après-midi de Championnet se passaient ordinairement à faire quelques promenades sur le rempart ; ses conversations ne pouvaient être un seul instant distraites des malheurs actuels de l'Italie ; on l'entendait répéter souvent : « Ma pauvre armée de Naples, que va-t-elle

simple récit de sa vie, seul moyen qu'il voulût employer pour confondre ses accusateurs.

La retraite de l'armée d'Italie par Turin obligea le général Moreau, qui la commandait, de donner une autre résidence à Championnet, et de l'envoyer à Grenoble. Par un singulier retour de fortune, Championnet, passant par Briançon, y rencontra le général Mack qui avait la même destination. Ainsi le vainqueur et le vaincu firent route ensemble et se trouvèrent logés dans la même auberge. Il arrivèrent le même jour à Grenoble, et Mack, étonné de l'affluence de citoyens de toutes classes qui vinrent au devant de Championnet, dut décerner comme une palme nouvelle à son ancien adversaire, en voyant combien était resté vénéré et chéri dans son propre pays celui qui recevait au sein du malheur les plus vives expressions d'attachement et d'admiration pour son caractère.

Tels sont les jeux et les caprices du sort, qu'il s'en présente en ce moment à notre esprit un exemple en même temps qu'il fournit un rapprochement aussi curieux que frappant. Le général Mack, que Championnet avait épargné et à qui il avait si généreusement accordé la liberté; Championnet lui-même, vainqueur de Mack et conquérant de Naples, et enfin le pape Pie VI, à son tour, furent tous trois, dans la même ville, dans le même lieu de détention, constitués prisonniers d'Etat. Remarquons encore cette particularité concernant Pie VI : elle est à la fois anecdotique et historique, et ne doit pas être omise pour l'édification de tous. Pie VI ne crut pas pouvoir se dispenser de se faire suivre dans sa retraite par un personnage qu'il affectionnait. Il ne voulut pas se séparer de son cuisinier. C'était comme un précieux débris de son trône pontifical. Il faisait bonne chère chez les moines qui lui donnaient asile, et sans les y faire participer. Mais bientôt il fut volé par son neveu

Braschi, qui lui enleva les aumônes qu'il tenait de la libéralité des fidèles. O faiblesse et infirmité humaines ! elles atteignent ceux-là même qui devraient le plus s'en défendre dans le haut rang qu'ils occupent et que la Providence leur a départi. Certes le pape Pie VI était de mœurs simples et douces, il était souvent animé des plus nobles sentiments, il possédait les vertus apostoliques et privées, il supporta avec autant de dignité que de courage de cruelles persécutions, il fut l'objet de l'intérêt et de la sympathie générale. C'est donc avec peine et regret que nous avons signalé une ombre au tableau ; le devoir de l'historien impartial est de ne rien dissimuler des fautes ou des erreurs de ceux qui ont joué un rôle dans le monde.

Revenons au sujet spécial que nous traitons, à Championnet.

C'est à Grenoble que la procédure allait s'instruire contre Championnet. Forcé de déposer le premier devant le conseil de guerre, son aide-de-camp Romieux s'écria : « Que n'appelez-vous aussi tous les compagnons de ses victoires ? Leur témoignagne sera uniforme comme leur indignation. Entendez cet arrêt d'un historien célèbre : La puissance peut maltraiter un brave homme, mais non pas le déshonorer... »

L'opinion publique avait pris parti pour Championnet de la manière la plus déclarée ; il en recevait partout des témoignages d'autant plus vifs, peut-être, qu'ils étaient encore une expression de la haine qu'on portait à ses ennemis et aux membres du gouvernement. Mais cette procédure ne pouvait suivre le cours ordinaire ; dirigée et commandée par un parti, elle devait finir avec ce parti...

Plusieurs actes arbitraires du gouvernement post-fructidorien avaient excité un mécontentement profond qui ne demandait qu'à s'unir et à s'attacher à tout ce qui se présentait pour le seconder. Le Corps législatif amoindri, avili par la loi du 22 floréal, cherchait l'occasion de recouvrer son existence. On peut étouffer quelques instants l'indépendance et la force des corps populaires ; mais comme ils sont immédiatement liés à la nation dont ils défendent les droits, il est difficile qu'ils ne trouvent pas, dans cette position naturelle, quelques moyens de se relever.

« On traduit Championnet devant un tribunal français, dit Chénier à la tribune du Conseil des Cinq-Cents, c'est sans doute pour y faire amende honorable d'avoir renversé le dernier trône d'Italie... »

Et le pouvoir militaire, poursuivi depuis quelque temps par le Directoire, parut offrir au Corps législatif un point d'appui pour poser son levier. Aidés de quelques généraux présents, de l'unanimité des absents, le Conseil des Cinq-Cents et celui des Anciens se concertèrent et s'entendirent pour faire la journée du 30 prairial et venger celle du 22 floréal, ne prévoyant pas qu'ils préparaient une nouvelle et funeste représaille, bientôt mortelle à la représentation nationale.

« Le destin des pouvoirs populaires est, à la vérité, dit le cardinal de Retz, de ne se faire croire que quand ils se font sentir ; et il est souvent de l'intérêt et de l'honneur de ceux entre les mains de qui ils sont, de les faire moins sentir que croire. »

Les ennemis de Championnet furent terrassés.

Toute la procédure commencée contre Championnet fut annulée par les Directeurs qui succèdent le 20 prairial à ceux qui furent congédiés. Bernadotte, son compagnon de l'armée de Sambre-et-Meuse, fut nommé ministre de la guerre, et lui écrivit le 20 messidor :

« Le Directoire exécutif, par son arrêté du 17 du présent mois, vous nomme commandant en chef de l'armée des Alpes. Trente mille braves vous attendent, impatients de reprendre l'offensive sous vos ordres.

» Il y a quinze jours, vous étiez dans les fers ; le 30 prairial vous a délivré. L'opinion publique accuse aujourd'hui vos oppresseurs. Ainsi, votre cause est devenue pour ainsi dire nationale. Pouviez-vous désirer un sort plus heureux ?

» Assez d'autres trouvent dans la Révolution le prétexte de calomnier la République : pour des hommes tels que vous, l'injustice est une raison d'aimer davantage leur patrie. On a voulu vous punir d'avoir renversé des trônes ; vous vous vengerez sur les trônes qui menaceront encore la forme de notre gouvernement.

» Allez, mon ami, couvrez de nouveaux lauriers la trace de vos chaînes, effacez... ou plutôt conservez cette honorable empreinte. Il n'est pas inutile à la liberté de remettre incessamment sous nos yeux les attentats du despotisme...

» Je vous embrasse comme je vous aime.

» BERNADOTTE. »

On pouvait appliquer au conquérant de Naples ce qu'un historien romain a dit d'Annibal, rappelé comme lui par les intrigants Carthaginois : « *Quamdiù in Italia fuit, nemo in acie restitit :* Tant qu'il commanda en Italie, nul ne lui résista... »

Les plus tristes revers avaient commencé, nous l'avons déjà dit, avec son rappel, à l'extrémité de la Péninsule. Les Russes, débarqués sur les côtes du royaume de Naples, s'étaient joints à l'armée du cardinal Ruffo, qui s'était approchée de la ville. Presque toutes les provinces napolitaines s'étaient déclarées en faveur du nouveau général qui avait quitté le rochet pour prendre la cuirasse. Ruffo continuait le système de rigueurs et d'atrocités que nous avons déjà signalé ; les meurtres et les exécutions suivaient leur triste cours sur le territoire napolitain. Il est dans le mode des partis politiques qui se lient à l'absolutisme d'ajouter l'ironie à la cruauté. Ainsi le cardinal Ruffo, pour faire fusiller ceux qu'il avait marqués pour cette destination, leur adressait-il tout simplement ce qu'il appelait une invitation. Il qualifiait de la sorte les ordres d'exécution. On ne dira pas, du moins, que la forme était acerbe ; on ne pouvait tuer avec plus de grâce !

Voilà ce qu'avaient produit les agents français du Directoire, et ce qui méritait au Directoire le reproche d'ingratitude envers un général qui avait su, par son attitude et son habile politique, écarter tous ces malheurs. Ceux de la grande armée d'Italie n'étaient pas moins affligeants depuis la démission de Joubert. On avait vu sous quels fâcheux auspices la campagne avait été ouverte par Scherer. L'armée, jusqu'alors victorieuse, n'avait fait que marcher de retraite en retraite.

L'ennemi avait envahi plus de cent lieues, ses moyens étaient immenses, tandis que les nôtres n'avaient jamais été plus affaiblis. Reprendre le commandement dans des conjonctures aussi difficiles était l'acte d'un dévoûment sublime et même téméraire.

Les encouragements que donne à Championnet son illustre ami le ministre de la guerre, l'électrisent, le fortifient ; ses peines sont oubliées ; il ne voit que la patrie, la nécessité si urgente de s'occuper de la venger. Peut-être sera-t-il permis cette fois de vaincre avec impunité ? Championnet part aussitôt pour sa nouvelle destination.

La création de l'armée des Alpes (l'idée en appartient au ministre de la guerre Bernadotte) avait pour objet de tranquilliser les administrations et les habitants du midi de la France, dont l'ennemi s'approchait, de diminuer la ligne de l'armée d'Italie, répandue sur près de quatre-vingts lieues, de donner plus de nerf à la discipline des nouvelles troupes, en les plaçant sous la surveillance d'un seul chef, de profiter de la retraite des Austro-Russes; on présumait qu'ils seraient forcés d'abandonner les Alpes et de pénétrer dans le Novarais dès que l'armée d'Helvétie aurait, suivant les ordres qu'elle avait reçus, attaqué et pris le Mont-Saint-Godthartt, position importante qui devait, pour l'instant, être le pivot des armées d'Italie et du Danube. L'armée des Alpes attirerait l'ennemi par son apparition, faciliterait ainsi les mouvements de l'armée d'Italie à laquelle elle était subordonnée; son but étant rempli par son entrée en Piémont, et sa jonction opérée, elle devait alors perdre le nom d'armée des Alpes et reprendre celui d'aile gauche de l'armée d'Italie.

On voit bien le ministre de la guerre annoncer à Championnet une armée de trente mille hommes; mais dans les révolutions, et surtout dans ces crises où il faut à la fois parer à tant d'éventualités, un gouvernement qui succède à un gouvernement aussi déprédateur que celui qui a rempli l'intervalle entre le 18 fructidor an V et le 30 prairial an IX, ce nouveau gouvernement ne peut pas aussitôt remplir l'engagement qu'il a pris de faire mieux que celui qu'il remplace ; souvent les ressources ont été dévorées d'avance : c'est ce qui avait lieu ici. Championnet, arrivant à Grenoble qu'il avait choisi pour point central, ne trouva aucun service en état, et tout moyen manquait pour organiser quelque chose.

Cependant il était instant de tomber sur les Russes,

dont la présence, déjà détestée, avait fait presque regretter en Piémont les agents dilapidateurs du Directoire.

Mais, lorsque les conscrits arrivaient en foule, mal équipés et sans pain, on ne pouvait fournir à leurs premiers besoins ; ils désertaient en masse ; racontant leurs misères à ceux qu'ils rencontraient, ils les empêchaient de rejoindre ; l'armée était dissoute avant d'avoir pu se réunir.

Dans cette situation cruelle, Championnet s'adressa aux administrations centrales, réveilla dans leurs cœurs cet amour de la liberté si fécond en miracles ; il questionna les divers administrateurs avec cette intuition et cette intelligence qui instruit souvent ceux qu'elle interroge et supplée aux lumières qui leur manquent. Toutes les facultés de Championnet semblaient élevées et agrandies par la difficulté de sa position. La plupart des lettres qu'il écrivit alors au ministre de la guerre sont pleines d'idées administratives et de vues excellentes par leur application immédiate.

Il est vrai qu'il invoquait et réclamait à grands cris le règne de la probité comme le premier élément du succès. Mais qu'on juge s'il était injuste de tonner contre les abus scandaleux qui se commettaient : il n'y avait encore dans les Alpes aucune armée, et, d'après les rapports d'un commissaire ordonnateur, la consommation était déjà comptée et payée sur le pied de trente mille rations de pain et de cinq mille de fourrages !

Pouvant trouver dans les caisses des administrations centrales les fonds qui lui manquaient, Championnet crut devoir frapper plusieurs départements environnants des cinq millions dont le crédit lui était ouvert pour l'organisation de l'armée des Alpes. Bernadotte fit approuver par le gouvernement cette mesure, irrégulière sans doute dans la forme, mais que son auteur justifiait en disant avec toute vérité : « J'ai sauvé l'armée ! » Effectivement Championnet était prêt à combattre quinze jours avant d'en recevoir l'ordre de Joubert, et il s'était mis en marche de lui-même.

Les dangers croissaient, l'ennemi était dans Mantoue s'il arrivait dans peu sur nos frontières, il ne serait plus arrêté que par Tortone et Coni, qu'il pouvait masquer avec peu de troupes secondées par les paysans insurgés.

Le 26 thermidor, un courrier de Joubert annonce à Championnet qu'il fallait sans retard livrer bataille. Déjà, avec son armée improvisée, Championnet s'était mis en mesure d'inquiéter l'ennemi sur Coni et à Suze. Il ordonna au commandant du mont Cenis d'occuper Laferrière et la Novalaise, au commandant du Petit-Saint-Bernard d'aller occuper le poste de la Tuile, d'en chasser la garnison et d'éclairer la vallée d'Aoste. Le succès couronna ces mouvements audacieux.

Championnet voulait, sous peu de jours, se porter en avant de Coni, déboucher par le mont Genèvre et le mont Cenis, pour se jeter sur Suze et Pignerol. Joubert apprit, par un courrier qui croisait le sien, que Championnet avait exécuté son opération. Heureux de se voir aussi bien secondé : « Avec Championnet, dit-il, je me divise en deux; une partie de moi va où je l'envoie, je ne suis qu'une autre moitié qui reste où le devoir la retient. »

Championnet n'avait cependant pas même encore une compagnie d'artillerie, et il ne devait lui en arriver que le 3 fructidor.

Le 9, Championnet fit faire à l'armée des Alpes un mouvement général dans les vallées du Piémont ; il réussit. Grenier s'avança jusqu'à Coni. Duhesme remporta à Suze un grand avantage. Championnet eut ainsi le moyen d'approvisionner Fenestrelle pour neuf mois, et en retira l'équipage d'artillerie de campagne qu'on avait été forcé d'y jeter en avant de Turin. Il avait battu l'ennemi à l'Assiète, emporté Suze et sa garnison, débloqué Fenestrelle et Coni. Il pénétrait dans la plaine lorsque Joubert perdit la sanglante bataille de Novi, où il fut tué le 29 thermidor. Championnet était en route, ce fut au camp du Mont-Genèvre et de Tournoux qu'il reçut la nouvelle de cette mort funeste.

Profondément affecté de la perte de son ami et d'un chef qui était alors l'un des meilleurs, des plus intègres généraux des armées de la République, Championnet, depuis ce moment, parut préoccupé de réflexions sombres, et même alarmé ; il craignait de se voir chargé de remplacer Joubert, et ses craintes, en effet, ne tardèrent pas à se réaliser. Maurin, envoyé par le ministre de la guerre, lui apporta, à Embrun, l'ordre de prendre le commandement en chef des armées d'Italie et des Alpes réunies.

L'armée d'Italie avait perdu, par la bataille de Novi, son jeune et déjà illustre général en chef, douze mille hommes, son artillerie. En comptant ce qu'elle avait perdu précédemment à la Trebbia, elle était affaiblie de plus de vingt-deux mille hommes ; elle allait tous les jours décroissant, faute de secours. Championnet, comprenant toute la grandeur et les difficultés de cette tâche, la trouvait au-dessus de ses forces et refusa d'abord d'en assumer la grave responsabilité ; mais l'envoyé de Bernadotte lui représenta, au nom de la patrie, au nom de l'amitié, la nécessité de son acceptation. Après avoir résisté longtemps, Championnet fut décidé par ces puissants motifs ; mais il sembla aussitôt comme abandonné de l'énergie qui l'avait soutenu jusqu'à ce moment ; il tomba même dans un accablement extraordinaire. Ses yeux se remplirent de larmes. « Mes amis, dit-il aux officiers près (lui, je cours à la mort ; mais il faut jusqu'au dernier jo se sacrifier pour la patrie. Partons. »

Il partit aussitôt d'Embrun pour se rendre à Gênes.

Championnet traversa Valence, sa ville natale ; ses co citoyens lui rendirent des honneurs qui s'adressaie beaucoup plus à ses qualités personnelles qu'au génér en chef de l'armée d'Italie. Championnet les reçut avec s modestie ordinaire, et prouva par un nouveau trait d bienfaisance, qu'au milieu des plus sérieuses et des plu hautes préoccupations il n'est pas impossible d'avoir tou jours un âme généreuse et des souvenirs d'humanité. O le voyait remarquer sur la place du marché, à Valence une jeune personne qui avait cherché à fuir ses regard aussitôt qu'il l'avait aperçue : c'était une de ses parentes Il l'avait reconnue; ses vêtements annonçaient l'infortune Championnet s'approcha d'elle, l'aborda avec bonté, la mena lui-même chez un marchand, lui fit donner des habillements convenables et laissa en partant une somme d'argent pour suffire à ses besoins.

Arrivé à Conegliano, quartier-général de l'armée d'Italie, Championnet joignit le général Moreau, qui, resté à la tête des troupes françaises dans cette crise terrible, n'avait point désespéré de la patrie. Ce grand capitaine avait su arrêter, dans les plaines du Pô, la marche rapide des coalisés victorieux et déjà maîtres de presque toutes les places fortes de l'Italie.

Championnet, dès qu'il fut nommé, avait écrit à Moreau pour le prier de l'éclairer de son expérience si reconnue ; il lui renouvela en sa présence le même vœu, s'honorant toujours de rendre un respectueux hommage à la supériorité de ses talents.

L'armée des Alpes était devenue l'aile gauche de l'armée d'Italie. Championnet en donna le commandement à Grenier, le chargea de garder exactement tous les cols et passages ouverts dans la saison.

Saint-Cyr commandait l'aile droite.

L'armée des Alpes avait été enfin portée à trente mille hommes. Réunie aux débris de celle d'Italie, elle présentait encore un ensemble assez imposant pour ne pas désespérer absolument.

La vaillante armée du Danube flanquait sa gauche; l'intrépide Lecourbe était prêt à lui donner la main ; il avait avec lui de valeureux soldats, des généraux éclairés : ce faisceau de courages pouvait inspirer la confiance.

D'un autre côté, la mésintelligence s'étant mise entre les Autrichiens et les Russes, la diversité de leurs mouvements nous devenait très-favorable, les Autrichiens devant seuls continuer la guerre en Italie, tandis que Suwarow se dirigeait vers les montagnes helvétiques pour tâcher d'entrer en France par les bords du lac de Genève, ou par le mont Jura. Toutes ces circonstances venaient en aide à l'armée française en Italie, et pouvaient offrir la probabilité d'y retrouver encore la victoire.

Le quartier-général des Autrichiens était à la Trinité, entre la Stura et le Tanaro, à peu près à égale distance, et à quatre ou cinq lieues de Sera et de Coni.

Mélas avait laissé, entre Tortone, Alexandrie et Acqui (pays de plaines) un corps de neuf mille hommes d'infanterie, six mille de cavalerie et une artillerie nombreuse. Un corps de six mille hommes dans les environs de Sestri et Chiavari était destiné à agir sur Gênes. Le gros de l'armée, fort de trente mille hommes, était à Bra, en arrière du camp retranché, couvert par le Tanaro. Son avant-garde était entre Fossano et Savigliano. Il y avait encore un corps de sept à huit mille hommes dans les environs de Turin. Les garnisons n'étaient pas comprises dans le détail de ces forces, qui étaient toutes sous les ordres de Mélas, depuis le départ de Suwarow pour l'Helvétie.

En prenant le commandement des armées réunies, Championnet, pour être plus en mesure de parer les coups qu'on allait porter à sa gauche, s'en était rapproché, et avait transféré son quartier-général de Conegliano à Finale. C'est de là qu'il adressa au ministre de la guerre deux pages de réflexions remarquables : il y faisait preuve d'un esprit sagace, étendu, qui embrassait et jugeait d'un coup d'œil toute la situation.

Championnet avait bien porté l'armée des Alpes à près de trente mille hommes. Mais celle d'Italie n'était pas audessus de ce nombre. Nous convenait-il de continuer l'offensive au milieu des circonstances difficiles qui nous pressaient ?

L'armée d'Italie était entièrement désorganisée, privée de son matériel, exposée à mourir de faim dans ses positions ; elle ne pouvait en sortir pour entrer dans la plaine qu'avec la certitude du triomphe. Si elle éprouvait un échec, elle courait risque de n'avoir pas de retraite, parce que les neiges allaient couvrir les montagnes qu'elle aurait sur ses derrières. Si la victoire nous était fidèle, que ferions-nous dans les plaines du Piémont, environnés de toutes parts de places fortes occupées par l'ennemi ? Etions-nous en état de les assiéger ? Où étaient notre artillerie, nos munitions, nos moyens d'approvisionnement, de subsistance, dans un pays insurgé et mécontent ?

Voici quels étaient les avantages de la défensive. Nous étions maîtres absolus de toutes les hauteurs qui dominaient la plaine ; toutes présentaient des moyens de défense d'une facilité reconnue. Si l'Autrichien voulait nous y attaquer, il devait faire des sacrifices immenses; s'il réussissait, il s'exposait à ne point profiter de ses succès par l'embarras de s'établir dans nos positions, et l'impossibilité d'entamer nos forteresses.

Si l'armée d'Italie, quoique découragée, se réorganisait dans des retranchements considérables, elle se complétait par l'encadrement et l'incorporation des conscrits, elle se reformait et se préparait pour la campagne prochaine; les bataillons auxiliaires s'exerçaient dans les places frontières; les dépenses diminuaient, les magasins se remplissaient, et l'on pouvait, au printemps, mettre en ligne une armée formidable. La défensive n'avait besoin, pour être assurée, que de l'armée d'Italie, et des nouveaux auxiliaires des départements environnants.

En rétrécissant le système de défense, depuis Vintimille jusqu'au Mont-Cenis, nous étions certains de pouvoir disposer de l'armée des Alpes tout entière, composée de vieilles troupes et d'une bonne cavalerie. Or, avec cette ressource, que l'on portait rapidement dans l'Helvétie, ou sur le Rhin, on écraserait le prince Charles. Que pouvait faire l'ennemi pour l'empêcher? S'il s'affaiblissait en Italie en envoyant du secours au Rhin, il nous laissait l'avantage de l'offensive, et ne s'arrêterait jamais assez tôt pour prévenir des événements décisifs. Nous nous transporterions sur l'un et l'autre point par des marches courtes et faciles; l'ennemi ne pouvait y parvenir que par le Tyrol et par des marches très-longues, si le Simplon et le Gothard étaient bien gardés.

Bernadotte relevait le courage de Championnet et lui promettait les plus prompts renforts. Ce ministre éminent avait, en moins de trois mois, opéré de grands résultats. Nommé au département de la guerre dans des moments bien critiques, il ne s'était point effrayé des obstacles. Fort de la confiance dont il jouissait dans l'armée, fort de l'estime universelle, il avait *osé;* il avait commencé par rendre la considération aux pouvoirs publics; par son patriotisme et sa probité il avait tout ranimé.

Déjà se faisaient sentir, dans les diverses parties de l'administration, d'heureuses améliorations, qui n'étaient que le début d'améliorations plus complètes. Les armées, tout à l'heure lancées ou plutôt abandonnées au hasard, et isolées les unes des autres, étaient maintenant dirigées avec ensemble par une tête vigoureuse, prompte à concevoir et accoutumée à conduire de vastes opérations. Bernadotte fut destitué... Championnet, fidèle à l'amitié et se souvenant de la sympathie et de l'attachement que Bernadotte lui avait montrés lorsque le Directoire l'avait si étrangement méconnu, et l'aimant davantage à son tour depuis qu'il n'était plus ministre et qu'il le voyait si injustement frappé, lui témoigna hautement son dévouement et son affection.

Le seul ordre donné d'abord à Championnet, était qu le Directoire, s'en rapportant aveuglément à ses talents e à sa prudence, le chargeait de faire toutes les disposition qui devaient fermer les débouchés des frontières de l République. Bientôt après, on lui donna un nouvel ordr bien différent du premier, celui de reprendre l'offensiv et de se porter sur l'Adige.

Le projet que Championnet croyait en ce moment pos sible d'exécuter, était de forcer les alliés à passer le Ta naro, et de tâcher d'établir le centre et une partie de l gauche de son armée entre le Tanaro et la Stura, en oc cupant Cherasco.

Le 30 fructidor, Grenier avait fait avancer l'aile gauch sur Pignerol, Savigliano, Fossano et Mondovi. Duhesm avait fait trois cents prisonniers dans la partie de Pign rol, et tué un grand nombre de ceux qui s'obstinaient à ne pas se rendre. Le général Compani avait emporté Fossano, Savigliano, et porté quelques secours dans Coni.

Le 10 vendémiaire, Championnet marcha, avec les divisions Victor et Lemoine, sur Mondovi, que les Autrichiens avaient fortement retranché. Ils avaient encore couvert cette ville par un camp dans la plaine et par beaucoup de cavalerie. Victor, après avoir été forcé un moment dans ses positions de Villa-Nova et de la Chiusa, les reprit sans de grands avantages, et parvint à communiquer avec Coni. Lemoine couvrit les débouchés du Tanaro et de la Bormida.

Le but de l'Autrichien, en se concentrant dans Coni, était de s'emparer de cette place, dont la perte chassait pour longtemps les Français de l'Italie. Mélas voulait alors acculer l'aile gauche de l'armée aux montagnes, la séparer du centre et de la droite.

L'idée fondamentale du système de Championnet était la réunion prompte de nos troupes disséminées sur une ligne trop étendue, puisqu'elle comprenait tout l'Apennin et une partie des Alpes. Il voyait dans la conservation de Gênes l'inconvénient de cette trop grande extension de la ligne ; mais le ministre de la guerre, Bernadotte, lui avait itérativement recommandé de conserver Gênes.

L'occupation de cette ville, laissant toujours l'espoir de rentrer en Italie, enlevait aux Anglais le moyen de secourir les Impériaux, empêchait ceux-ci de se porter en masse sur les départements de la République et de détacher de gros corps contre l'Helvétie. Coni paraissait à Championnet d'un intérêt bien plus réel. Si on ne tenait point à cette place, il fallait la faire sauter ; si on y tenait, il fallait réunir toute l'armée pour résister aux forces supérieures de l'ennemi.

C'est pourquoi Championnet proposait au Directoire de marcher avec le centre et la droite de l'armée sur Mondovi, en laissant un léger corps d'observation au débouché de Savone, et, au pis aller, à celui de Borghetto. « Maîtres de Mondovi, disait-il, nous sommes dans la situation où se trouvait Bonaparte quand il pénétra en Italie. Notre position actuelle a même quelques avantages de plus, puisque nous occupons les parties de Montezimo, Allao, Collioure, Montenotte, Millesimo, Cosaria, Montezeino, où Bonaparte fut obligé de combattre ; comme lui avançons sur Cara, Bene et Cherasco, par un mouvement précipité qui donnera les plus vives inquiétudes à l'ennemi et le forcera, pour n'être pas enveloppé, à quitter son projet sur Coni. »

Ce plan pouvait être un de ceux que l'exécution fait réussir; mais Championnet ne voulait pas le hasarder sans avoir reçu l'approbation du gouvernement. Privé de l'appui qu'il avait eu dans son ami, le ministre de la guerre, il n'agissait plus qu'avec incertitude et timidité.

Il espérait que les succès de Masséna en Helvétie pourraient amener les Impériaux à dégarnir un peu les plaines du Piémont.

Saint-Cyr, se portant soudainement avec son corps sur Acqui, couvrant la ville de Gênes avec quatre ou cinq mille hommes, ferait de grandes démonstrations sur Noizza, tandis que Championnet rassemblerait le reste de ses forces en avant de Coni. Si, à l'appui de ces mouvements, Masséna ordonnait à Turreau de gagner Milan, ou la vallée de l'Adige, il n'y avait plus de doute pour Championnet qu'alors l'ennemi, voyant ses deux flancs débordés, ne se décidât tout à coup à la retraite. L'armée d'Italie et d'Helvétie se pouvaient rapprocher ; mais les Autrichiens, dont l'activité semblait redoublée depuis le départ des Russes, s'étaient organisés en colonnes mobiles; elle se présentaient sur tous les points.

Championnet avait d'abord pensé que le vrai moyen d'inquiéter l'ennemi, c'était de le harceler sans cesse et de déjouer ses projets. Cependant, reconnaissant que les attaques partielles achevaient d'user son armée sans gagner une lieue de terrain, il se décida à tenter une attaque générale.

Championnet conçut un plan hardi : il voulait marcher sur Pora, percer le centre de l'Autrichien, en isoler les forces, se réunir au général Saint-Cyr, et vaincre le nombre par la vitesse et la science des mouvements...

Il rassembla, en conséquence, la majeure partie de ses troupes sous les murs de Coni, et se dirigea sur Fossano, le 12 brumaire. Le petit nombre de nos soldats seconda mal leur courage ; nous fûmes vaincus. C'était le premier revers qu'eût encore éprouvé Championnet dans sa carrière militaire. La bataille fut perdue par la déroute de la division de gauche.

Des militaires ont pensé que la bataille de Fossano devait être gagnée si, comprimant les jalousies et les rivalités, Championnet avait su se faire obéir par ses généraux divisionnaires, et si, ralliant la division qui était en déroute, en faisant intervenir les troupes qui étaient à sa droite dans la plus ferme contenance, le général en chef eût chargé de sa personne. Cette idée lui avait été donnée par son aide-de-camp, Conroux ; elle céda à des conseils qu'il était bien difficile de croire meilleurs ; car cette charge, en supposant qu'elle n'eût pas réussi, n'aurait pas davantage compromis l'armée, qui avait toujours sa retraite assurée à Coni.

Après avoir plusieurs fois repoussé l'ennemi devant Mondovi, ses munitions épuisées, Championnet fut forcé d'évacuer cette place dans la nuit du 22 brumaire, de se replier sur la rivière de Gênes et de rejoindre le corps de Saint-Cyr. Saint-Cyr lui-même, après une affaire glorieuse, le 5, en avant de Novi, s'était retiré en arrière de cette ville ; il se trouvait dans la même détresse que Championnet, et n'avait plus une seule cartouche à tirer.

Le 17 février, l'Autrichien attaqua sans succès toute notre ligne, depuis Finale jusqu'à la rivière du Levant. Saint-Cyr fit retourner la division Watrin, qui était en avant de Novi, sur Voltagio, pour être à même de réunir ses troupes, et de tomber en masse sur le flanc de l'ennemi, s'il tentait un coup sérieux sur le centre.

CHAPITRE XI

Situation déplorable et détresse de l'armée d'Italie. — Siège de Coni. — Impossibilité de secourir cette place. — Elle est prise par les Autrichiens. — Insubordination des soldats causée par la famine. — Ils sont ramenés par Championnet dans le devoir. — Coup d'Etat du 18 brumaire. — Le mauvais temps empêche les navires chargés de blé d'arriver à l'armée — Nécessité où se trouve réduit Championnet pour se procurer des vivres. — Attaque des Autrichiens repoussée avec vigueur. — Championnet malade. — Sa mort à Antibes. — Jugement général porté sur sa carrière politique et militaire. — Monument élevé par la ville de Valence à la mémoire de Championnet.

La position de l'armée d'Italie était de plus en plus déchirante. Les soldats, absolument nus, étaient restés dix jours presque sans pain, sans souliers ; la solde était arriérée de six mois. Point de crédit, la misère la plus effroyable ; des corps nombreux désertaient après avoir disputé quelques brins d'herbe aux bestiaux. Une affreuse épidémie vint combler la mesure du mal et porter le ravage dans des corps exténués.

Dans cette situation déplorable, Championnet demandait tous les jours un successeur au gouvernement. Peut-être aurait-on le droit de reprocher en ce moment à sa correspondance un ton de découragement doublement malheureux dans un chef dont le premier devoir est de relever l'énergie de ceux qui puisent leurs inspirations dans ses regards; mais si l'on considère avec impartialité tous les motifs qui l'y contraignaient, on rendra justice aux sages conseils qu'il donnait pour apporter un remède à tous ces maux. Il aurait tout réparé si l'on eût secondé ses efforts. Et qu'on juge de l'état d'esprit d'un général qui voyait des corps tout entiers, abandonner leurs drapeaux, et poussés à cette extrémité par la famine, le désespoir et par les suggestions de l'ennemi. Les promesses et même les serments qu'il avait lui-même faits à l'armée d'améliorer son triste sort, paraissaient autant de déceptions. Que pouvait dire désormais Championnet à des soldats anéantis par la souffrance? Telle était l'impérieuse raison qui l'avait porté à donner sa démission, et le faisait insister pour demander son remplacement. « Un chef nouveau, disait Championnet navré de douleur, peut seul recouvrer sur le moral d'une armée l'ascendant qu'il ne m'est plus possible d'obtenir, puisque son chef actuel, victime d'un cruel oubli et de la fatalité, n'a pu lui tenir parole et remplir ses engagements. »

En passant à Marseille, Championnet avait ordonné la confection d'un grand nombre d'effets et d'habillements; il croyait pouvoir faire face à cette dépense sur les fonds annoncés par le gouvernement; mais n'ayant encore reçu aucun de ces fonds au moment où l'entrepreneur allait faire ses livraisons, Championnet avait imaginé de payer les fournitures avec un permis d'exporter cent mille charges de blé de Marseille à Gênes.

Il atteignait ainsi le double but de procurer enfin des chaussures et des vêtements à l'armée sans le secours du trésor public, et de faire entrer en Ligurie une quantité de blé qui aurait servi à nourrir une grande partie des troupes.

Le gouvernement cassa l'arrêté du général en chef de l'armée d'Italie par lequel il obtenait ces premières ressources. Le motif ou le prétexte dont on se servit pour contrarier à cette occasion, et si péniblement, Championnet, fut la crainte de priver les départements méridionaux des subsistances qui étaient leur propriété autant que leur besoin, et d'ajouter, par des mesures d'exportation, qu'on présentait comme des enlèvements et des accaparements, à la fermentation contre-révolutionnaire qui s'était déjà manifestée dans cette partie de la France. Sans blâmer les sévères précautions que le Directoire pouvait et devait prendre dans de pareilles circonstances, on peut dire qu'ici le remède était pire que le mal, et qu'il n'y avait rien de plus pressant alors pour toute la République que le salut de son armée d'Italie.

Dans la retraite précipitée qui avait suivi la bataille de Fossano, les Français avaient jeté leurs malades et leurs blessés dans Coni, qui se trouvait encombrée ; l'ennemi, après avoir de plus en plus resserré cette place, poussait maintenant avec vigueur les travaux du siége, l'un des plus formidables qui aient jamais été faits. Instruit de plusieurs sorties inutiles de la garnison, Championnet voulut tenter un dernier effort pour sauver la ville, justement regardée comme la clef du Piémont du côté de la France.

Il se rendit donc à Nice, afin de correspondre plus

facilement avec Paris et Marseille, et de faire arriver au col de Tende l'attirail de guerre nécessaire à son expédition. Il eut, en ce moment, le chagrin de voir les soldats qu'il avait destinés à ce coup de main, lui refuser hautement (sur la place de Nice) de l'accompagner : ils étaient exténués de fatigue et de faim. Ne pouvant, par aucun moyen humain, de force ou de prière, déterminer ces malheureux à le suivre, Championnet les cantonna sur les derrières de l'armée et continua sa route. Arrivé à Broglio, il trouva le général Richepanse, qui lui apprit que les neiges tombées pendant la nuit avaient fermé le col de Tende, et qu'il fallait renoncer à le passer. Coni, foudroyée par un plus grand nombre de bouches à feu qu'on n'en employa jamais dans les plus fameux siéges de la guerre de la Succession ou de la guerre de 1740, fut rendue aux Autrichiens le 15 frimaire.

Désespéré, Championnet retourna à Nice ; là il vit les malades et les blessés entassés dans les églises, sur de la paille qui n'avait pas été renouvelée depuis deux mois ; la charpie fournie par les administrations portait les marques certaines d'un premier usage. Les malades recevaient, pour tout secours, à peine un peu de pain et d'eau, tandis que d'odieux fournisseurs spéculaient sur la vie et creusaient les tombeaux de tant d'infortunés, par leur âpre cupidité. Championnet fut inaccessible à toutes les consolations. La nuit, il se levait sans cesse pour écrire au gouvernement et lui peindre l'horreur de sa situation. « Je vous le déclare, écrivait-il au ministre de la guerre, si de prompts secours ne me sont envoyés pour les hôpitaux, je ferai connaître publiquement aux pères et aux mères de famille les assassins de leurs enfants, et à la République entière les bourreaux de ses défenseurs. »

Le jour, il cherchait encore à soutenir ses compagnons d'armes. Puis il tournait ses regards vers la route de France. Il retombait dans cet état de mélancolie et d'abattement où l'impuissance absolue de guérir un mal incurable peut réduire le plus grand courage. De nouvelles scènes d'affliction devaient encore déchirer son âme: il apprit qu'une insurrection générale avait éclaté dans la division Lemoine. Les 17e et 63e demi-brigades avaient abandonné leurs positions, s'étaient réunies à Menton, et se préparaient à partir le lendemain pour Nice, avec l'intention de ne s'arrêter que là où elles recevraient des subsistances, des souliers, l'habillement et la solde. Aucune exhortation des chefs n'avait pu les retenir. Un général que Championnet avait envoyé à leur rencontre avait été opiniâtrement repoussé. La colonne s'était grossie de plusieurs autres corps jusqu'au nombre de 6,000 hommes, tous réunis sous les drapraux de la 63e. Cette colonne marchait en bon ordre, en armes, sévèrement soumise à la discipline ordinaire, et rassurant par sa douceur et la dignité de son attitude, tous les habitants des pays où elle passait.

Championnet avait encore devant les yeux la résistance acharnée qu'il venait d'éprouver tout à l'heure; peut-être ses efforts ne seront-ils plus stériles s'il s'adresse au cœur du soldat. Les hommes qu'il voudrait ramener ne sont pas de ceux que la force intimide; la persuasion seule pourrait les toucher. Championnet se décide à les laisser avancer jusqu'aux environs de Nice, où il était arrivé quelques secours. Voyant la colonne s'approcher, il va au devant d'elle, accompagné seulement du général Suchet et des officiers de l'état-major. A peine est-il aperçu que les tambours font un roulement. La colonne se forme en deux haies pour ouvrir un passage au général en chef. Elle hésite, elle est incertaine; les soldats semblent se consulter et se demander s'il entendront Championnet. Il leur ordonne de faire halte, ils obéissent. Championnet saisit le moment favorable. « Mes amis, leur dit-il, vous êtes toujours braves, mais égarés ! Avez-vous senti toutes les conséquences de votre insubordination ? Votre défection expose la République à être envahie par l'Autrichien. » Il se fait alors un profond silence dans les rangs. Championnet en profite pour continuer : « Mais vous ignorez sans doute le danger qui menace derrière vous vos frères d'armes que vous abandonnez ! Ils restent fermes et patients au poste d'honneur ; vous les laissez seuls aux prises avec l'ennemi qui va les couper et les détruire. » A ces mots, un cri unanime retentit. Ces nobles débris répondent : « Nous ne sommes point des déserteurs, nous sommes des cadavres à qui la misère et la faim enlèvent la force. Nous avons essayé de vaincre l'humanité, elle nous a vaincus à son tour. » — « Ah ! s'écrie un grenadier s'avançant hors des rangs, nos camarades ne sont pas aussi malheureux que nous : depuis trente jours nous n'avons pas eu plus de six rations ; nos frères sont morts à nos côtés faute de nourriture. Quatre compagnies entières ont été frappées de délire pour avoir mangé une herbe vénéneuse ; trente-sept hommes ont péri des suites du poison. Quand nous avons quitté nos retranchements, il fallait nous battre avec les habitants pour leur arracher le pain de leur journée. Honteux de nous-mêmes, nous allons en France ; nous n'aurions pas pris ce triste parti si nous avions pu espérer un meilleur sort ; mais le blé qui arrivait appartenait aux habitants de la Ligurie ; pour en obtenir, il faudrait le leur ravir encore. »

Plusieurs de ces pauvres soldats pleuraient en parlant ainsi, d'autres disaient : « Eh bien ! retournons à nos postes ; puisqu'il faut mourir d'inanition, nous mourrons ;

nous suivrons notre brave général. » Championnet pouvait abuser de leur émotion : s'il avait insisté ils auraient à l'instant rejoint leurs positions ; mais il n'avait aucune ressource pour les y soutenir. Il donna ordre à sa colonne de se diviser par corps ; de se former en bataille hors de la route, fit sortir des rangs quatre grenadiers de chaque demi-brigade, et les détermina à conduire leurs camarades dans des cantonnements séparés ; il les renvoya le lendemain aux camps qu'ils avaient abandonnés. Tout fut exécuté sans murmures.

Les chefs du corps insurgé tinrent en face de cette sédition une conduite admirable. Ils s'armèrent des fusils de leurs soldats, occupèrent les postes, résolus d'y périr plutôt que de laisser l'ennemi s'en emparer.

Le Directoire exécutif était, depuis le 18 brumaire, remplacé par le Consulat, et Championnet, voyant avec espérance le choix du premier fonctionnaire de la République, écrivait : « C'est à Bonaparte qu'il appartenait de relever l'arbre de la liberté dans les contrées où il l'avait planté et fait fleurir. » Les rapports affligeants que Championnet ne cessait d'adresser furent mieux sentis du premier consul, qui connaissait plus particulièrement que ses collègues l'état précaire de la Ligurie. Il ordonna sur-le-champ de lever l'embargo mis à Marseille par le Directoire sur les vaisseaux chargés de blé pour la Ligurie. Quand le mauvais vouloir des hommes parut un moment calmé, les éléments semblèrent pressés de lui succéder : les vents contraires retinrent encore les vaisseaux quarante-sept jours dans le port de Marseille.

Dans cet intervalle, Championnet, dès la pointe du jour, se plaçait avec sa lunette sur la terrasse de son appartement, qui donnait sur la mer ; il ne cessait de regarder et d'observer avec inquiétude. Les vents venant même à changer, il était à craindre que la marche de nos convois ne fût interceptée par les croiseurs anglais.

Un trait qui, dans des temps ordinaires, pourrait être jugé rigoureusement par les lois de la morale, prouve à quel désespoir et à quelle désolante extrémité les malheurs de l'armée avaient réduit Championnet. C'est la honte sur le front et la douleur dans l'âme qu'il donna l'ordre de courir en mer pour arrêter les bâtiments, même les neutres, même ceux chargés des subsistances, pour l'exportation desquelles il avait accordé des permis. « Ah ! s'écria-t-il dans l'amertume de son chagrin, j'ai bu le calice jusqu'à la lie ; je ne crains plus les coups du sort, il a tout épuisé, je me transforme en corsaire. » Il avait réellement fait acte de piraterie en établissant de Nice à Gênes des felouques armées, qui capturaient jusqu'aux négociants qui avaient payé la permission d'exporter des grains, et se trouvaient recevoir, au contraire, la destination forcée d'alimenter les magasins de l'armée française.

Mais, vivement affecté de la dure obligation à laquelle il avait été condamné pour porter secours à son armée, Championnet ne négligea rien pour demander et solliciter les réparations si légitimes auxquelles avaient droit tous ceux qui avaient souffert dans ces pénibles circonstances. Il n'écrivit pas une fois au gouvernement sans le supplier de prendre au plus tôt des mesures pour dédommager amplement les malheureux négociants aux intérêts desquels il avait eu le regret de porter une aussi grave atteinte.

L'ennemi, averti du dénuement des Français, du mécontentement de l'armée, de la pénurie qui affligeait la Ligurie, avait attaqué, le 30 frimaire, l'aile droite. Il avait eu d'abord quelque succès. Klenau s'avança jusqu'à Albano, tandis que Kreig marchait sur la Bocchetta.

Championnet, instruit de ce qui se passait, avait fait appuyer la division Saint-Cyr par celle de Lemoine, et celle de Victor, qui occupait les débouchés de Finale, par des bataillons pris dans la division Richepanse.

Saint-Cyr, réunissant toutes ses forces, attaqua, le 25, Klenau, que son premier avantage avait enhardi. Sa résistance fut opiniâtre et vigoureuse. Le général autrichien avait établi ses positions sur les hauteurs dites Monte-Fama ; soutenu par des troupes de la Romagne et par les Russes venus de Livourne, il avait autour de lui dix mille combattants. Saint-Cyr, après un combat sanglant, le força dans ses retranchements, le culbuta de toutes parts, et le mit dans une déroute complète. Dix-huit cents prisonniers, quatre pièces de canon furent le fruit de cette journée.

Au moment où les soldats français, insurgés dans la ville de Gênes, avaient appris que l'ennemi voulait profiter de leur désordre, ils avaient demandé d'aller le battre, et s'y étaient portés avec cette allégresse, présage infaillible du triomphe.

Watrin, attaqué en même temps, avait repoussé les Autrichiens avec un égal bonheur.

Enfin l'abondance rentra dans la Ligurie : quatre-vingts voiles arrivèrent dans tous les ports de la rivière, et les besoins du soldat furent un moment soulagés. Tous les mouvements de Mélas et tous les avis annoncèrent à Championnet que l'ennemi allait prendre ses quartiers d'hiver. L'armée français, après une campagne aussi malheureuse, aspirait encore plus au repos pour se réorganiser que pour se délasser.

Championnet attendait toujours à Nice son successeur. L'épidémie qui y régnait alors avait gagné l'un de ses aides-de-camp (le chef de brigade Laraitrie). Sans penser au danger d'approcher un malade atteint de la contagion, Championnet continuait assidûment de visiter son aide-de-camp. Une mélancolie sombre s'était emparée de son cœur et en avait effacé tous les souvenirs consolateurs qui pouvaient lui rappeler son ancienne prospérité. Sa peine était d'autant plus cruelle qu'il avait à cacher ses larmes; l'épidémie vint le surprendre dans ce profond affaiblissement. Ses forces avaient paru un instant se ranimer pour marcher au combat, il lui en restait à peine assez pour se rendre à Antibes. S'il retardait ce voyage, il verrait succomber sous ses yeux, expirer dans ses bras, son ami, qui était aux portes de la mort.

La maladie avait saisi violemment Championnet; elle prit bientôt un caractère tellement grave qu'il fut obligé de remette à Marbot le commandement provisoire de l'armée que le modeste Saint-Cyr avait refusé. C'est au moment où son infatigable sollicitude avait obtenu des secours qui étaient distribués aux différentes divisions de l'armée, où les deux grandes causes des insurrections, la misère et la famine, avaient cessé, où les éléments des succès se préparaient, où de nouvelles et décisives combinaisons s'élaboraient en silence, c'est dans ce moment que Championnet mourut à Antibes, le treizième jour de sa maladie. Sa patrie et sa mère furent les objets de ses dernières pensées. « Mes amis, dit-il, prenez soin de consoler ma mère. Que n'ai-je pu mourir comme Joubert! » Et quand sa voix expirante exprimait encore ces francs et nobles sentiments, on peut dire qu'il n'était déjà plus dans la vie. Quelques jours avant, ses amis, voyant le mal empirer, voulaient le faire partir d'Antibes, et l'engageaient à fuir au loin l'épidémie. « Cette ville peut m'être fatale, avait-il répondu; mais je ne dois pas quitter l'armée avant l'arrivée de mon successeur. » Il était resté ; et cette vertueuse résignation, qui avait arrêté la complète désorganisation de l'armée, doit être regardée comme une des causes les plus certaines de la mort de Championnet. Après avoir été poursuivi, méconnu au sein des victoires éclatantes qu'il avait remportées lui seul, le voilà qui succombe au milieu des revers qu'on aurait évités en écoutant ses sages conseils. Ces revers, il n'a pu les empêcher : le voilà qui succombe, quand il va les réparer. Il avait passé dix années consécutives sur les champs de batailles. Il était alors entouré de ses frères d'armes, joyeux et transportés de l'enthousiasme des vainqueurs ; maintenant c'est au milieu de leurs souffrances, de leurs gémissements, que s'éteint Championnet ! Quel contraste douloureux !

La mort qu'un militaire reçoit au milieu de la mêlée est un événement si habituel qu'il paraît, en quelque sorte, l'accomplissement de la destinée ; pendant le cours de sa carrière, l'idée même d'une mort pareille laisse au guerrier toutes les illusions de la gloire, et entretient cette exaltation si nécessaire pour le stimuler ou le distraire dans l'exercice de sa périlleuse mission. La mort naturelle, au contraire, la mort suite de maladie, et qui le frappe au lit du repos, est pour lui sans compensation : elle le rend au cours accoutumé de la vie humaine, et l'attriste d'autant plus qu'elle le sépare du champ d'honneur, et, pour ainsi dire, de l'ivresse du combat.

Il faut ici froidement mourir, quand jeune encore on pourrait servir son pays de son épée et de son expérience. Tel est l'impitoyable décret ! Ces sentiments avaient été éloquemment exprimés par Championnet lorsqu'à la mort de Hoche il avait parlé sur sa tombe comme organe des regrets de l'armée de Sambre-et-Meuse. Il ne songeait point dans ce moment, l'orateur plein de jeu-

ment fait ces observations; les conséquences qui y sont attachées n'avaient point échappé à son discernement; mais on lui demandait, et il ne savait point refuser...

Comme une méfiance extraordinaire de lui-même rendait Championnet fort réservé pour adopter aveuglément une idée tirée de son propre fonds, souvent il paraissait accorder confiance aux conseils de son entourage, et, sans examiner les motifs de cette incertitude apparente, ou plutôt de cet abandon de sa volonté personnelle, on a conclu que Championnet se laissait mener. Appartient-il à tous les hommes d'être menés? Le sentiment qui invoque les avis, et le jugement qui distingue les bons, sont-ils donc différents de cet attribut éminent que l'on appelle la raison même? « C'est la prudence du prince qui produit les bons conseils, et non les bons conseils qui produisent la prudence du prince, » a dit Machiavel.

A voir l'extrême application que Championnet avait portée dans ses divers commandements on ne peut pas dire qu'il n'ait pas senti toute l'importance de ses devoirs; il les a remplis avec le dévoûment de toutes ses facultés morales et physiques; il n'a peut-être pas eu assez de force pour obtenir toute l'obéissance qui était due au général en chef. C'est à ce manque d'une volonté assez soutenue qu'il faut sans doute attribuer qu'à l'armée d'Italie, notamment à la bataille de Fossano, le général en chef ne se soit pas rendu lui-même le centre des opérations, et qu'il ne les ait pas su diriger avec toute la vigueur qu'elles exigeaient.

Les patriotes napolitains les plus pénétrés d'estime et de reconnaissance pour Championnet lui ont aussi adressé quelques reproches: les uns, de ne s'être pas occupé, aussitôt son arrivée chez eux, de donner à la force militaire de Naples une existence propre qui lui permît de défendre elle-même sa liberté, si elle venait à être privée de ses alliés ; les autres, l'ont blâmé de ce qu'il a fait ou laissé faire.

Le premier de ces reproches est de toute injustice.

On a vu dans le rapide récit de ce que Championnet avait accompli à Naples, si le peu de temps qu'il avait passé dans cette ville n'avait pas été aussi utilement que largement employé; on sait les résultats immenses qu'il avait obtenus ; il avait tout régénéré, tout réédifié, peuple, gouvernement, institutions. Le second grief serait le plus fondé, peut-être, en ce qu'il accuserait cet état habituel d'excessive bienveillance que nous avons signalé tout à l'heure.

L'intention de Championnet, en arrivant à Naples, avait été que son armée ne séjournât point dans la capitale : cette mesure était la meilleure pour l'empêcher alors surtout qu'elle était peu nombreuse de se désorganiser, de se livrer à des excès qui pouvaient déshonorer et compromettre la conquête. Il était d'autant moins nécessaire que l'armée française restât dans Naples qu'il s'était formé dans cette ville une garde nationale de quinze mille hommes déterminés, résolus, animés du même esprit que celle de France aux premiers jours de la Révolution ; cette garde aurait suffi pour le service intérieur et la tranquillité ; mais des généraux désirèrent ne la point quitter pour ne pas se déranger de certains plaisirs qu'ils auraient moins facilement trouvés hors de la capitale.

Championnet eut le tort de céder à leurs instances, et Naples devint pour eux ce que furent jadis les délices de Capoue pour Annibal. Une partie de l'armée fut infectée par des maladies contagieuses ; les officiers, continuellement livrés aux amusements, relâchèrent le lien de la discipline; il y eut des excès qui mécontentèrent les habitants, et un retard funeste dans la marche des colonnes sur les points reculés du royaume, ce qui laissa le temps de fomenter des moyens de rébellion.

Les hommes qui n'ont point une fermeté constante dans leur conduite, affichent cependant la prétention contraire. On a vu Championnet, sans même qu'il éprouvât de contradictions prononcées, paraître quelquefois emporté, fougueux, et se persuader qu'il avait de l'énergie, lorsqu'il n'avait que de la colère ; mais son bon et grand cœur venait aussitôt à son secours ; il ne pouvait conserver de rancune envers personne ; et lorsqu'il avait montré de la violence, refléchissant que lui seul avait eu tort, il n'était occupé que du soin de faire oublier la peine qu'avait pu causer sa vivacité. Sa crainte d'affliger était aussi sincère que sa franchise était absolue ; et comme il lui aurait été impossible de retenir les sujets de mécontentements qu'il avait ou croyait avoir raison de manifester, il ne lui aurait pas été moins impossible de ne pas être le premier à consoler ceux qu'il avait le plus justement réprimandés.

Il y avait dans Championnet toutes ces qualités morales qui sont la caution et la preuve d'une âme élevée, au-dessus de tout soupçon.

Il était constamment sobre ; jamais on ne le vit s'enivrer dans aucune de ces circonstances mêmes où les militaires les plus tempérants se trouvent quelquefois entraînés. Il abhorrait le jeu. Il fut toujours en garde contre tout ce qu'on nomme jouissances. Avec sa nature sensible et délicate, on n'a pas à dissimuler dans ce récit, où la vie privée comme la vie publique de Championnet n'a à redouter aucune divulgation, que l'amour ne lui fut pas étranger : il aima et il fut aimé ; mais ses affections furent toujours dignes, et ne le firent jamais manquer à ses devoirs : il voulut être et resta toujours maître de lui. La crainte de perdre ce noble empire de lui-même l'empêcha de se marier.

Championnet était très-soigneux dans son costume, mais ennemi du luxe. La recherche qu'il apercevait dans la mise élégante et prétentieuse d'un officier éloignait sa confiance ; il pensait avec raison que, surtout dans le sexe qui n'a reçu ni de la nature ni de la société la mission exclusive de plaire, il est un degré de raffinement et d'affectation auquel on peut, sans injustice, attacher l'idée d'une extrême médiocrité d'esprit, peut-être même d'une certaine fausseté d'âme ; la modestie était à ses yeux l'une des vertus qui répond le plus de la sincérité de toutes les autres.

La simplicité de Championnet dans son intérieur était comparable à ce qu'on nous rapporte de celle des Curtius et des Manlius, et des plus recommandables personnages de la belle antiquité. Plutarque aurait dit de lui, dans les détails intimes qu'il donne sur ses grands hommes, qu'il avait une grande bienveillance pour ses serviteurs, qu'il les traitait humainement, et qu'il en était aimé et respecté.

Championnet avait naturellement un caractère heureux, des manières affables, on pourrait dire joviales. Tant qu'il était resté dans des emplois inférieurs, on ne l'avait guères vu sans gaîté, et même lorsqu'il n'était pressé par aucune opération militaire, il paraissait désœuvré, inappliqué. Du moment que Championnet avait été nommé général en chef, un changement complet avait eu lieu dans les habitudes de sa vie ; le sentiment de sa responsabilité parut lui imposer une renonciation absolue à tous les plaisirs. Il ne confiait à personne la rédaction des ordres militaires ; il les écrivait tous de sa propre main, ne laissait aucune lettre sans réponse, et terminait en un instant toutes les affaires. Ses occupations étaient tellement nombreuses et multipliées, il se livrait à sa grande tâche avec tant de zèle et d'ardeur, qu'il ne pouvait prendre le moindre repos ; il ne dormait presque plus ; il était devenu mélancolique, rêveur, et, par une bizarrerie qui semblerait en contradiction avec cette situation d'âme, c'est lorsqu'il avait le plus de soucis qu'il se mettait à chanter ; il était alors d'une humeur horriblement rebutante, et méconnaissable, si on venait à le déranger, comme un de ses aides-de-camp en fit un jour l'expérience. Championnet se promenait à grands pas dans sa chambre en fredonnant un air d'opéra-comique ; son aide-de-camp (Romieux) lui adressa la parole. Point de réponse. Romieux croit pouvoir chanter aussi. Au bout de quelques minutes, le général, impatienté, lui ordonne d'aller voir combien l'on a placé de pièces de canon au poste même d'où celui-ci revenait. Romieux reprend qu'après avoir porté les ordres, l'instant d'auparavant, il s'est assuré par ses yeux de leur stricte exécution ; qu'il fait un temps épouvantable... Championnet, le regardant avec un air farouche, lui dit d'un ton si terrible : « Romieux !! » que le pauvre aide-de-camp remonte sur-le-champ à cheval, et part, croyant avoir à fuir un danger beaucoup plus grand que celui de s'avancer le plus près de l'ennemi.

Une heure après, Championnet demande Romieux. On lui répond qu'il est parti, suivant son ordre... « Avec un temps si mauvais ! dit-il en riant aux éclats. Cela lui apprendra à chanter pendant que j'ai le plus besoin de silence. » Et Romieux, de retour, reçoit de Championnet des marques d'amitié qui ressemblent presque à des excuses.

Voilà comme les qualités rachetaient chez Championnet quelques-unes des imperfections dont aucun mortel n'est exempt; l'on pourrait dire qu'il était *tout cœur*. Jamais il n'éprouva une peine aussi vive que lorsqu'il fut forcé (en l'an IV) de recourir aux tribunaux pour obtenir la jouissance de l'héritage de son père, qui lui avait été légué par la voie indirecte d'un fidéi-commis; il ne surmonta sa répugnance à se lancer dans l'arène judiciaire que par la pensée qu'il avait une mère dont il ne pouvait laisser l'existence incertaine, s'il venait à succomber en défendant sa patrie.

Indépendamment de ce fait et de ceux que l'on a racontés dans le cours de l'histoire de Championnet, une foule d'autres faits non moins louables déposent de son extrême générosité. Nous avons eu occasion de rappeler dans le cours de cette histoire que sa bourse était constamment ouverte aux soldats qui réclamaient ses secours; il donnait tout aux autres et ne conservait rien. Aussi, la femme d'un directeur disait-elle, d'un ton très-affligé : « Ce général Championnet est bien singulier, il donne tout à son armée et n'envoie rien au Directoire. »

Il n'est cependant pas jusqu'à cette vertu du désintéressement, dont il était si réellement doué, qui n'ait été l'objet de quelques critiques et sur laquelle on n'ait voulu jeter quelques nuages.

Plusieurs de ceux mêmes qui approchaient Championnet ont cru trouver qu'il avait beaucoup moins d'élan à servir ses amis que les étrangers; qu'il paraissait même disposé à faire le plus de largesses aux personnes dont il pouvait avoir à se plaindre, soit qu'il comptât trop absolument sur ses amis pour craindre de les négliger, soit qu'il voulût réserver pour le dernier de ses plaisirs celui de les obliger, soit qu'il fût bien aise de se faire de nouveaux partisans, ou d'éteindre des inimitiés. Les mêmes accusateurs avouent que Championnet n'avait jamais su refuser, et que, si l'un de ses camarades dans le besoin lui demandait ou lui prenait familièrement quelque somme d'argent, il n'était point fâché, mais le laissait volontiers puiser dans sa bourse.

Il faut reconnaître que la facilité et l'abandon de Championnet pour rendre service n'étaient peut-être pas accompagnés de cette délicatesse prévenante qui est encore plus de l'amitié que l'amitié même ; mais on doit, dans un homme aussi digne d'estime, examiner ce qui peut avoir donné quelque apparence de fondement à un reproche qui ne serait pas sans quelque gravité. En remontant à la cause, on voit peut-être un motif de plus d'accorder un autre éloge à Championnet, en lui découvrant une qualité nouvelle.

Championnet avait l'âme éminemment fière, et ce n'est qu'à la dernière extrémité qu'il se serait résigné, non à demander, mais à recevoir quelque chose pour lui-même. Cette façon de sentir le rendait timide dans ses offres de services ; il aurait craint d'humilier l'obligé.

Ajoutons qu'il est d'autres manières d'être généreux que celle qui consiste à donner de l'argent ; il y a des présents qui ont une valeur morale bien supérieure à des pièces de monnaie. Amateur des meilleures cartes des pays qui étaient le théâtre de la guerre, Championnet en avait toujours en réserve plusieurs exemplaires ; c'était là un de ses dons habituels aux officiers attachés à ses travaux militaires. Il y joignait des armes, de beaux chevaux qui lui appartenaient. Des présents de ce genre ont un prix tout particulier qui leur donne du charme. Sur plusieurs des cartes que nous rappelons, il y avait des observations marginales de la main de Championnet, qui révélaient, non-seulement la justesse, mais l'étendue de son coup d'œil.

Une qualité qu'on ne pourra certainement pas contester à Championnet, c'était sa grande indulgence pour les autres ; peut-être aurait-elle mérité quelque retour chez ceux qui se sont arrogé le droit de le juger sévèrement. Eh bien ! l'on pourrait presque assurer que c'est précisément cette extrême bienveillance de Championnet qui aura le plus contribué à lui faire refuser ce qu'on est convenu d'appeler de l'esprit. Les hommes ont tant de peine à juger avec faveur une âme douce et toujours exempte de toute rigueur ! ils semblent exiger, dans leurs définitions étranges, pour accorder à quelqu'un de l'esprit, qu'il y ait en lui quelque chose d'aigu et de mordant ; ils sont bien près, en général, de vouloir assimiler la bonté à la naïveté. « Débonnaire (dit Pasquier parlant de Louis-le-Débonnaire, *Recherches de la France*), implique sous soi je ne sais quoi du sot. »

Les Romains étaient loin de partager l'ironie de ce sentiment, lorsqu'en donnant à Fabius le surnom d'Ovienta, petite brebis, pour exprimer la douceur, ils ne le séparaient point de celui de *maximus*, surnom donné à Jupiter lui-même, mais seulement le second, car le premier était *optimus*, très-bon. Ce peuple si judicieux exprimait ainsi qu'il n'est rien avant la bonté, première de toutes les qualités divines comme humaines. Il est vrai que Championnet a eu la bonhomie de se faire regretter universellement dans tous les pays, et de toutes les classes de citoyens qui l'ont connu ; son nom et son souvenir resteront gravés dans tous les cœurs.

Championnet aimait la gloire, et si l'excès de cette passion, surtout appliquée à la guerre, la rend sans doute la plus funeste de toutes à l'humanité par ses terribles conséquences, on ne peut nier que l'amour de la gloire ne soit le plus utile comme le plus puissant véhicule des belles actions. Un de nos plus grands poètes a fait dire, avec autant de raison que d'éloquence, au plus célèbre orateur de la capitale du monde ancien :

Romains, j'aime la gloire, et ne sais point m'en taire :
Des plus nobles travaux c'est le digne salaire.

Quelle récompense, en effet, resterait sans elle, à l'âme bien née qui rejette d'avance les satisfactions de ces méprisables intérêts, objet si constant de la recherche et de la poursuite avide du commun des mortels? Mais la gloire à laquelle un militaire a le droit d'aspirer, Championnet pensait qu'il ne devait l'attendre que de la voix du soldat qui jamais ne se trompe, de l'estime publique qui en est le fidèle écho.

Championnet avait rédigé avec soin un journal suivi de ses campagnes ; il n'avait eu, dans ce travail, d'autre but que celui de se juger lui-même, et de faire, pour ainsi dire, son examen de conscience quotidien ; car jamais on n'entendait Championnet parler de lui, ni de ce qu'il avait fait. Il appelait des hasards heureux les succès de sa vie.

Si tous les hommes, au surplus, ont le droit de ne s'attacher qu'aux résultats pour apprécier à leur juste valeur les grands acteurs qui s'offrent à leurs regards sur le théâtre du monde, dans la politique comme dans la guerre, les militaires surtout sont compétents ici pour juger Championnet. Ces militaires éclairés diront si le général en chef de l'armée des Alpes et d'Italie manqua de vues et de talents quand les moyens matériels manquaient aussi absolument à ses opérations, et qu'il y suppléait par les combinaisons de la plus habile stratégie ; ils diront si celui qui a fait la grande campagne de Naples, qui dispersa 80,000 hommes avec moins de 8,000, et conquit en un moment plusieurs Etats considérables, fut un général vulgaire.

Non, dans leur impartialité et leur loyauté, ces militaires lui donneront un titre tout différent ; car son mérite égalait sa valeur ; car il était toujours en avant, le premier au danger ; on le voyait, quand ses troupes essuyaient le feu de l'ennemi, grandir sur ses étriers, en s'écriant : « Tête haute, donc ! Courage, enfants ! » Et ses troupes obéissaient avec autant d'ardeur que de respect. Un des plus illustres généraux de la République, Hoche, n'avait-il pas rendu hommage à la capacité de Championnet quand il avait dit à Barras : « Championnet est propre au commandement en chef ; le jour où vous lui donnerez une armée, il s'en tirera mieux que personne. »

Et en effet, au moment où la guerre fut déclarée à Naples, Barras se rappela ce qui avait été dit par Hoche sur son futur émule ; et celui que Hoche avait plusieurs années auparavant nommé général de division sur le champ de bataille, à l'armée de la Moselle, semblait encore être nommé cette fois par Hoche, du fond de son tombeau... Championnet n'a-t-il pas été un digne élu de Hoche ? L'élève n'a-t-il pas honoré le maître ?

Objectera-t-on encore que les résultats de la campagne extraordinaire de Naples appartiennent au grand mobile de la liberté, à l'impulsion de la Révolution qui, alors dans toute sa vigueur, poussant tout, poussa Championnet lui-même ? Ceux qui imagineraient cette interprétation pour diminuer la mémoire de Championnet, se tromperaient étrangement dans leur dessein ; du fond de la tombe, Championnet leur répond lui-même :

« Vous me restituez le trophée le plus glorieux : oui, je ne fus qu'un des faibles instruments dont la République française se servit pour proclamer sa grandeur et prouver sa puissance ; oui, je ne fus qu'un des enfants de la Révolution ; mais ces enfants ont grandi dans la noble alliance de la Révolution avec la liberté. C'est parce que nous devons notre gloire à cette liberté que notre gloire est impérissable ; elle est gagnée la cause pour laquelle nous avons combattu, pour l'honneur et l'intérêt du genre humain ; ses yeux sont dessillés et ne se refermeront jamais... »

Cependant le jour de réparation et de justice arriva pour Championnet. En 1838, ses concitoyens de Valence conçurent l'idée patriotique de lui élever un monument. Sur la proposition de l'honorable M. Delacroix, maire de Valence et député, une souscription fut ouverte non-seulement à Valence, pays de Championnet, mais dans toute la France, pour lui ériger une statue sur la place publique de cette ville.

Nous reproduisons ici ce noble appel.

« Un homme naquit à Valence, qui, l'émule des Hoche, des Desaix, des Ney, des Joubert, fournit d'éclatantes pages à notre histoire nationale. Sorti simple volontaire des rangs du peuple, il s'illustra à Fleurus et sur le Rhin, s'éleva bientôt au commandement en chef de nos armées, marqua tous ses pas par des succès, déjoua les projets que les ennemis de la France avaient formés sur le midi de l'Italie ; sut, en moins de deux mois, à la tête de huit mille hommes, anéantir toute une armée forte de quatre-vingt mille ; conquérir une grande capitale ; comprimer l'insurrection ; populariser le nom français chez les vaincus, et y fonder un gouvernement dévoué aux intérêts de la France. Né pauvre, il traversa pauvre cette carrière qui lui offrait à chaque pas la fortune, et où le citoyen se montra toujours aussi grand que le capitaine. Il avait trente-six ans quand la mort le ravit à son pays.

» Cet homme fut Championnet.

» A une époque où, sur divers points de la France, le bronze offre son tribut à d'autres gloires, devait-on laisser dans l'oubli l'une des plus pures qu'ait produites notre grande ère révolutionnaire ? Il appartenait aux Valentinois, concitoyens de Championnet, de faire entendre un appel aux nobles sympathies. En conséquence, plusieurs d'entre eux ont pris l'initiative d'une souscription, dont le produit futur est destiné à l'érection au sein de leur cité, d'un monument à la gloire de cet illustre chef.

» Les premiers souscripteurs ont délégué leurs pouvoirs à une commission.

» Les souscriptions sont reçues, à Valence, chez M. Rolland, notaire, et au secrétariat de la mairie.

» Dans toutes les autres villes de France, aux bureaux des journaux qui publieront le présent avis.

» La commission proclamera ultérieurement le nom des souscripteurs, le chiffre des souscriptions et le résultat de ses opérations.

» Delacroix, maire, président de la commission ; Sapey, directeur de l'enregistrement; Bleizac, ex-maire ; Bérenger, député ; Ducrès-Delisle, lieutenant-colonel en retraite ; Monier de la Sizeranne, député ; Fiéron, avocat, commandant de la garde nationale ; Calland, négociant ; Pianei, vice-président du tribunal ; Thannaron, maire du Bourg-lès-Valence ; Ferlay, avocat ; Boveron-Desplaces, avocat, secrétaire ; Rolland, notaire, trésorier.

» Valence (Drôme), le 20 décembre 1838. »

Voici l'inscription que la commission proposa pour le monument-Championnet :

1re face (est).

JEAN-ÉTIENNE CHAMPIONNET,
NÉ A VALENCE LE 24 MAI 1762,
MORT A ANTIBES LE 9 JANVIER 1800.
GÉNÉRAL EN CHEF
DES ARMÉES DE LA RÉPUBLIQUE FRANÇAISE EN ITALIE.
VAINQUEUR SUR LES BORDS DU TIBRE, DU GARIGLIANO,
DU VOLTURNE.
IL SOUMIT LA VILLE DE NAPLES EN 1799
ET RESTA PUR
AU MILIEU DES SÉDUCTIONS DE LA CONQUÊTE.
AU GÉNÉRAL SORTI DES RANGS DU PEUPLE,
HOMMAGE PUBLIC DE SA VILLE NATALE.

2e face (nord).

BORGHETTO. — TERNI. — OTRICOLI.
CASTEL FORTE. — CAPOUE. — NAPLES.

3e face (ouest).

SOUS LE RÈGNE
DE LOUIS-PHILIPPE 1er, ROI DES FRANÇAIS,
CE MONUMENT
A ÉTÉ ÉLEVÉ
AUX APPLAUDISSEMENTS DU PEUPLE.
SOUS LES AUSPICES
DU CONSEIL MUNICIPAL DE VALENCE,
PAR LES SOINS D'UNE COMMISSION,
AUX FRAIS DE LA VILLE ET DES CITOYENS
AMIS DE LEUR PAYS.

4ᵉ *face* (*sud*),

FLEURUS. — COLOGNE. — ALDENHOVEN.
KOSTHEIM. — STROMBERG. — WURTZBOURG.

Ces voix généreuses furent entendues : coulée en bronze à Paris, la statue colossale décernée à la mémoire de Championnet par le patriotisme des Valentinois, fut exécutée dans sa ville natale par un sculpteur né sur le même sol, M. Sappey. L'artiste, comprenant son modèle, a parfaitement rendu cette physionomie mâle et douce à la fois, cette attitude simple et digne qui semble rappeler ce qu'il y avait de chaste et de vertueux dans le caractère et la gloire si pure du héros. M. Sappey a choisi le moment où vainqueur de Naples, Championnet exhorte la population de cette grande ville soulevée par un aveugle fanatisme à déposer les armes, et où il dit : « On vous a trompés, cessez le combat, nous sommes vos frères ! »

L'inauguration de ce monument patriotique était impatiemment attendue par la population de Valence. Mais l'administration d'alors, qui craignait sans doute qu'une pareille cérémonie ne réveillât d'anciens souvenirs, fit enlever nuitamment les planches qui environnaient la statue.

Le lendemain toute la population se portait sur la place, en protestant avec vivacité contre une telle conduite, et une inauguration solennelle allait être improvisée, lorsque le président de la commission nommée pour l'érection du monument intervint et promit qu'une cérémonie digne du héros aurait lieu plus tard avec éclat, aussitôt que le permettraient les finances de la ville. Cette déclaration calma l'agitation générale.

Néanmoins quinze à seize cents citoyens, précédés de

drapeaux et porteurs de couronnes, vinrent les déposer au pied de la statue de Championnet et défilèrent dans le plus grand ordre en chantant la *Marseillaise.*

Il est beau d'honorer les grands hommes en reproduisant leurs traits vénérés par la peinture ou la statuaire ; c'est perpétuer leur souvenir, c'est entretenir le culte de leurs vertus. A côté de l'art proprement dit il y a aussi le burin de l'histoire. L'histoire, c'est la pensée écrite, c'est encore le monument. Nous n'osons nous flatter d'avoir atteint un si grand but dans notre vie de Championnet.

Nous avons cherché à peindre, avec des couleurs qui ont au moins le mérite de la vérité, de la conscience et de l'admiration sincère, le citoyen, le guerrier et l'homme de bien.

Heureux si nous sommes parvenu à répandre quelque intérêt sur notre récit, et si les belles actions que nous avons racontées servent d'enseignement et d'exemple aux générations qui nous succéderont. Nous n'avons pas eu d'autre ambition en publiant ce livre.

NOTE

Il s'est écoulé plus de soixante ans depuis la mort de Championnet ; après les désastres et l'odieux assassinat du roi Joachim Murat, les Bourbons de Naples ont remonté sur le trône de leurs pères ; ils ne l'ont, hélas ! pas mieux occupé que le triste monarque renversé par Championnet. Ils ont commis les mêmes fautes, les mêmes excès ; ils ont fait essuyer les mêmes persécutions à leurs malheureux sujets. Prison, exil, mesures iniques de police ombrageuse, inquisitoriale, exécutions sanglantes, ils n'ont rien épargné pour faire détester leur insupportable tyrannie ; dans ces derniers temps, quand l'Italie tout entière s'est réveillée à la voix de la France, quand elle a préludé à son affranchissement sous le national et glorieux drapeau de Napoléon III et de Victor-Emmanuel, il était permis d'espérer que le jeune roi des Deux-Siciles, François II, comprendrait enfin la nécessité, dans l'intérêt même de la conservation de sa couronne et de sa dynastie, d'adoucir son système de rigueurs et de sévices, de faire des concessions à l'opinion, d'opérer des réformes indispensables et *d'octroyer* au moins à son peuple quelques institutions constitutionnelles, seule voie de salut pour lui.

François II a persisté dans les anciennes et fausses idées de ses aïeux, n'ayant non plus rien appris ni rien oublié, il a voulu entraver le mouvement irrésistible qui a gagné toute la péninsule italienne. — Ces refus obstinés, cette persévérance du despotisme le plus oppressif qui fut jamais, devaient engendrer une révolution qui ne pourrait plus être conjurée ni arrêtée par de tardives promesses... Cette révolution vient déjà de s'accomplir en Sicile. Un héritier de Championnet, l'intrépide, l'héroïque Garibaldi est entré dans Palerme : il y a arboré l'étendard de la liberté, et comme le fait remarquer un savant publiciste, M. Léon Plée, dans son récit non moins attachant qu'instructif des Bourbons de Naples, Championnet délivrant cette ville à la tête de quelques milliers d'hommes, faisant fuir un roi défendu par 80,000 soldats et soutenu par les puissances de l'Europe, changeant en république un royaume que ses gouvernants refusaient de réformer, Championnet devait, à soixante ans de distance, être remplacé par un homme simple et naïf comme lui, comme lui républicain plein de désintéressement, et chez lequel l'éloquence est une sorte de fruit du cœur. Nous avons nommé le vainqueur de Palerme, Garibaldi. — Poursuivant le parallèle tracé par M. Plée, rappelant et rapprochant les faits d'alors avec ceux qui s'accomplissent aujourd'hui, nous voyons dans la vie de Championnet, qu'à la différence de Garibaldi, il avait commencé par prendre Naples et qu'il allait finir par s'emparer de la Sicile, si la mort n'était venue prématurément interrompre ses brillantes destinées ; mais le conquérant actuel de la Sicile n'ira-t-il pas plus loin encore que Championnet? S'il continue sa marche rapide et victorieuse vers la terre ferme, n'est-il pas probable que Naples même tombera en son pouvoir? Ne semble-t-il pas, à l'heure qu'il est, que l'instant approche où ce trône, déjà si chancelant sur ses bases, éprouvera le sort des duchés de Parme, de Modène et de Toscane? La campagne de Naples par Championnet en 1799 ne va-t-elle pas se rouvrir en 1860 sous le commandement de son digne successeur le général Garibaldi? Ne va-t-elle pas produire des résultats analogues dans un pays où rien n'est changé ni chez les gouvernants, ni chez les gouvernés, depuis cette lointaine époque? C'est bien le lieu de répéter que le temps présent est gros de l'avenir ; peut-on ne pas croire que l'illustre et courageux Niçois va reprendre et consolider l'œuvre d'émancipation qu'avait autrefois réalisée le général français? Les noms de Championnet et de Garibaldi ne seront-ils pas unis ensemble, à des titres divers sans doute, sous le rapport des combinaisons stratégiques, mais à un titre égal, sous celui du patriotisme le plus sincère, dans l'estime des peuples et de la postérité?

Au moment où nous traçons ces lignes une dépêche annonce que François II a décidé l'octroi d'une constitution, une amnistie, l'alliance avec la Sardaigne, l'adoption du drapeau tricolore, qu'un nouveau ministère est nommé?....

Quoiqu'il en soit de ce revirement, qu'il faut bien plus attribuer à la peur et à la faiblesse qu'à un retour de raison et de sage politique, doit-on croire qu'il suffira pour calmer une aussi violente crise? Changera-t-il les résolutions du Dictateur de la Sicile, et ne répondra-t-il pas à son tour : Il est trop tard ! — Les événements vont parler !

H. DE S.-A.

FIN

TABLE

CHAPITRE I

CHAPITRE II

CHAPITRE III

CHAPITRE IV

CHAPITRE V

CHAPITRE VI

CHAPITRE VII

CHAPITRE VIII

CHAPITRE IX

CHAPITRE X

CHAPITRE XI

FIN DE LA TABLE

CPSIA information can be obtained
at www.ICGtesting.com
Printed in the USA
LVHW030129210323
742063LV00002B/566

9 783382 701123